Anna Katharina Fröhlich

RÜCKKEHR NACH SAMTHAR

Anna Katharina Fröhlich

RÜCKKEHR NACH SAMTHAR

Roman

C.H.Beck

Verlag C.H.Beck oHG, München 2018

Umschlaggestaltung: Rothfos & Gabler, Hamburg
Umschlagabbildung: Life at Lodi © Rebecca Campbell / Bridgeman
Satz: Fotosatz Amann, Memmingen
Druck und Bindung: GGP Media GmbH, Pößneck
Gedruckt auf säurefreiem, alterungsbeständigem Papier
(hergestellt aus chlorfrei gebleichtem Zellstoff)
Printed in Germany
ISBN 978 3 406 72764 1

www.chbeck.de

Zur Erinnerung an Thomas Ross und für Tancredi

I.

«Wir leben in einer Festung. Die Edleren unter uns aber müssen auf die Zinnen und Türme verzichten, auf allen Glanz, und in die Tiefe hinunter, wo tief unter der Pracht der Welt die Größe des Menschen wurzelt, wo in bärtiger Majestät sein erhabenes Urbild thront, ein verschüttetes, uraltes Standbild.» *Herman Melville*

Es war der 19. März, derselbe Tag, an dem Timur im Jahr 1399, auf seiner Rückkehr von Indien in die Mongolei, mit einem Elefantenheer und indischen Steinmetzen im Gefolge den Industrom überquert hatte.

Die Temperatur war bereits auf achtunddreißig Grad gestiegen. Jedes Staubkorn war mit Hitze angefüllt. Keine einzige Wolke zog am Himmel dahin. In wenigen Wochen würde die rastlose Sonne die Äcker ausdörren und zerfurchen, die gebrechlichen und hinfälligen Bewohner dieses schattenlosen Landstriches, die kranken Kühe, die hageren Straßenköter, die ausgemergelten Katzen und die entkräfteten Menschen zur Strecke bringen.

Vor der Schranke des Bahnüberganges von Moth hatte sich ein knatternder Schwarm von Motorrädern gebildet, hatten sich Kühe und Kälber, Ziegen und Hunde, Traktoren und Kinder auf großen, schwarzen Fahrrädern zu einer Menge angestaut, die auf den langsam aus der Ferne heranrauchenden Güterzug wartete, der mit einem in der weiten Ebene verhallenden Pfiff seinen Durchzug ankündigte.

Jenseits des Schrankenpostens tat sich das einstige Königreich von Samthar auf.

Hier hatte im frühen achtzehnten Jahrhundert der Ahnherr

des jetzigen Maharajas von Samthar ein sich über vierhundertsechzig Quadratkilometer erstreckendes Reich gegründet.

Es ist ein spärlich besiedeltes, doch fruchtbares Stück Erde. Klar und rauschend durchfließt das Wasser eines breiten Kanals die Felder, wo Weizen und Reis, Senf und Hanf gedeihen, wo Mango- und Amlabäume, Guavas und Papayas wachsen.

Von blühenden Kletterpflanzen umrankte Akazienbäume säumten die schnurgerade durch die Felder führende Landstraße.

Hin und wieder erblickte ich in der Ferne den *Butea monosperma,* von den Briten auch *Flame of the Forest* genannt, ein Baum, dessen leuchtend rote, geruchlose Blüten wie kleine, blutgetränkte Fahnen an den laublosen Zweigen hingen. Diese nektarreichen Blüten zogen zu dieser Jahreszeit die Vögel des Landes an, die Hirtenstare und Langschwanzdrosslinge, die Bülbül und die indischen Zaunkönige.

Es ist nicht lange her, da färbte man mit dem durch Alaun angereicherten Saft dieser Blüte Baumwolle und stellte aus den jungen Wurzeln des Baumes Bastsandalen her. Den Frauen dienten die Blüten als Haarschmuck, den Armen die Blätter als Teller. Nur die Ziege zog schon immer gleichgültigen Blickes an diesem dem Gott Brahma heiligen Baum vorüber.

Ein einziges Buch begleitete mich auf diese Reise, *Manus Gesetzbuch*, ein Band, den ich mir einmal am Tag, dem antiken Gebot der *sortes vergilianae* folgend, aufs Geratewohl aufzuschlagen vorgenommen hatte, um mit geschlossenen Augen meinen Zeigefinger auf eine Textstelle zu legen und sie hernach als Offenbarung zu lesen. Doch stellte sich dieses Spiel bald als so aufregend heraus, dass ich, seit meiner Ankunft in Indien, mehrmals am Tag nach der *Manusmriti* griff, um sie, einer inneren Laune folgend, aufzuschlagen.

Beim Anblick des *Butea monosperma,* der seinen seltsamen Namen von dem Earl of Bute, einem Patron der Botanik, herleitete, fiel mir eine am Morgen im Zug aufgeblätterte Stelle ein, die das Seelenleben der Vegetation mit einem klaren Satz erläuterte: «Die Pflanzen, die von vielgestaltiger Finsternis umgeben sind, verursacht durch ihre Taten in früheren Leben, haben ein inneres Bewusstsein und fühlen Freude und Schmerz.»

Gemeinsam mit dem Gesang der mit Weizengarben auf dem Kopf von den Feldern zurückkehrenden Schnitterinnen, dem Zischen der für diesen Tag letzten Sichelschwünge, dem Hupen von Motorrädern, dem auf dem Asphalt hart aufschlagenden Geklapper von Büffel- und Ziegenhufen, dem Gelächter einer auf der Ladefläche eines Lastwagens vorüberfahrenden Schar Frauen, die aus ihren bunten Tüchern, aus dem Blitzen ihrer gläsernen Armreifen und dem Goldschein ihrer Ohrringe wie zwischen den leuchtend aufflatternden Federn eines Papageienschwarms hervorblickten, drangen heiße Luftströme in den Wagen.

Weiße Schmetterlinge schwebten über den Büschen und Sträuchern entlang der Straße. Auf den Zweigen der *Casuarina* saßen noch weißere Sumpfvögel, mit jener würdevollen Reglosigkeit, die Menschen nicht kennen, wenn sie irgendwo Platz nehmen. Athenahaft, schlank und stolz wachte eine auf einem Felsbrocken stehende junge Ziegenhirtin über ihre Herde, den Stock wie eine Lanze umklammert.

Plötzlich tauchte in der Ferne das Fort von Samthar auf. Da war es, mit seinen Bastionskämmen, Türmen, Zinnen, Erkern und Scharten. Ein uraltes, zahnlückiges Kamel, ragte es aus tropischem Dickicht hervor, aus dem Grün von Palmen, Peepalbäumen und dem opaken Schlammgrün des Burggrabens.

Bald geriet das Taxi in das am Fuß der Festung liegende Dorf, das in seinem Gewirr aus Gassen, alten und modernen Gebäuden, verfallenen Moscheen und brandneuen Tempeln jeglichen architektonischen Charakters ermangelte.

Zu Geld gekommene Muslime hatten sich um die Jahrhundertwende zwei- und dreistöckige, hellblau gestrichene, nunmehr verfallene Stadtpalais mit spitzbogigen Eingangspforten, Alkoven und verzierten Fensterumrandungen bauen lassen, die zwischen den einfachen, meist aus Ziegeln oder Lehm gebauten Häusern und Hütten der Hindus standen. Holzfeuer brannten in den Höfen, auf den Dächern wehte Wäsche an langen Leinen, vor den Eingangstüren trockneten Kuhfladen.

Winkelläden, Schneiderstuben, Armreifenbuden, Juwelier- und Stoffgeschäfte öffneten sich am Straßenrand wie kleine Theaterbühnen, auf die das Sonnenlicht fiel.

Geruch von überreifen Papayas, von Gemüseabfällen, Räucherstäbchen und Urin drang durch das offene Wagenfenster.

Auf der Marktstraße hockten die Gemüsehändler wie lauernde Affen auf ihren Holzkarren und hielten zwischen Apfel- und Blumenkohlpyramiden, inmitten von Türmen aufgeplatzter Granatäpfel und Haufen plastikroter Chilischoten Ausschau nach Kundschaft.

Wasserbüffel schritten glotzend zwischen den Ständen umher, und rosagefiederte Hühner, die am Holi-Fest teilgenommen hatten, flatterten, von den Marktleuten aufgescheucht, unter die Handwagen, wo sie auf pinkfarben besprühte Lämmchen stießen, die hier Zuflucht vor der Sonne gesucht hatten.

Die Bäuerinnen am Straßenrand hatten die Früchte ihrer Felder auf großen Tüchern ausgebreitet. Kleine Kinder spielten zwischen Säcken und geflochtenen Körben. Ein beinloser junger Mann mit Schnurrbart und dem Lächeln eines scheuen

Mädchens schob sich auf einem handgefertigten Fuhrwerk zwischen den Ständen hindurch. Auf einem Müllhaufen schlug ein Rabe seinen Schnabel in den Leib einer toten Ratte. Eine junge Schönheit balancierte in einem erbsengrünen Sari einen Wassereimer auf ihrem Kopf durch die Menge. Unter dem nackten Fuß eines Jungen in blauer Schuluniform zerbarst ein roter Apfel, und mit der Würde eines Dorfschullehrers bahnte sich ein alter Muslim mit einem Regenschirm als Spazierstock seinen Weg durch die Gemüseabfälle. Vor dem Eingang der Moschee stand ein Stier mit lang herabhängender Halswamme und betrachtete ein Schwein, das seine Schnauze bis zu den Augen in einen Abfallhaufen gegraben hatte.

Nur durch anhaltendes Hupen kam das Taxi im Kuhschritttempo in der lärmenden, feilschenden Menge voran, bis es vor die Zufahrt der Festung mit ihren drei Ringmauern gelangte.

Hier markierten zwei auf Pilastern einander gegenübersitzende, vom Zahn der Zeit zernagte Steinlöwen die Grenzlinie zum einstigen Festungsgebiet, Herz des Königreichs von Samthar.

Vor den hohen Mauern des Forts verlor sich das Gedränge. Neben der Hütte einer Steinmetzfamilie, die unter schwarzen, niedrig gespannten Plastikplanen für die Festung Steine schlug, hatte ein Parfumhändler seinen Karren voller Flakons aufgestellt.

Mein Blick begegnete den Augen in einem fladenrunden, von grauem Steinstaub überzogenen Gesicht. Es waren die sumpfgrünen, todernsten Augen einer jungen Frau, die niemals in ihrem Leben unter einem festen Dach schlafen würde. Etwas Unzähmbares und Leidenschaftliches, der Ausdruck einer Wüstenfüchsin, lag in diesem Blick, der die Einfahrt in die Festung begleitete. Wollte es mir nur so vorkommen? Doch mir war, als habe diese Frau den Grund meiner Flucht nach Samthar erkannt.

Das mit Querbalken versehene Tor der ersten Ringmauer, das auch ein Elefant nicht niederzutreten vermocht hätte, stand nun schon seit Jahrzehnten offen, für immer an die Tormauern festgerammt, wo ein Hirte mit drei Ziegen unter einem Bogen saß. Ein kleines Mädchen legte eine Hibiskusblüte auf seinem Schwellenstein nieder.

Die *via triumphans* führte durch drei weitere, widerhallende Torhäuser. Große Fische waren in deren Bögen gemeißelt, zum Zeichen, dass auch am Hof von Samthar der *Matsyanyaya,* der «Brauch der Fische», geherrscht hatte, dieses harte Lebensgesetz, das nicht nur in der grausamen Tiefe des Meeres gilt.

Die Frauen und Kinder aus dem Dorf, die zu dieser Stunde mit ihren Opfergefäßen zu den innerhalb der Festung gelegenen Tempeln zogen, traten an den Rand der Straße zurück, als sie das Taxi erblickten, das nun das letzte Tor passierte, neben dem auf einem Plastikstuhl ein steinalter Wächter postiert war, der beim Anblick des Wagens wie eine Krähe aufsprang, die weißen Tücher an seinem Körper zurechtrückte und nach einem langen Stock griff, den er wie einen Speer in den Sandboden stieß.

***

Es waren fünfunddreißig Jahre vergangen, seitdem ich auf dem Fort gewesen war, um das sich, wie ein Schwarm Fliegen um einen Milchtopf, Erinnerungen über Erinnerungen angesammelt hatten.

Seit jener lange zurückliegenden Reise nach Samthar, die ich als Kind an der Seite meines zweiten Stiefvaters unternommen hatte,

trug ich einen Schatz in mir herum, der während der Schuljahre meinen Klassenkameraden, meinen Lehrern oder dem Lebensmittelhändler Herrn Günther aus der Eschersheimer Landstraße in Frankfurt vollkommen unbekannt gewesen war. Sie alle, so nahm ich damals an, mochten ebenfalls eine der Außenwelt unbekannte, Kummer und Ängste abwehrende Erinnerung an etwas Schönes in sich tragen, doch gewiss führte keiner von ihnen einen Talisman so gigantischen, orientalischen Ausmaßes mit sich herum. Als sichtbares Wahrzeichen meines inneren Kleinods trug ich nach meiner Rückkehr aus Indien, neben einem kleinen Metallring an meinem linken Ringfinger, eine mit bunten Fäden bestickte Kappe auf dem Kopf.

Meine kindliche Liebe zu Samthar war etwas viel Unbestimmbareres als die Liebe zu einem besonderen Ort. Gewiss wirkte dabei der Umstand mit, dass mein indischer Gastgeber ein König war, ein Maharaja, eine Erscheinung aus einem indischen Märchen, an der die Vergangenheit stärker und phantasieanregender haftete als an allen anderen Menschen, die bis dahin meine Wege gekreuzt hatten.

Als mein zweiter Stiefvater mir eines Abends in seinem Haus in Neu-Delhi die Eröffnung machte, dass er mich auf eine Reise in ein Königreich mitnehmen würde, erstand vor meinen Augen eine mittelalterliche Burg mit Türmen und Zinnen. Mit der märchenhaften Wendigkeit kindlicher Phantasie rief der Maharajatitel das Bild eines großen Mannes in mir hervor, durch dessen lange, schwarze Barthaare eine dreireihige Perlenkette blitzte, das Bild eines Herrschers mit Zepter und Krone, Anführer eines Regiments und Besitzer eines giftgrünen, von Pfauen durchschrittenen Parks, wo livrierte Diener eiskalte Zitronenlimonade servierten und Kutschen im Schatten alter Bäume standen.

Damals war ich zehn Jahre alt, und der wertvollste Gegenstand, den ich besaß, war mein «Silberkoffer», ein kleiner Blechkoffer, der bei seiner Hantierung Geräusche einer leeren, über ein Kopfsteinpflaster rollenden Keksdose machte.

Meine Mutter hatte mir dieses Gepäckstück für meine erste Reise nach Indien geschenkt. Sein Besitz erfüllte mich mit Stolz. Ein Blick auf den Koffer genügte, um die Freude in mir wachzurufen, für drei Wochen eine Stadt hinter mir zu lassen, die schön zu finden menschlich unmöglich sein musste, die mit ihren aus der Erde schießenden Glastürmen und grauen Wohnblocks die Aussicht auf den Himmel verengte und dem Spaziergänger die Luft zum Atmen nahm, ein Ort, an dem sich jeder vernünftige Mensch weigern musste, einmal begraben zu werden.

Wenn der Geist, woran ich fest glaube, die Materie beeinflusst, sie formt und prägt, so waren die sich pestartig vermehrenden Glastürme in Frankfurt Ausdruck eines von mir als feindlich empfundenen Geistes.

Diese Stadt konnte einem Kind nicht gefallen, das sich danach sehnte, auf seinen Wegen durch Straßen und Parks Pferden und Eseln, Gauklern und Sängern zu begegnen, das davon träumte, auf seinem Gang zur Schule an Quellen und Bächen, an einer Mühle, einem Adlerhorst vorbeizukommen, an Feldern und Wiesen, aus denen es wehte und zirpte.

Während mich in Neu-Delhi mein zweiter Stiefvater erwartete, der behauptete, von König David abzustammen, und in seiner ganzen Erscheinung an einen austro-ungarischen, in die Tropen ausgewanderten Oberst erinnerte, ließ ich meine Mutter in Frankfurt mit einem blauen Auge zurück, ihr von meinem ersten Stiefvater als *coup de grâce* verpasst.

Dieses blaue Auge hatte ihr eine Warnung sein sollen, nicht

doch auf die Idee zu verfallen, jenem Mann nach Indien nachzureisen, der von der *Frankfurter Allgemeinen Zeitung* als Korrespondent dorthin entsandt worden war.

Mein erster Stiefvater kannte das Leben damals noch zu wenig, um zu wissen, dass für eine Frau wie meine Mutter die Tatsache, einen zweiten Mann in petto zu haben, die Grundlage vernünftiger Heiratspolitik war.

So reiste ich, als Mittlerin gesandt, zu dem betuchten Kandidaten in die Tropen, um dringende Botschaften weiterzugeben und geschwächte Hoffnungen zu stärken.

Gogol, mein Stoffbär, begleitete mich.

Mir imponierten zwar das blaue Auge im Gesicht meiner Mutter und die Boxkünste meines ersten Stiefvaters, der in Wahrheit mit dem Wesen der Boxkunst so wenig vertraut war wie ein Massai mit der Psychoanalyse, doch wurde dadurch meine Freude auf die Reise nicht im Geringsten gemindert.

Gewiss stimmte mich die Vorstellung traurig, für drei Wochen meine blauäugige Mutter verlassen zu müssen, doch erlitt ich deswegen noch lange kein Trauma, wie es meine psychologiekundigen Verwandten erhofften.

Die Begeisterung, mich mit meinem Silberkoffer in den indischen Subkontinent aufzumachen, überwog den Schmerz, ja, ich war glücklich, die Wohnung an der Eschersheimer Landstraße zu verlassen, wo das Steueramt gerade die Tür zum Arbeitszimmer meines ersten Stiefvaters mit einem Kuckuck versehen hatte, da hinter ihr sein einziger pfändbarer Besitz, der in Tausenden von Büchern bestand, aufbewahrt lag. Ich war von Dankbarkeit erfüllt, eine Zeit lang nicht mehr das Klopfen der Wohnungsvermieterin Frau Krokosch an unserer Tür zu fürchten, die sich stets in der Illusion wiegte, die verjährten Mieten aus der Hand meines Stiefvaters einholen zu können.

Ich freute mich, die Lieder einer *Comedian Harmonists*-Platte nicht mehr anhören zu müssen, auf die sich der erste Stiefvater, mit einem Spazierstock in der rechten Hand, im Tipp-Tapp versuchte, während meine Mutter im Unterrock auf einem grünen Sofa ein Loch in ihrem langen, schwarzen Kleid stopfte, in dem sie bislang ins Leben ausgezogen war, um nach geistvollen Männern Ausschau zu halten, die hinter großen oder kleinen Schreibtischen in Zeitungsredaktionen, Bibliotheken oder Dachstuben deutscher Städte saßen und, nach ihren Schilderungen, auf nichts anderes in der Welt als auf ihr Erscheinen warteten.

Das Vertrauen in dieses lange, schwarze Kleid war eine ihrer bemerkenswertesten Tugenden. Wie fast alle Frauen hatte auch sie Ambitionen und wollte hoch hinaus, bloß lag der ihr vorschwebende Gipfel nicht in einem im achtzehnten Stockwerk gelegenen Wolkenkratzerbüro oder im luxussanierten Dachgeschoss eines Altbaus am Frankfurter Palmengarten noch an der Seite eines Bankmanagers oder eines Siemens-Aufsichtsrats.

Die von ihr angestrebte Höhe befand sich etwa in der Tiefe eines Kellerantiquariats, wo die für sie infrage kommenden Heiratsanwärter einen großen Teil ihrer Zeit und auch das wenige Geld in ihren Taschen verschwendeten.

Heute neige ich zu der Überzeugung, dass es meine Mutter weder nach Weisheit noch nach Erkenntnis verlangte, sondern nach einem Menschen, der sie von allem, was gemeinhin als Realität bezeichnet wird, fernhielt, der sie vornehmlich vor Worten wie Gelderwerb, Steuerbehörde, Lebensversicherung, Altersvorsorge oder Betriebsurlaub bewahrte.

Dazu aber war nur ein poetischer Mensch fähig. War es demnach verwunderlich, dass sie nach so etwas Ungreifbarem und Uneinträglichem wie dem Geist suchte statt nach einem gut gefüllten Portemonnaie?

Mein erster Stiefvater war zweifelsohne ein poetischer Mensch. Meine Mutter fand ihn zwar zu dick, zu groß und zu hässlich, doch kaum machte er den Mund auf, ließ sie sich betören. Er hatte die Gabe, sein großes Gesicht mit der spitzen Nase und den blanken, oft vor Begeisterung leuchtenden Augen gleichsam an die Wand zu reden, sodass seine Zuhörer nicht mehr auf den Gedanken verfielen, sich zu fragen, ob der monologisierende Mann vor ihnen nun gut oder schlecht aussah.

Es gab kein Argument, das sein rhetorisches Talent nicht ins Blühen gebracht hätte. Ob Fußball oder Flaubert, ob Bockwurst oder Bonald, ob Tango oder Tauler, alles regte ihn zu einem gestochenen und zugleich schwärmerischen Monolog an, wobei ihm vollkommen gleichgültig war, wer seine Zuhörerschaft bildete, ob ein albanischer Kellner oder ein Altphilologe, die er beide gleichermaßen ins Träumen zu versetzen verstand.

Im gleichen Maße, wie er mit vor Erregung hochrotem Gesicht einen Essay über die Schlacht von Verdun las, richtete er seine brennende Aufmerksamkeit auf den Verzehr eines Schinkenbrötchens.

Ich habe niemals wieder jemanden getroffen, der so dachte wie er, niemals auch wieder jemanden, der so schonungslos offen war. Was die Wahrheit betraf, kannte er keine Skrupel der Höflichkeit.

Und doch betrachtete ich damals den zweiten Ehemann meiner Mutter mit den unbarmherzigen Augen eines Kindes, das der Überzeugung war, es handele sich bei ihm um einen über eine mehr oder weniger lange Dauer hinzunehmenden Weggefährten auf jenem abenteuerlichen Pfad der Liebe, den meine Mutter nun einmal eingeschlagen hatte.

Dass ich mich dank ihrer zweiten Heirat über Nacht in einer

Welt wiederfand, die von Männern bewohnt war, deren Namen ich bis dahin nie gehört hatte, Männern wie Drieu la Rochelle, Lermontow oder Donoso Cortés, in einer Welt, in der Fleischwürste, Bier und Schlager wie *Mein kleiner grüner Kaktus* eine herausragende Stellung einnahmen, machte mich stolz und unglücklich zugleich.

Meinem schmalen und sommersprossigen Vater wesensverwandt, der eine Biographie über Schubert geschrieben hatte, eine Vorliebe für Schweizer Schokolade und Pfeifentabak hegte, der das Leben als heilig und daher den Krieg als Sakrileg ansah, betrachtete ich nicht ohne Furcht den neuen Mann meiner Mutter, der eine Liebe für den Boxsport und schwärmerische Vorstellungen vom Krieg hegte.

Nichts machte diesen Essayisten stolzer als die Tatsache, dass er eine kurze Zeit im Gefängnis gesessen hatte, von wo er die Kunst des Bettenmachens mitgebracht hatte, die ich als Kind nun jeden Tag anwendete: Waren die Lakensäume unter die Matratze gespannt und lehnten die Kissen, einmal durchgeschüttelt, aufrecht am Kopfende des Bettes, so schlug mein erster Stiefvater mit der rechten Hand in die Kissenmitte, damit es an dieser Stelle etwas in sich zusammensank und den Rest des Tages mit dem Ausdruck einer Schlafmütze das Bett zierte.

Meine Mutter war ein launisches und über die Maßen kapriziöses Wesen, doch das despotische Temperament ihres zweiten Ehemannes zähmte sie bald – eine Wirkung, für die sie ihm immer ergeben bleiben würde.

Nur seiner tyrannischen Natur und seiner betörenden Redekunst war die siebenjährige Dauer ihrer Ehe zu verdanken.

Das erste Projekt des Amateurboxers, Romancier zu werden, scheiterte an seinen wiederholten Versuchen, einen Roman in der Manier von Joseph Conrad zu schreiben. Das zweite Projekt, aus sich einen ungewöhnlichen Verleger zu machen, zerschellte an dem ungewöhnlichen Verlagsprogramm, das keine Leserschaft fand.

Während der drei Jahre als Herausgeber seiner bemerkenswerten Edition war seine einzige Mitarbeiterin eine Sekretärin, die eine Vorliebe für das Zelten hatte.

Trotz der fehlgeschlagenen Initiativen machte sich mein erster Stiefvater im Laufe der Jahre einen Namen und gewann in einem Kreis nicht alltäglicher Köpfe an Ruhm. Zuweilen erschienen seine Initialen unter einem Feuilleton in der *Frankfurter Allgemeinen Zeitung*.

Es gab Tage, an denen meine Mutter morgens die Zeitung aufschlug und über zwei Seiten verteilt Artikel ihrer drei Männer vorfand.

Die Leserschaft wusste seinen Ton, an dem ein leichter Geruch nach Guerillapfaden und Kuba hing, zu schätzen. Kuba und Kubas Frauen waren übrigens das schönste Werk der Schöpfung für ihn.

Manch ein Bewunderer beschloss damals, sich auf den Weg zu machen und an unserer Wohnungstür zu klingeln, um den Mann kennenzulernen, der so große Reden hielt. Doch nicht wenige Verehrer sahen sich vor die Tür gesetzt. Eine bekannte Fotografin, die das Pech hatte, Feministin zu sein, flog im wahrsten Sinne des Wortes aus derselben.

So kam es, dass nicht alle die Manieren des zweiten Ehemannes meiner Mutter zu schätzen wussten. Wie auch immer, ich nutzte in jenen Jahren die günstige Gelegenheit, um Bücher aus seiner Bibliothek hervorzuholen, die ich in den Regalen meines Vaters niemals gefunden hätte. Ich las mit derselben Neugier in den Schriften der heiligen Teresa von Ávila wie im Manual eines Ritters.

Ein Rätsel bleibt, weshalb meine Mutter damals auf den Gedanken kam, einen Stenographiekurs zu besuchen. Sie behauptete, als Stenographistin zu unserem Lebensunterhalt beitragen zu wollen, doch in Wahrheit tat sie es wohl, um die intellektuellen Monologe ihres zweiten Mannes festzuhalten, der schon beim Frühstück mit seinem leicht sächsischen Anschlag Anekdoten, Kalauer und glänzende Paraden gegen seine politischen Feinde von sich gab. Es hätte einer aberwitzigen Suche bedurft, um jemand Ungeeigneteren als sie für einen derartigen Kurs zu finden, da sie neben starker Kurzsichtigkeit auch unter gefährlicher Zerstreuung und botanischen Visionen litt.

Statt in ein Büro zu gehen, zog sie es an den Morgen vor, das städtische Schwimmbad aufzusuchen, um durch halbstündige Schwimmrunden ihre Schönheit zu erhalten, auf der sie bis dahin ihr Glück aufgebaut hatte und in die sie auch weiterhin ihr Vertrauen setzen wollte.

Glück bedeutete für meine Mutter, den geeigneten Ehemann für sich zu finden, doch für die lange Zeit *nach* der Hochzeit, wenn es heißt, Geduld, Nachsicht, gegenseitiges Einvernehmen und unendliche Großzügigkeit gegenüber dem Mann zu üben, für diese etwas zu lange Zeit nach der Eheschließung war sie von zu ungeduldigem Temperament.

Dass ich wenige Wochen vor dem Abflug nach Indien vom Frankfurter Amtsgericht meinem leiblichen Vater zugesprochen worden war, bildete schließlich einen weiteren triftigen Grund, mich auf die Reise zu freuen, da ich so für eine Weile dem Kampf zwischen meinen Eltern aus dem Weg gehen würde.

Wie ich später im Notizheft meines zweiten Stiefvaters nachlesen sollte, verfolgte ihn die briefliche Nachricht von dem

Gerichtsbeschluss in den Schlaf hinein. Einen ganzen Morgen lang schien er versucht zu haben, aus Neu-Delhi ein Telefongespräch mit meiner Mutter zustande zu bringen, das er für elf Uhr bei der Telefonzentrale angemeldet hatte, doch immer wieder hatte ihm eine hohe Frauenstimme am anderen Ende der Leitung verkündet: «Sorry, sir, the thirtyseven lines are down.» Was hatte das zu bedeuten? Hatte der Monsunregen die Kabel abgerissen? Schließlich wurde er nach ein Uhr mittags mit ihr verbunden. Ihre Stimme muss leicht verwirrt geklungen haben, doch war sie weder mit Panik noch mit Angst erfüllt, da sie gerade, wie sie erzählte, im Kino den Film *Spiel mir das Lied vom Tod* gesehen habe, der sie in ihrem Glauben an das lange, schwarze Kleid bestärkte, in dem sie beabsichtigte, ihren Anspruch auf mich vor dem Gericht zu verteidigen.

Dass ein paar geistlose, bis aufs Mark vertrocknete Richter in Kollaboration mit einer «grauenhaft hässlichen» Kinderpsychologin auf einen so dummen Einfall hatten kommen können, eine Frau wie meine Mutter von ihrer Tochter zu trennen, wies sie als empörend zurück. Ich war ihr einziges Kind. Sie liebte mich und würde mich bei sich behalten, auch wenn ich nicht die Gaben mit ins Leben gebracht hatte, mit denen ihrer Ansicht nach ein kleines Mädchen hätte gesegnet sein sollen. Denn weder besaß ich Talent als Taschendiebin noch als Tänzerin, auch nicht als Dichterin oder Zirkusakrobatin, hatte keinen Humor und Witz und blendete niemanden mit Geist oder Intelligenz. Dass ich viele Jahre später doch das zweifelhafte Leben einer Luftakrobatin einschlug und mich auf Seile schwang, die jenseits der bürgerlichen Vorstellung von einem gelungenen Leben gespannt waren, hat mich schließlich in ihren Augen erhoben.

Heute bin ich der Auffassung, dass es meiner Mutter einerlei war, ob man zu den «fliegenden Menschen», zu den Voltigeuren, Schleuderakrobaten, Äquilibristen, Schriftstellern, Musikern oder Dichtern zählte, solange man nur von dem Willen durchdrungen war, seinen Geist in höheren Sphären zu halten.

Wie Plotin war sie der Überzeugung, dass die Seele hienieden «ihre Flügel verloren hat». Im Leben galt es, nach diesen Flügeln zu haschen, sie sich aneignen zu wollen, auch wenn es sich nur um eine einzelne Feder oder nur um das Erfassen der Farbe dieser Feder handelte.

Nachdem sie einmal zu der Einsicht gelangt war, dass ich offenbar mit keinerlei hochfliegender Begabung ausgestattet war, dass meine Hände nicht in fremde Taschen griffen und mir auch nicht einfallen wollte, kleine Tänze an Straßenecken aufzuführen oder den Passanten Gedichte vorzutragen, meinte sie: «Ist man schon nicht mit Talenten versehen, so muss man wenigstens die Kunst beherrschen, so zu tun, als besäße man welche.»

Dieser Überlegung war es zu verdanken, dass ich vor meiner Reise nach Indien den Blechkoffer, einen rosa Strohhut und ein schwarz eingebundenes Tagebuch mit Goldrand erhielt.

Koffer und Hut würden meiner harmlosen Gestalt ein etwas mondäneres, künstlerisches Air verleihen. Das Tagebuch mit Goldrand aber sollte mir die Aufgabe, täglich eine genaue Beobachtung aufzuschreiben, in dem Bewusstsein, dass es sich um ein wertvolles Buch handelte, erleichtern. Übrigens lautete der erste von Genie zeugende Satz, den ich noch im Flugzeug hineinschrieb, wie folgt: «Gogol denkt an Schnee und Sturm und eine Höhle im Wald und sagt: Es wird sehr heiß, sehr heiß, wir fliegen in die warme Welt, ja, weit weg.»

Der für unsere damaligen Verhältnisse kostspielige Erwerb des Koffers, des Hutes und des Tagebuchs markierte gerade zu dem Zeitpunkt, da die Richter hinter mir her waren und der Kuckuck an der Arbeitszimmertür meines Stiefvaters klebte, eine meiner ersten Metamorphosen, eine jener Verwandlungen, die jedes Kind erlebt.

Von meinem siebten bis zu meinem zehnten Lebensjahr hatte ich als Junge gelebt, als norddeutscher Nachfolger von Tom Sawyer. Mein langes, blondes Haar hielt ich unter einem grauen Filzhut meines Großvaters verborgen und kleidete mich in ein zerrissenes Herrenhemd, über dem ich eine alte, schwarze Anzugweste trug. Mein Schuhwerk passte nicht zu dem Abenteurerkostüm, doch blieb mir nichts anderes übrig, als die transparenten Wassersandalen weiterzutragen, mit denen ich bis in den späten Herbst hinein auch zur Schule ging.

Damals wünschte ich mir nichts sehnlicher als ein Pferd, doch war zu einem solchen Erwerb das Bankkonto meines ersten Stiefvaters zu leer, ja, nicht einmal das: Er besaß überhaupt kein Konto. Doch an einem Weihnachtsabend geriet ich im Haus meiner Großmutter außer mich vor Freude, als ich, auf ihrem Flur, in einer alten Truhe das von mir ersehnte Pferd erkannte und einritt. Der Rest der Stunden war von Taschenmesserträumen, Klingelstreichen und der Sehnsucht nach einem Huckleberry Finn bestimmt, bis meine Mutter drei Jahre später mit dem Blechkoffer, dem Tagebuch und dem rosa Hut aus der Stadt zurückkehrte.

An einem heißen Sommertag hatte sie einmal an einem italienischen Hafen ein kleines, französisches Mädchen mit langem, blondem Haar gesehen, das in einem rosa Kleid, mit einem rosa Strohhut auf dem Kopf und einer Angel in der Hand am Wasser gesessen war. Dieses Hafenbild brachte sie mir durch ihre Schilderung mit nach Hause, stellte es gleichsam in meinem Bewusstsein ab, wo das kleine Mädchen von nun an, wie eine Ikone, einen festen und bewunderten Platz einnahm.

Seit dieser Schilderung, wünschte ich mir einen rosa Hut, mit dem ich mir einbilden konnte, Französin zu sein, unter dem es sich gehen würde, als besäßen meine Eltern ein Haus in der Provence, unter dem sich der imaginierte Stolz entfalten würde, einen Anwalt in Paris als Vater zu haben und die Besitzerin zweier Windhunde zur Mutter. Ich spürte, dass ich unter der Krempe eines solchen Hutes ganz andere Wege einschlagen konnte als unter der des zerbeulten, grauen Filzhutes, den ich bis jetzt getragen hatte.

Die Vorstellung, die Eigentümerin eines rosa Hutes zu sein, veränderte meinen Blick auf das Leben, schürte zum ersten Mal ein gesellschaftliches Unbehagen in mir, eine vage Sehnsucht nach großbürgerlichen Verhältnissen, in denen der Besitz einer Waschmaschine ebenso selbstverständlich war wie der eines Autos, zwei Objekte, die erst nach der dritten Heirat meiner Mutter Einzug in unser Leben hielten.

Bis dahin bewegten wir uns per Anhalter und Mitfahrgelegenheiten fort. Die Wäsche brachte meine Mutter einmal im Monat zur Wäscherei.

Im Winter, wenn sie über ihrem schwarzen Kleid den knielangen Pelzmantel ihrer Großtante und eine tellerrunde Pelzmütze auf dem Kopf trug, die sie sich nach einem Paloma-Picasso-Modell im Kaufhof hatte anfertigen lassen, und, wie Knecht Ruprecht, mit einem großen, wäschegefüllten Sack durch die Straßen ging, versetzte diese Vision die Passanten des Frankfurter Westends in Schrecken. Sie wichen ihr aus, um ihr mit der empörten Ruhe der Spießer nachzublicken. Der Direktor eines kleinstädtischen ethnologischen Museums in Sibirien hätte bei ihrem Anblick seinen Augen nicht getraut und glauben können, eine seiner bepelzten Folklorepuppen habe sich aus einer Vitrine seines Museum fortgestohlen.

So schön meine Mutter war, an manchen Januartagen glich sie einem Heimkehrer aus Napoleons russischem Feldzug von 1812. Ich schämte mich, wenn ich sie auf ihren Wegen begleiten musste, ohne mir im Klaren darüber zu sein, dass ich als Tom Sawyer nicht weniger bedenklich aussah als sie.

Kaum war ich tatsächlich die Besitzerin eines rosa Hutes geworden, legte ich die alte Haut des Abenteurers ab und ersetzte das Taschenmesser durch einen französischen Akzent.

Den Erzählungen meiner Mutter zufolge muss ich am Tag meiner Abreise nach Neu-Delhi in der neuen *mise*, die meinem Leben eine ganz neue Dimension verlieh, umwerfend ausgesehen haben.

In einer rosafarbenen Pumphose und einer rosa geblümten Bluse, japanische Seidenschuhe mit schwarzen Gummisohlen an den Füßen, den neuen Strohhut auf dem Kopf, meinen Bären Gogol in der einen und den Silberkoffer in der anderen Hand, flog ich, mit diplomatischen und strategischen Unterweisungen belehrt, eine Liste von Dingen im Kopf, die ich sagen oder nicht sagen durfte, als Liebesagentin von Frankfurt nach Indien.

Da ich im eigenen Interesse handelte (der ferne Freier besaß alle Tugenden eines vorzeigbaren Stiefvaters, war vermögend, gut aussehend, stammte aus einer alten Familie und vergaß nie, mir Geschenke mitzubringen, was mir seinen Einzug als dritter Ehemann in das Leben meiner Mutter aufs Höchste willkommen machte), nahm ich meine Aufgabe ernst und führte, wie sich später herausstellen sollte, die Mission meisterhaft aus – vielleicht, weil ich entgegen der Auffassung meiner Mutter handelte, dass Vernunft in heiklen Lebenslagen vollkommen nutzlos sei.

Hätte mein Amt nicht ein so subtiles Gewicht besessen, wäre es mir beim Abschied von meiner Mutter gewiss wie allen ihren Männern bei der Trennung von ihr ergangen. Sie hätte mir das Lied *Wer wird denn weinen, wenn man auseinandergeht, wenn an der nächsten Ecke schon ein anderer steht?* vorgesungen.

Damals war der Flughafen von Neu-Delhi noch keine architektonische Monstrosität wie heute, wo er, wie die meisten Großstadtflugplätze der Welt, zu einer Vergnügungsanlage für frenetische Weltreisende geworden ist, deren Amüsement darin besteht, zwischen zwei Flügen billig hergestellte Luxuswaren koreanischer oder chinesischer Provenienz zu erwerben.

Im Jahr 1981 gab es am Flugplatz von Neu-Delhi keinen Duty-free-Shop, keine Apotheke, keine Boutiquen, keine Bars und nicht einmal eine funktionierende Toilette. Das Gebäude erinnerte an eine marode Fabrikhalle. Seine Dächer wurden unter dem Flügelschlag von Raubvögeln erschüttert.

Das Flugzeug aus Frankfurt landete im Morgengrauen und hielt auf der Vorfeldstraße, bis eine Treppe vor die Passagiertür gerollt wurde und die Reisenden in eine dunst- und rauchdurchdrungene Luft traten, die leicht nach Mottenmittel und Räucherstäbchen roch. Sie fanden sich plötzlich in einem andersartigen Element wieder, in einem seltsam geladenen Dunstkreis, sodass ihre Fühlfäden, wie unter Hochspannung gelegte Leitungen, in fieberhafte Erregung gerieten.

Manche Reisende hielten sich beim Verlassen des kühlen Flugzeugs einen Zipfel ihres Schals vor Mund und Nase, andere sogen die schwüle Luft gierig ein, als gelte es, ihre im Vertrocknen befindliche Seele mit ihr aufzuladen. Die einen befürchteten plötzlich, nicht genügend Medikamente und Söckchen in ihre Koffer gepackt zu haben, den anderen kam ihr Gepäck auf einmal zu schwer vor, als trügen sie in ihrem kurzen Leben zu viel Gewicht mit sich herum.

In der Ankunftshalle standen Passkontrollschalter, hinter denen schnurrbärtige Beamte in olivgrünen Uniformen und mit olivgrünen Kappen auf dem gescheitelten Haar saßen, die im Leben nichts weniger gern zu tun schienen, als ihren Mund zu einem Lächeln zu verziehen. Wenn es in der Sportbranche jemals Meister in der Handhabung von Stempeln gegeben hätte, so wären diese indischen Beamten an der Spitze aller Stempelmannschaften gelandet. Mit einem an Wollust grenzenden bürokratischen Ernst schlugen sie mit widerhallendem Knall und soldatischem Schneid die lilatintigen Stempel in die Pässe, als gelte es, den deutschen oder amerikanischen Touristen laut und deutlich einzubläuen, dass mit den moralischen Sitten ihres Landes nicht zu scherzen sei, dass sie nicht in Manila oder Bangkok eingereist waren, sondern in einem Land, das seine Seele noch nicht dem Westen verkauft hatte.

Krähen flatterten durch die Halle, auf dem Boden lagen, eingewickelt in Lappen, schlafende Bettler. Alte Männer in fadenscheinigen grauen Hosen und grauen Hemden bewegten sich in der Hocke mit langen Bastbesen in der Hand fort, um da und dort ein Stück Papier aufzusammeln.

Wenn ein Taxi um diese Stunde vor der Halle stand, ließ sich von Glück reden. Diplomaten wurden von ihren Chauffeuren, Touristen von Hotelangestellten abgeholt.

Der Anblick meines zukünftigen Stiefvaters, der an einem Gitter hinter der Passkontrolle stand, in einer Zone, in die er dank seines Journalistenausweises hatte vordringen können, mit der Absicht, der Tochter der von ihm geliebten Frau einen unbeschränkten Schutz vermittelnden Empfang zu bereiten und sie in eine Atmosphäre von Privilegien hineinzuziehen, für die Kinder einen fein ausgeprägten Sinn haben, dieser Anblick grub sich, als ich in meiner rosafarbenen Garderobe ängstlich und ungeduldig in der Schlange der Einreisenden vor dem Schalter stand, für immer in mein Gedächtnis ein.

In meinen Augen war der braun gebrannte Mann, der in einem hellblauen Tropenhemd, das mit verwirrend vielen Taschen versehen war (wenn ich mich recht erinnere, besaß es acht davon, denn auch an den Ärmeln waren welche aufgenäht), und mit durchgedrücktem Rücken hinter den Gitterstangen stand, nicht nur das Sinnbild vollkommener Wohlerzogenheit, sondern auch der Garant für meine Sicherheit.

Sein kahler, von kurzen, schwarzen Löckchen umkränzter Schädel, der unter der Sonne des Ostens die Beschaffenheit einer alten Schlangenhaut angenommen hatte, und sein schmales, von einem schwarzen Schnurrbart in zwei Hälften geteiltes Gesicht, das die grobe Wahrnehmung auf einen ersten Blick einem afghanischen Zwiebelverkäufer hätte zuordnen können, das aber beim zweiten Hinschauen eine jüdische, von Melancholie gezeichnete Feinheit und eine alte Herkunft erkennen ließ, ragte unter den Menschen heraus.

Dieser Mann, der über Galanterie und Höflichkeit verfügte, bescheiden in dem, was seine Vorfahren betraf, verkörperte von Kopf bis Fuß das, was zu allen Zeiten als Herr bezeichnet wurde, eine der beeindruckenden Erscheinungsformen des Mannes, die aus einer komplizierten Mischung aus Genen, Geschichte und Gesinnung entstanden ist und von einem herausragenden Merkmal zusammengehalten wird: der Haltung.

Auch seine Haltung war es, die nach einem zweiten Blick auf ihn offenbarte, dass er weder der Sohn eines Sinto noch der Spross eines afghanischen Gemüsehändlers sein konnte, sondern der Abkömmling eines vornehmen Geschlechts, das ihn mit allen Regeln der Liebenswürdigkeit ausgestattet hatte.

Erst sein abenteuerlicher Beruf als Auslandskorrespondent, seine Reisen durch Afghanistan und Pakistan, seine Streifzüge durch asiatische Berge und Basare hatten im Lauf der Jahre seiner Physiognomie eine leicht orientalische Männlichkeit aufgedrückt, eine Physiognomie, die sich hinter dem Büroschreibtisch eines der damals größten europäischen Verlagshäuser, das er hätte erben sollen, wenn sein Onkel Karl Ullstein den Ullstein Verlag nicht verkauft hätte, wohl vollkommen anders entwickelt hätte.

Es war diese Haltung, welche ihn von allen anderen Männern unterschied, die mit ihren Hüten, Erstausgaben oder Pfeifen um meine Mutter kreisten. Es war diese Haltung, in die ich mein kindliches Vertrauen legte.

Oft verzog er seine Lippen zu dem Lächeln eines amerikanischen Filmschauspielers aus den Vierzigerjahren, das vielleicht anzeigen sollte, dass er neben vielen Qualitäten alter Schule, wie Geduld, Loyalität, Verlässlichkeit und ein feiner Sinn für Witz, jene beste besaß, sich selbst als einen Schauspieler zu betrachten, der die Ehre hat, einmal kurz auf der Weltbühne aufzutreten. Züge der Missachtung oder der Hartherzigkeit spielten niemals um seinen Mund.

Wie ich später in seinem Notizheft nachlesen sollte, blickte er meinem Besuch mit Besorgnis und Beunruhigung entgegen, enttäuscht darüber, auf die Gegenwart meiner Mutter verzichten zu müssen.

Als Junggeselle, bei Temperaturen um die neununddreißig Grad und hoher Luftfeuchtigkeit, die Rolle eines Vaters zu übernehmen war eine nicht leicht zu nehmende Aufgabe. Doch vielleicht spürte er, ebenso wie ich, dass wir beide eine schwere Obliegenheit teilten: seine Ehe mit meiner Mutter zustande zu bringen, da wir einzig und allein ihr Glück im Auge hatten, um selber glücklich sein zu können.

In meine hocherregte Freude hatte sich auch eine vage Angst gemischt, doch sein Anblick zerstreute meine Furcht.

Mit jenem Vertrauen, das nur Kinder in andere menschliche Lebewesen hegen, fuhr ich an der Seite dieses Mannes und in Voraussicht auf eine Zukunft, die sich nicht mehr mit den Melodien der *Comedian Harmonists* vertragen würde, in der sich bereits auflockernden Dunkelheit die holprige, zweispurige Straße vom Flughafen in die Stadt.

An den Straßenrändern sah ich Frauen mit Ziegelsteinstapeln auf dem Kopf und Spitzhacken schwingende Männer, die an dem arbeiteten, was heute ein mehrspuriger Highway ist.

Wir fuhren an Bäumen vorbei, unter denen Affen saßen, bis wir eine breite Straße einschlugen, die nach dem klugen Staatsmann Kautilya benannt worden ist. Zu dieser frühen Stunde zogen nur weiße Kühe über die kurzgeschorenen Rasen entlang der Gehsteige.

Die Botschaftsresidenzen und Villen dieses Viertels lagen hinter Gärten von dichter Vegetation verborgen, deren Wurzeln in dem Boden jenes einstigen Dschungels gediehen, aus dem die Briten 1911 unter König Georg V. eine neue Stadt geschlagen hatten, Neu-Delhi, ein Areal, das mit seinen breiten, von Bäumen und Rasenflächen gesäumten Straßen wie ein großer Golfklub dalag.

Als der schwarze Morris durch die offenen Torflügel in den Hof des Hauses in der Kautilya Marg einfuhr, salutierte ein Nachtwächter, der, mitsamt einem Diener, einem Koch und einem Wäscher, zu dem steinkalten Haus gehörte, das zu groß für einen Junggesellen war.

Aus einer Distanz von fünfunddreißig Jahren betrachtet, hatte unsere gemeinsam verbrachte Zeit in der Kautilya Marg eine vage Ähnlichkeit mit einem Konzil. Zusammengekommen in dem von hohen Bäumen umschatteten Haus, legten mein damals noch künftiger Stiefvater und ich, Tag für Tag, durch umsichtige, mit jesuitischer Diplomatie geführte Gespräche, durch Andeutungen und Beschwörungen, den Grundstein für die finanzielle Sicherheit meiner Mutter, die weiterhin davon überzeugt war, ihre Karten auf den Geist und nicht auf das Geld setzen zu müssen, da sie Gelderwerb für das Los der Unbegabten hielt.

In der Woche, die der Reise zum Maharaja von Samthar vorausging, begleitete ich den dritten Heiratsanwärter meiner Mutter jeden zweiten Tag in das Büro von Reuters, heftete seine Artikel, die er als Auslandskorrespondent verfertigte, in Ordner, wurde von ihm eines Morgens Indira Gandhi vorgestellt, die er als «gehobene Hausfrau, zäh wie Bambusrohr» beschrieb (damals regierte die Nichte Nehrus sechshundertsechzig Millionen Menschen), saß während eines Abendessens neben Herbert Tichy, dem berühmten Bergsteiger, der 1945 als Erster den Cho Oyu bestiegen hatte, und begegnete einem jesuitischen Pater mit Namen Troll, der von der Überzeugung durchdrungen war, dass der Hinduismus, da eine polytheistische Religion, kein soziales Ethos entwickelt habe.

Eines Nachmittags bedachte eine Gräfin Fugger die Räume des Hauses mit ihrem Besuch, eine große, fettleibige Dame, über die ich aus einem geflüsterten Gespräch zwischen dem Bewerber meiner Mutter und Pater Troll erfahren hatte, dass sie eine strenge Katholikin und die Geliebte des Königs von Samthar sei.

Die Dame nahm zwei Plätze auf dem Bambussofa in der

Veranda ein, und ihre kleinen Augen glänzten wie Murmeln in einem Schmalztopf, als sie von ihrem Besuch auf der Festung des Königs erzählte. Hand in Hand, behauptete sie, arbeite der Maharaja mit den *Dacoits,* den berühmten indischen Banditen, und mit empörtem Ausdruck, hinter dem erotische Begeisterung durchbrach, gab sie die Geschichte über einen Cousin des Königs wieder, der für einen Mord in seiner Familie Vergeltung üben wollte und sich dafür in Samthar einen *Dacoit* ausgeliehen hatte, für ihn den Strafmord auszuführen. Aus dem anklägerischen Ton ihrer lauten, geölten Stimme klang der Stolz heraus, heimlich in den Armen des skrupellosen Maharajas gelegen zu haben.

«Dieser junge Mann», rief sie, «der in Neu-Delhi höflich und zurückhaltend auftritt, ist in seinem Reich nicht wiederzuerkennen! Dort trägt er ein vollkommen anderes Gesicht! So etwas habe ich in meinem Leben noch nie erlebt, obwohl ich die Welt und ihre Monarchen kenne!»

Gebannt hörte ich der katholischen Jägerin aus dem alten Geschlecht der Fugger zu, die in einem Alter, da sich Damen ihres Ranges dem Züchten von Hortensien oder dem Verfassen eines Memoirenwerkes verschreiben, von der Liebe gepackt worden war.

«Und immer ist er von Schwärmen – Schwärmen, sage ich! – von Höflingen, Soldaten und Getreuen umgeben. Wenn er sich auf den Weg macht, dann stehen ganze Truppen von Männern bereit, um ihm auf Schritt und Tritt zu folgen. Als wir in einem Dorf an einem alten Bauern vorbeifuhren, der nicht rechtzeitig von der Bank, auf der er gesessen war, aufsprang, beugte sich der König aus dem Wagenfenster und schleuderte die Bank an den Straßenrand! Feudale Verhältnisse wie zur Zeit meines Urgroßvaters! Orientalische Despotie!», rief sie mit schwer zu verhehlender Achtung, denn unter der oberflächlichen Patina liberaler Gesinnung war sie standesstolz geblieben.

Am Vorabend der Reise nach Samthar packte ich in meinen Silberkoffer einen neuen rosafarbenen Punjabianzug, der hervorragend zu dem rosa Strohhut passte. Ich fühlte mich von Kopf bis Fuß wie gemacht für die Reise zu einem König.

Mein zukünftiger Stiefvater legte stets Wert darauf, im Zug zweiter Klasse zu reisen, da es, wie er sagte, die dritte Klasse nicht mehr gebe. Doch auch zweiter Klasse zu fahren bedeutete in Indien damals, in einem überfüllten, von stickiger Hitze erfüllten Waggon zu sitzen, der, außer den regulären Passagieren im Inneren der Wagen, gratis Reisende auf den Dächern, ambulante Verkäufer allerlei Art, Zirkuskinder, Wandersänger, Pilger, Zigeuner, Astrologen und Affendompteure mit sich führte.

Ich war begeistert. An jeder Bahnstation stiegen weitere Verkäufer von Tee oder Eis, stiegen Kopfmasseure, Wahrsager und Schaumschläger jeder Fasson hinzu, die sich mit ihren Luftballons, Haarschleifen und Tabletts voller weißer Rüben, mit ihren Affen und Weissagungen unter die Fahrgäste mischten.

Am Bahnhof von Jhansi, wo während des Aufstandes der *Sepoits* gegen die Briten im Jahr 1857 die berühmte und schöne Rani Lakshmibai in vollem Waffenschmuck gegen den Feind gezogen war, erwartete uns eine mit Gewehren bewaffnete Delegation des Königs, die uns in einem weißen Ambassador durch die flache, hier und dort von Inselbergen aus rotem Lehm oder Zyklopensteinen durchsetzte Landschaft von Bundelkhand fuhr.

Zu dieser Jahreszeit – es war Mitte April – lag der Staub der Dreschplätze an den Straßenrändern, und die Erde der Felder war schon rissig vor Trockenheit. Rauchfahnen durchzogen die über den Feldern liegenden Hitzeschlieren.

Während mein späterer Stiefvater, der auf dieser Reise die Memoiren des Kaisers Babur las, sich die Frage stellte, wie weit der Mensch an der Ausdörrung der Natur Schuld trug, bereitete ich mich auf die Ankunft in einem Königreich vor, wo ein Leben herrschen musste wie in den Geschichten aus *Tausendundeiner Nacht*.

Doch als der Wagen in die verwitterte Festung einfuhr und der König uns aus dem Eingangstor in beigefarbenen Bleyle-Hosen und einem kurzärmeligen Polohemd entgegentrat, war ich enttäuscht von Burg und Burgbesitzer.

Nun hatte ich endlich den Maharaja von Samthar vor mir, von dem die Gräfin Fugger so viel und laut erzählt hatte. Bei seinem Anblick kamen mir sofort ihre Worte über das Leben auf der Festung in den Sinn, die nichts mit der Person vor mir zu tun zu haben schienen. Und doch, jetzt stand ich einem Maharaja gegenüber, dessen Titel es vor allem gewesen war, der meine Phantasie beschäftigt hatte, denn eine Sache ist es, reich, eine andere Sache berühmt, doch König zu sein …

Von jenem Glanz, den ich erwartet hatte, war nicht einmal ein Widerschein zu erkennen. Erst viele Jahre später sollte ich folgende Passage bei Marcel Proust lesen: «Der Glanz, von dem uns Leute umkleidet scheinen, mit denen wir Umgang haben, haftet diesen nicht fester an als der ihre den Bühnenfiguren, für deren Kostümierung ein Theaterdirektor ganz unnötigerweise Hunderttausende von Franken ausgibt, um ihnen echte Kostüme und Juwelen zu beschaffen, die keine Wirkung hervorbringen, während ein großer Ausstatter einen Eindruck von tausendmal grandioserem Luxus erweckt, wenn er ein Scheinwerferlicht über eine Weste aus grober Leinwand, die mit Glasknöpfen übersät ist, oder einen Mantel aus Papier gleiten lässt», eine Passage, die ein noch schärferes Licht auf jenen verborgenen Glanz von Samthar warf, der sich mir schon nach wenigen Stunden auf der Festung enthüllte – jener Schimmer von grober Leinwand, an den weder die Juwelen von Cartier noch die Schätze von Fabergé heranreichen konnten.

Wie groß war mein Erstaunen, als ich den König an jenem Nachmittag im Tempel seines Forts wiedersah, zwischen Hunderten von Blumentöpfen, die aus Anlass einer Feier vor dem Hauptschrein aufgestellt worden waren.

Er saß in einer bestickten Brokatjacke und hautengen Seidenhosen, einen von Gold- und Silberfäden durchwirkten Zweispitz auf dem Kopf und mit einer quer über die Brust gelegten, goldbestickten Schärpe vor dem Altar.

Fünf brahmanische Priester mit kahl geschorenen Köpfen lasen Verse aus dem *Rigveda* vor. Als Oberpriester amtierte ein *Pandit*, der aus Benares angereist war.

Nach neun Fastentagen hatte der König dunkle Ringe unter den Augen und starrte mit dem Ausdruck eines hungrigen Dackels in die Opferflammen. Die Fastenkur war Teil einer Familienzeremonie, die in jenem Jahr mit besonderer Feierlichkeit begangen wurde, da im Burgtempel zwei neue Statuen von Ram und Sita eingeweiht wurden.

Die alten Idole waren, mitsamt den Silberfeldern aus den Tempeltüren, von einer Bande von Kunstdieben gestohlen worden. Einen der Räuber hatte man inzwischen in Assam gefasst. Zur Strafe war ihm ein Auge ausgestochen worden.

Schon damals lag die Burg von Banditen ausgeplündert da, die sich mit sicherem Zugriff auf das Beste gestürzt hatten, bevor es die Maharani im Stadtpalais der Familie in Lucknow in Sicherheit hatte bringen können.

Ich folgte den Gesten eines Priesters, der neben dem Feuer die neuen, noch unbekleideten Idole aus Seifenstein mit *Ghee*,

Milch, Joghurt und Gewürzen wusch und aus hunderteins Gefäßen mit Wasser übergoss.

Es war dem Maharaja anzusehen, dass er diese Rituale als etwas betrachtete, das erhalten werden musste wie der Hoftempel, das ihn aber bis aufs Blut langweilte.

Neben ihm saß mit niedergeschlagenen Augen seine Frau, deren kleiner, rundum geschmückter Kopf sich unter der Bürde ihres aufgetürmten, lackschwarzen Haares leicht auf die Brust senkte. Wenn sie zuweilen aufblickte, so war es der langsame Augenaufschlag einer Schildkröte.

Eine Schönheit war die Dame in ihrer bonbonnierenhaften Fülle nicht, doch ging die wollüstige Trägheit einer orientalischen Prinzessin von ihr aus, die den Genuss langen Schlafes und das langwierige Verhandeln mit Juwelieren kannte, die Kardamom erster von jenem zweiter Güte auf einen Blick zu unterscheiden wusste und das Leben selbst als ein Seidenkissen betrachtete, an das man seinen wohlgenährten Leib lehnt.

Von der Gräfin Fugger hatte ich erfahren, dass die Maharani gewissenhaft der einzigen Pflicht einer Dame ihres Standes oblag, die darin bestand, nichts zu tun.

Versetzte die Königin, durch ein schweres Nicken oder einen Seitenblick auf den König, ihren Kopf in die geringste Bewegung, so gerieten ihre Ohrgehänge in leises Klingen.

Missmutig und pinkfarben lagen ihre Lippen unter dem Saum eines durchsichtigen, Auge und Nase bedeckenden Seidenschleiers, hinter dem sie sich wie in einem zweiten Raum aufhielt, der sie von dem Geschehen ringsum abschirmte.

Zuweilen blickte sie mit schweren Augenlidern verstimmt um sich oder gab mit einem kleinen Katzengähnen ihre Langeweile kund.

Damals war sie etwa fünfundzwanzig Jahre alt und schien

die höchste Meinung von sich zu haben. Ihr ganzes Gebaren drückte aus, dass sie aus dem nepalesischen Königshaus stammte, das von etwas anderen Dimensionen als die entlegene Festung ihres Mannes gewesen war.

Von ihr hatte die Gräfin Fugger auch erzählt, dass sie mehr als alles andere auf der Welt Schmuck liebe, Schmuck und eine Gesellschaft, in der sie ihn zur Schau stellen könne. Der Glanz ihrer Juwelen überstrahlte jedoch keinen Augenblick einen in Indien unverzeihbaren Makel: Der einzige Sohn, den sie ihrem Mann geboren hatte, war nicht gesund auf die Welt gekommen und würde niemals den Platz seines Vaters einnehmen können.

Ich bekam die Königin nur noch selten zu Gesicht. Sie verbrachte die Stunden in einem Turmzimmer, von wo zuweilen ihre zirpende Stimme ertönte, wenn sie nach ihrem Sohn rief, der in bestickten Hemden und bauschigen Hosen, wie der Narr des Hofes, mit einem Gefolge von Dienern zwischen den Mauern umherlief.

Nach der Zeremonie im Tempel wurde, unter Trommelwirbeln, Trompetenstößen und Bollerschüssen, das inzwischen eingekleidete, von Blumenketten geschmückte Götterpaar unter einem roten Baldachin um den äußersten Mauerring und schließlich wieder zurück in den Tempel getragen.

Hunderte von Menschen waren zu diesem heiligen Anlass zu der Festung geströmt, wo nun neun Tage lang der Einzug von Sita und Rama festlich begangen, am siebenten aber, dem Tag von Ramas Geburtstag, seinen Höhepunkt erleben würde.

Vor den Toren fanden sich von Stunde zu Stunde immer mehr Musikanten, Fakire, Schlangenbeschwörer, Akrobaten, *Sadhus*, Sänger und Vagabunden ein, die auf Mahlzeiten und großzügige Spenden hofften.

Von allen Seiten erklangen Flötenspiel, Gesang und Gebet.

Aus dem Dorf drang Musik von Dudelsäcken. Frauen zogen mit Terrakottatöpfen auf dem Kopf durch die Burghöfe. Die Samthar-Fahne wurde gehisst, die zwei Kanonen im Hof gewaschen. Wasser rann die Marmorstufen des Tempels herunter, die am großen Festtag wie Alabaster leuchten sollten. Vor den Toren wurden Körbe voller Rosenblüten abgestellt und zwischen die Zinnen Girlanden gespannt.

An jenem ersten Abend auf der Festung, als die Diener auf der Dachterrasse mit im Winde flatternden Turbansäumen Whisky einschenkten, setzte mich der König auf seine Knie. So konnte ich sein Gesicht aus der Nähe betrachten und auf dem Grund seiner dunkelbraunen Pupillen nach den Augen seines Urgroßvaters suchen, dessen Porträt neben meinem Bett im Gästezimmer hing.

Dieser Urgroßvater besaß größere Ähnlichkeit mit einem indianischen Stammeshäuptling als mit einer jener Maharajafiguren, die aller Welt von Fotografien her bekannt sind, meist juwelenbehängte, schmerbäuchige Zwerge mit grellfarbenen Turbanen und wulstigen Lippen.

Maharaja Chhatar Singh Ju Deo I. war auf einer silbernen Sänfte abgebildet, deren Armlehnen die Gestalt von die Zunge herausstreckenden Löwen hatten. Er saß darin wie ein kleiner Junge in der Schwanenbarke eines alten Karussells. Seine rechte Hand hielt ein breites, langes, an seiner Hüfte lehnendes Schwert. Auf dem Kopf trug er eine hohe Krone in Form einer Radiolarie. Ölig glänzende, wie mit dem Brenneisen geformte Schläfensträhnen lagen schlangenhaft an seinen Wangen. Aus diesem Rahmen von Locken und Krone blickten die blanken, unbeugsamen Augen eines Schamanen, überwölbt von feinen Augenbrauen. Die vollen, mit leichter Verachtung geschlossenen Lippen, das vorstehende, runde Kinn und die mexikanische Nase ragten stark aus dem breiten Gesicht hervor, das hinter dem kriegerischen Ausdruck das Antlitz einer schönen, klugen Frau verbarg. Eng anliegende Seidenhosen und eine knielange Seidenjacke mit geblümtem Saum umschlossen den kleinen Körper, dessen Nacken eine Vielzahl von Ketten umschlang.

Wenn der heutige König, Maharaja Ranjeet Singh IV., von der hohen Dachterrasse der Festung in die weite Tiefe der Höfe nach einem seiner Diener rief – «Anand!» – und dieser Ruf in den verlassenen Sälen, Gängen und Räumen widerhallte, hörte ich aus ihm den donnernden Marschbefehl aus dem Mund des Stammesvaters heraus, dessen Gesichtsausdruck mir durch das Betrachten seines Porträts vertraut geworden war.

«Du scheinst ihm sehr zu gefallen», bemerkte mein zukünftiger Stiefvater später, als wir die Tür zu unserem Zimmer verriegelt hatten. Diese Worte machten Eindruck auf mich, da ich niemals gedacht hätte, dass ein König auch nur einen Gedanken an ein Kind verschwenden könne. Doch die folgenden Tage in Gesellschaft des Maharajas verliehen meiner kindlichen Einbildungskraft das Gefühl, mit zehn Jahren die außergewöhnliche Rolle einer vom König bevorzugten Hofdame zu erhalten, wenn sich auch zwischen ihm und mir nicht nur die Mauern einer Festung erhoben und Kronenglanz uns trennte.

His Highness saß auf einer schwindelerregend hohen Warte, deren Ausblick er mit seinen Ahnen teilte. Von dort oben sah das Leben von Grund auf anders aus als aus dem intellektuellen Kellerloch der Männer meiner Mutter, von wo ich die Dinge des Lebens zu betrachten gelernt hatte.

Nichts konnte unterschiedlicher sein als ein Maharaja von sechsunddreißig Jahren, der, neben der Verwaltung der Festung, eine Karriere als Innenminister von Uttar Pradesh angetreten hatte, und einem kleinen Mädchen aus Niedersachsen, dessen Idol bis vor Kurzem Tom Sawyer gewesen war – und doch knüpfte sich damals, wiewohl wir uns in keiner Sprache richtig verständigen konnten, ein filigranes Band der Zuneigung.

Während der sieben auf dem Fort verbrachten Tage saß ich neben dem König, wenn er Hof hielt, begleitete ihn, wenn er sich mit seinem Gefolge in die Dörfer der Umgegend aufmachte, schlief abends auf der Terrasse in seinen Armen ein und war am nächsten Morgen beim Frühstück wieder auf dem Platz an seiner Seite.

Ich machte für den Maharaja Kopfstand, und er setzte mich auf den Thron seines Urgroßvaters.

Mein zukünftiger Stiefvater, der damals davon überzeugt war, dass es für Indien schon zu spät sei, dass es in jenem Land nichts mehr zu retten gäbe, wenn es keinen radikalen Wandel erlebte, nahm in dem ehemaligen Reich von Samthar nur Verfall und Müdigkeit wahr, die Müdigkeit einer Bevölkerung, die sich in seinen Augen treiben ließ, als wartete sie auf etwas, das nur der Tod oder die Erlösung sein konnte.

Er führte diese apathische Schwermut auf die lähmende Hitze, auf die Religion und auf das feudale Denken zurück, das sich seit Jahrhunderten in ihren Genen festgefressen hatte.

Die Zeit schien ihm in diesem heißen, trockenen Landstrich mit grauenhafter Langsamkeit zu zerrinnen. In seinen Augen war der Hof von Samthar eine Schmierenbühne, auf der ausgezehrte Greise, mit Gewehren um die knochigen Schultern, Wächter spielten und salutierten, wenn ihr König erschien.

Er betrachtete es als ein tragikomisches Schauspiel, wenn sich allabendlich die unrasierten, knochigen Diener in rote Uniformjacken warfen und als Kapelle mit Blasmusik aufwarteten.

Meine Augen sahen nicht, was seine Augen sahen. Gewiss, die sengende Hitze drückte auf die Männer des Hofes, wie sie auf der gesamten Bevölkerung lastete. Bei solchen Temperaturen erschlaffte jede Willenskraft. Auch lastete auf vielen Angestellten, die noch dem Vater des Königs zu Diensten gestanden hatten, das Alter, doch ein eindringlicherer Blick auf ihre Gesichter und Gesten brachte meinem kindlichen Auge eine andere Wirklichkeit zum Vorschein.

Die alten Diener, die in ihrer Hagerkeit aussahen, als wären sie nicht mehr zu geringstem Widerstand fähig, die den Eindruck hervorriefen, als könne sie ein einziger Stoß zwischen die Rippen zu Fall bringen, mochten auf den europäischen, aufgeklärten Geist meines späteren Stiefvaters apathisch und verkommen wirken, doch genügte ein etwas tieferer Blick in ihre Augen, um zu erkennen, dass sie von unbeugsamer Stärke, dass sie Männer von Überzeugungen waren, die mit bäuerlicher Härte gegen Übel zu Felde zogen, die damals begannen das Dorf von Samthar und damit auch das Leben auf der Festung zu bedrohen.

Mit ihren veralteten Gewehren, ihren verrosteten Lanzen und ihren stumpfen Speeren gingen sie als Wächter zwischen den Burgmauern, doch weniger zum Schutz des jungen Königs, der nicht der Sicherheitswehr, sondern des Dekors bedurfte, als zur Abwehr von Sittenlosigkeit und Unglauben, die als Schleppenträger der Technologie die metaphysische Stabilität der ländlichen Bevölkerung bedrohten. Sie selbst wussten es nicht, doch diese alten Männer waren die Hüter des *Dharma*.

Offenbarte sich meinem zukünftigen Stiefvater auf der Festung vielleicht das bittere Geheimnis, dass jene Diener den Sinn des Lebens gefunden hatten, ohne ihn zu suchen, im Unterschied zu ihm, dem Aufklärer, der den Sinn des Lebens suchte, ohne ihn zu finden? War ihm verschlossen geblieben, dass jene Männer Menschen ohne Ideologien waren, deren Schicksal in den Händen der Götter und des Königs lag? War er vielleicht gar nicht auf den Gedanken gekommen, dass diese Männer den Zweifel an sich selbst nicht kannten, da sie sich dem Maharaja angehörig fühlten, dem von den Göttern die Aufgabe erteilt worden war, jeden aufkommenden Zweifel für sie auszuräumen?

Das Wort «Problem», das sowohl mein späterer Stiefvater als auch die Gräfin Fugger oft im Munde führten, als sei ein Leben ohne Probleme undenkbar, gab es im Vokabular von Samthar nicht. Das Vertrauen und Selbstvertrauen jener dienenden Männer, die in einer Welt lebten, in die die Psychoanalyse noch nicht vorgedrungen war, ruhte einzig und allein in dem Vertrauen auf den König. Dieses Vertrauen in ein Oberhaupt erhielt ihr Gemüt kindlich.

Es mochte aus der Sicht des politischen Korrespondenten unbegreiflich sein, doch das größte Ansinnen dieser Menschen war die Freude und Genugtuung des Maharajas, der auf diese Weise wiederum zu ihrem Kind wurde.

Die halbherzige Empörung der Gräfin Fugger über die Tatsache, dass die ohnehin schon gebeugten Alten sich zum Gruß des Königs zu seinen Füßen beugten, ließ die Wahrheit außer Acht, dass sich diese Männer mit demselben Respekt zu den Füßen des Maharajas neigten wie zu den Füßen ihrer Mütter, wiewohl sie in dem demokratischen Land, in dem sie lebten, nicht mehr dazu gezwungen waren. Durch die Achtung gegenüber dem König empfanden sie Achtung vor sich selbst. Wie ein Novize dem Abt eines Klosters dienten sie dem König, denn das diente ihrem Stolz. Es war ein feiner Sinn für alte Gesten, der ihnen die Gebärden der Ehrerbietung eingab.

Die Empfindung der Vergeblichkeit von allem, die meinen späteren Stiefvater immer wieder wie eine Krankheit überfiel und seinen Blick auf die Dinge des Lebens trübte, eine Empfindung, unter deren Eindruck er der Bevölkerung von Samthar Müdigkeit zugesprochen hatte, diese Empfindung war gewiss den alten Hofdienern von Grund auf fremd.

Es mag sein, dass das von philosophischen Schulen noch ungetrübte Auge eines Kindes besser als ein von Rousseau und Freud geprägter Geist erkannte, dass die Dienerschaft von Samthar gewiss keinen Augenblick ihres Lebens als vergeblich empfunden hatte. Nicht einer von ihnen wäre wohl jemals auf den Gedanken gekommen, an seinem Leben etwas zu ändern oder sich von etwas zu befreien, da ihnen nichts fremder erscheinen musste, als sich von einer alten, festen Bindung zu lösen, die von Anbeginn keine Vergeblichkeit gekannt hatte.

Wie aber war der dritte Ehemann meiner Mutter zu der Ansicht gelangt, die Bevölkerung von Samthar versinke in der Religion wie in Schlamm? Dass die Luft über diesem Stück Erde gleichsam mit Frömmigkeit erfüllt war, war dies nicht ein schlagender Beweis dafür, dass seine Bewohner nicht von Apathie beherrscht sein konnten?

Möglich, dass die Traurigkeit, die mein zweiter Stiefvater in Samthar wahrhaben wollte, in ihm selber lag und seinen nüchternen Journalistenblick oft verschleierte. Er selbst war es, der von Melancholie erfüllt war, da er nicht wusste, an welchen Gott er sich wenden und welcher Überzeugung er dienen sollte. Er war es, der jeden Moment in der Gefahr schwebte, einer erdrückenden Schwermut zu verfallen.

Später entdeckte ich in seinem in Indien geführten Notizbuch ein mehrmals unterstrichenes Zitat von Mircea Eliade: «Der Zerfall der Polis hatte das Individuum von seinen uralten

Bindungen bürgerlicher und religiöser Art befreit; auf der anderen Seite zeigte ihm diese Befreiung seine Einsamkeit und Entfremdung in einem durch seine Rätselhaftigkeit und seine Größe beängstigenden Kosmos.»

Zwischen den warmen Ringmauern der Festung von Samthar hatte das Gefühl einer «kosmischen Einsamkeit» nicht aufkommen können. Zwischen diesen Steinen war es unmöglich, sich über einen etwaigen Zusammenbruch der indischen Wirtschaft den Kopf zu zerbrechen. Hier konnte ein allgemeiner Begriff wie jener der «Katastrophe», auf die mein späterer Stiefvater Indien zusteuern sah, gar nicht entstehen.

Den Männern von Samthar ging es, unter dem Schutz des Maharajas, Furche um Furche nur um das Gedeihen von Korn, Opferspende um Opferspende nur um die Segnung der Götter und Regentropfen für Regentropfen nur um die Befruchtung der Saaten. Es wurde von schlechten und guten Ernten, von reichen und armen Menschen, von Traktoren und Ochsenkarren gesprochen. Die verdienten Rupien wurden hoch oben auf Küchenregalen in kupfernen Wassertöpfen oder in einer unter den Saris der Frauen verborgenen Gürteltasche versteckt.

Am Vorabend unserer Rückreise nach Neu-Delhi fand das große Geburtstagsfest von Gott Rama statt. Auch die verlassensten Ecken der Burg hallten von Dudelsackmusik und Trommelwirbel wider. Im Stall schüttelten die Stuten ihre Trensen und stampften mit den Hufen auf die strohbedeckten Steinplatten. Die Frauen und Mädchen aus dem Dorf, die für das Fest ihre wertvollsten Saris, ihre rotesten Haarschleifen, ihre schönsten Armreifen und längsten Halsketten angelegt hatten, die euphorisch, als eine Schar Bacchantinnen, durch die Tore auf die Festung strömten, erfüllten jeden Stein, auf dem sie sich niederließen, jedes Mauerstück, an das sie sich lehnten, jede verfallene Nische und jeden zerbröckelnden Erker mit jenem Leben, das einst die Soldaten des Heeres von Maharaja Chhatar Singh I. mit ihren aufgetürmten Turbanen und ihren blitzenden Speeren den mächtigen Mauern verliehen hatten. An diesem Festabend hatte die weibliche Bevölkerung alles darangesetzt, der Göttin Sita noch ähnlicher als sonst zu sein. An ihren Körpern und in ihren blumengeschmückten Haaren schienen sie einen Lymphsaft auf die Burg zu tragen, mit dem sich jeder einzelne Stein anfüllte, sobald eine aus einem Zopf gefallene Rose oder das Stück Silberpapier einer Süßigkeit sich auf ihm niedergelassen hatte. Sie hatten sich Haltung und Gestus der Göttin zu eigen gemacht. Es waren Landfrauen, die ihre Saris auch an Festtagen auf sittsame Art trugen. Meist war ihr langes, volles Haar straff nach hinten gekämmt und zu einem schweren Knoten im Nacken geschlungen.

In Indien ist das Haar der wertvollste Besitz einer Frau. Wie oft sieht man Mädchen und Frauen vor ihren Häusern oder Hütten sitzen und sich, eine Haarnadel zwischen die Zähne geklemmt, die Haare kämmen.

Ein nacktes Bein war in Samthar nie zu sehen.

Laternen hingen im Geäst der großen Banyanbäume. Überall loderten die Flammen kleiner Feuer auf, vor denen sich schwarze Silhouetten stehender und am Boden hockender Männer abzeichneten. Aus den frisch entzündeten Feuern war das Knacken brennender Zweige zu hören, aus den verglimmenden Aschehaufen zogen Rauchsäulen in die Luft.

Stimmen von Schauspielern vermengten sich mit jenen von Sängern, Stimmen von Priestern mit jenen von Heilärzten, Stimmen von Kindern mit jenen von Frauen und Männern. Die Ekstase selbst hatte im Klang von Trommeln und Trompeten Einzug zwischen die Mauern gehalten und von jedem Einzelnen Besitz ergriffen.

In den Höfen waren kleine Stände aufgestellt. Aus Töpfen und Pfannen dampfte und spritzte es. Kinder schoben sich *Ras Gullas* und *Jalebis* zwischen ihre Zähne. Die vollen Lippen glänzten von *Ghee*. Goldene Ohrringe leuchteten auf. Ziegen meckerten und Hunde bellten, nur die Pfauen schwiegen in dieser Nacht.

Der König führte mich an seiner Hand durch das Gedränge, um sich die Feierlichkeiten auf der Festung anzuschauen.

Vor der zweiten Ringmauer hatte sich eine dichte Menge von Zuschauern um einen Platz gebildet, wo Jungen und Männer, wie in Trunkenheit, mit torkelndem Schritt tanzten und erregte Schreie ausstießen.

Mit staunendem Entsetzen sah ich, wie sich manche von ihnen im Tanz lange, scharfe Eisenspeere durch die Wange bohrten. Ihre Augen funkelten in der nur von Fackeln beleuchteten Dunkelheit.

Ich konnte meinen Blick nicht von den Tänzern lösen, die sich zu Ramas Ehren solche Schmerzen zufügten. Die Musik würde sich bis zur völligen Erschöpfung der Männer hinziehen, bis in den frühen Morgen hinein, wenn die Trance sich wieder in Nüchternheit, die übermenschliche Kraft wieder in menschliche Schwäche verwandeln würden.

Mein unter den dunklen Menschen auffallend weißer Körper geriet an der Seite des Königs immer tiefer zwischen die geschmückten und schwitzenden Zuschauer, die in den gleichen Bann wie ich geraten waren, ergriffen von einem tollwütigen Lebensgefühl.

Immer stickigere Luft umschloss mich, die sich mit dem Geruch von langen, schwarzen Haaren, von schweißdurchtränkten Stoffen, von geölter Haut und aufgewirbeltem Staub durchsetzte.

Plötzlich fühlte ich, dass meine Hand nicht mehr festgehalten wurde, dass ich mich allein inmitten der vor und zurück wogenden Menge befand, die dem Rhythmus der tanzenden Männer folgte.

Es war unmöglich, mit meinen geringen Kräften aus dem dichten Geflecht der berauschten Körper herauszutreten. Es bot sich keine Lücke des Entkommens. Wie in einen Pferch fühlte ich mich eingesperrt. Ich schrie laut und versuchte kraftlos, mich zwischen den Beinen und Armen hindurchzudrängen, als ich den harten Körper eines Jungen neben mir spürte, der mich am Handgelenk ergriff und aus der Menge zerrte.

Ich ließ mich führen und folgte der kleinen Gestalt aus der tosenden Menge hinaus, durch Torbogen und Tore, bis das fremde Kind die Ställe des Forts erreichte, wo es kühl aus den eingestürzten Gewölben wehte, deren Bögen und Strebepfeiler sich im schwach flackernden Licht der fernen Flammen unnatürlich hoch wölbten.

Der Junge, der zwei oder drei Jahre älter als ich sein mochte, setzte sich auf den Rand eines nach hinten gekippten, die Deichselstangen in die Höhe streckenden Karrens. So saß er eine Weile, ohne sich zu rühren, bis er aufsprang, davonrannte und mit einer brennenden Fackel zurückkehrte, die er in den Boden neben den Karren rammte.

Wie ein aufmerksamer Gastgeber gab er mir das Zeichen, mich neben die Flamme zu setzen, und nun starrte er mich mit scheuem und ernstem Blick an. Seine braunen Augen betrachteten mit Staunen mein blondes Haar, die helle Haut meiner Arme, die rosa Bluse und die japanischen Schuhe an meinen Füßen.

Er selber war fast nackt. Nur um seine Hüften war ein weißer *Dhoti* gewickelt. Eine lange Kette mit einem Amulett hing von seinem Hals. Zwischen die Augenbrauen war ein keilförmiges Zeichen gemalt, und etwas Sandelholzpulver klebte an seiner feuchten Stirn, in die einzelne, schwarze Locken fielen. Die Augen selbst waren so groß, dass es aussah, als risse er sie in einem fort auf. Zwischen seinen Lippen blitzten zuckerweiße Zähne hervor, und von seinen Beinen ging ein Geruch ranziger Butter aus.

Der Junge hob sein Amulett und hielt es mir unter die Augen, er zeigte auf den Keil zwischen seinen Brauen, warf einen Stein in hohem Wurf in das Gewölbe hinter uns und wiederholte immer wieder nur das eine Wort, das er auf Englisch sagen konnte: *chocolate*.

Seine Gestalt weckte unbekannte Empfindungen in mir, die meine ernsthafte und zugleich unbesonnene Natur erregten.

Wie einem Spaziergänger im Wald das plötzliche Erscheinen einer Schlange mit der Blitzeseile eines niedersausenden Axthiebes die Ruhe der Nerven sprengt und die kontemplative Seelenverfassung in Panik verwandelt, so brach das Gefühl der erotischen Anziehung mit einem Mal die Schalen meiner Wahrnehmung auf, an jene Schicht rührend, die sich erst unter dem Eindruck einer starken Attraktion oder Abstoßung zu regen beginnt.

Als die Stimmen des Königs und mehrerer Männer erklangen, die meinen Namen riefen, zog der Junge einen kleinen Metallring von einem seiner Finger, legte ihn mir in die Hand und presste seinen Mund auf meine Lippen, bevor er einen Sprung nach hinten machte, dorthin, wo das undurchdringliche Schwarz der verfallenen Ställe lag.

«Hast du uns einen Schrecken eingejagt!», rief mein zukünftiger Stiefvater, als er mich neben der Fackel sitzen sah. «Wie bist du nur hierher gekommen? Es ist gefährlich, sich auf der Burg allein auf den Weg zu machen!»

Der König und seine Diener umringten mich und führten mich zurück in das Innere der Festung, wo ich behandelt wurde, als sei ich aus dem Reich der Toten zurückgekehrt.

Jahrelang trug ich den Ring am linken Ringfinger. Später, als meine Hand größer geworden war, zog er an den kleinen Finger, bis er auch für diesen zu eng geworden war und ich ihn bei einem Juwelier erweitern lassen musste, so dass er in dem Alter, als es Zeit für mich war, nach einem Ehemann Umschau zu halten, wieder an seinem ersten Platz zu sitzen kam: an dem mit dem Herzen durch die *vena amoris* verbundenen Ringfinger. Bei seinem Anblick hatte ich mich oft gefragt, wie es seinem einstigen Besitzer inzwischen wohl ergangen sein mochte.

Es gibt Erinnerungen, die sich vertreiben, und solche, die sich nicht vertreiben lassen. Die Erinnerungen an den kleinen Jungen aus Samthar gehörten zu den nicht vertreibbaren.

«Der König ist ein trauriger Mann», bemerkte ich damals nach der Abreise aus Samthar zu meinem Stiefvater, der später in sein Notizheft eintragen sollte:

«Beim Abschied sagte er zu dem kleinen Mädchen und meinte es in jedem Buchstaben: ‹Du weißt, dass ich dich sehr vermissen werde.› Ja, auch ich habe beobachtet, dass selbst sein Lachen einen traurigen Ton hat, nicht an der Oberfläche, sondern an der Unterfläche, so, als hole ihn beim Lachen sehr bald der Gedanke an die Vergeblichkeit allen Tuns und Trachtens ein. Die Unterhaltungen mit ihm waren mühsam. Was interessiert ihn, was bewegt ihn außer Tagespolitik? Und doch hat er etwas Anziehendes, etwas sehr Bewegendes. Ich halte ihn für einen charakterlich noblen Mann.»

Nach meiner Rückkehr aus Indien spürte ich, dass sich eine neue Seele ganz sachte in mir aufgetan hatte, die wie ein Schmetterling aus der Larve meiner alten Seele hervorgekommen war.

Die geheime Macht eines Ortes! Niemals wird sich eine Antwort auf die rätselhafte Anziehung gewisser Stätten finden, an denen wir uns einbilden, am richtigen Ort angekommen zu sein.

***

Jetzt knatterte der Wagen auf die Burg zu, die mit jenem unbeugsamen und wilden Ausdruck vor mir aufragte, den ich als Kind in den Augen des Ahnherrn Maharaja Chhatar Singh I. entdeckt hatte.

Immer noch strahlten ihre hohen Mauern eine beharrliche Unbezwinglichkeit, eine despotische Aura aus. Ein Blick die Mantelmauern hinauf zu den Zinnen und Wehrtürmen erfüllte jeden, der durch die Tore kam, mit dem Gefühl, das Auge eines Tyrannen ruhe aus der Höhe auf ihm.

«Ein König», hatte ich in der *Manusmriti* gelesen, «soll sich mit aller Kraft bemühen, in einer Bergfestung Zuflucht zu suchen; denn unter den Festungen ragt die Bergfestung durch ihre vielen Vorteile heraus, da in diesen Affen, Menschen und Götter Zuflucht suchen».

Wenn auch keine Elefanten mit spiegelbestückten Tragsesseln, keine nervös schnaubenden Araber, keine Kamele und Soldaten mit Turbanen den Einzug eines fremden Gastes in dieses Reich begrüßten, so fuhr er dennoch mit dem Gefühl in die Mauern ein, als hallte die Luft von Trommeln und Fanfaren wider.

Das Taxi fuhr langsam die ansteigende Straße unter dem hohen Torweg in den inneren Hof hinein, der zu dieser Tageszeit in oblomowscher Lethargie dalag.

Schwalben segelten durch die Luft, zwei Ziegen schliefen im Schatten eines Traktors, Garben frisch geschnittenen Korns türmten sich in den Ecken, ein Soldat lag im Halblicht eines überdachten Wächterpostens, und auf den Stufen zum Hauptportal der Burg briet eine kleine Schar Diener in mausgrauen Uniformen in der Sonne.

Die Einfahrt des Taxis fuhr der matten Gesellschaft, die wohl schon lange wartend auf den Marmorstufen herumgelungert hatte, als Schreck in die Knochen. Die Männer sprangen auf, klopften sich den Staub von den Hosen und umstellten den Wagen.

Die *servitū* des Königs, der Hofwächter und drei alte Männer vereinten in feierlichem Schweigen ihre Handinnenflächen und riefen den Gruß dieser Gegend aus: «Sita Ram! Sita Ram!», ein Gruß, der die körperliche und seelische Schönheit des Königspaares Rama und Sita aus dem *Ramayana*-Epos beschwor.

Wer mit «Sita Ram» grüßte, rief auf den anderen die göttlichen Eigenschaften von Sita und Rama, rief ungebrochene Güte, unendliche Liebe, rief Mut und die Freude am Schönen auf ihn herab.

Die jungen Diener konnten nicht wissen, wie vertraut mir ihre dunklen Physiognomien waren, da ich ihre Väter noch in Erinnerung hatte. Der Geruch ihrer Haut wehte mich scharf an, ein von Schweiß und Kokosnussöl durchdrungener, mit den Ausdünstungen der glühenden Burgmauern durchmischter Currygeruch.

Es war die Stunde, da die Halsbandsittiche von ihren Flügen über die Ebene zur Festung zurückkehrten und sich auf den

Stromleitungen, den Fenstersimsen und den Speerspitzen aus Messing, welche die Kuppeln zierten, niederließen.

Der Lärm dieser Vögel erinnerte an das Zerbersten trockenen, harten Geästs. Es waren Laute aus roten, krummen Schnäbeln, die der Luft etwas kundgaben, was sich an Schönheit mit einem schneidenden Shakespeare-Sonett messen ließ. Ich war verrückt nach diesen Schreien, verrückt auch nach dem Anblick des schillernd grünen Gefieders vor den sandgelben Mauern.

Einige Monate vor der Reise nach Indien hatte ich, aus Sehnsucht nach meinen Kindheitstagen in Samthar, den Geflügelhändler Virpa aus Montichiari angerufen und ihn gebeten, ein Paar Halsbandsittiche für mich zu besorgen.

Dieser Mann mit dem seltsamen, an die Viper erinnernden Namen besaß die blauesten Augen, in die ich jemals geblickt habe. Das Blau der Uniform eines preußischen Soldaten schien in den Pupillen dieses Viehhändlers zusammengeschossen zu sein. Eisig und warm zugleich strahlten sie zwischen Käfigen voller Tauben, Hühner, Enten und Fasane hervor, während seine Hände, groß und schwer wie Schildkrötenpanzer, in Flaum, Federn und Stroh griffen auf der Suche nach den fettesten Exemplaren seiner Zuchten.

Das rote Federband um den Hals der Sittiche hat die Italiener (bis in die ornithologische Namengebung katholisch) zu der Bezeichnung «collare del prete», Priesterkollar, inspiriert.

An einem Maitag, als die Lombardei in einem zu Kopf steigenden Grün versank, wartete Herr Virpa mit einem Käfig auf mich, der mir das Vergnügen in Aussicht stellte, die mich an Samthar erinnernden Vögel in meinem Garten fliegen zu sehen. Denn der Halsbandsittich wird sesshaft, sobald er an eine neue Umgebung gewöhnt ist.

Schon auf der Rückfahrt nach Hause, in Begleitung eines weißen Kaninchenpaares, eines Pfaus, von vier Enten und sechs Hühnern, drangen knackende Geräusche aus den Schnäbeln der Papageien, die in ihrer sonderbaren Eigenschaft als gefiederte Madeleines in dem kleinen Käfig hin und her flatterten, in dem viel zu kleinen Vogelbauer, zwischen dessen Gestänge wenige Tage später das Männchen sein Weibchen zu Tode hacken sollte.

Doch an diesen wenigen Tagen, als der Gärtner Marius mit dem Bau einer größeren Voliere beschäftigt war, drangen aus dem Vogelgitter, durch das Laub der Fliederbüsche und Lorbeerbäume, durch das hohe, von wildem Salbei durchblaute Maigras die Schreie der Halsbandsittiche, die in ihrem Schall ganz Samthar für mich bargen.

Nach dem Tod der Papageien (das Männchen war bald nach dem Mord an seinem Weibchen gestorben) erklang erneut nur das alte Zwitschern von Lerchen und Singdrosseln aus den Bäumen, und mir blieben die Verse des altindischen Dichters Bhartṛhari:

Welt, der Weg, der aus deinen Grenzen führt,
wäre viel leichter zu finden,
schaute nicht an jeder Ecke
ein leuchtendes Augenpaar nach uns aus,
an dem wir nur schwer vorüberkommen.

Unter den Schreien der Halsbandsittiche und geführt von einem Diener, der bald mit meinem Koffer auf seiner linken Schulter in einem Seitenhof verschwand, betrat ich die schattige, nach Weizenkorn und Vogelnestern riechende Eingangshalle, an deren Ende das Treppenhaus lag, ein sich emporwindender, weißgekalkter Schacht mit übermäßig hohen, schmalen Sandsteinstufen.

Es war die Treppe, die das private Leben des Maharajas von seinem öffentlichen trennte, die Erde und Himmel verband, denn kaum war die letzte Stufe erreicht, öffnete sich das Firmament.

Wenige Stufen vor dem letzten Absatz hing ein kleiner, schmutziger Spiegel an der Wand, wie zur letzten Gewissensprüfung des Treppensteigers, bevor er dem König gegenübertrat.

Der Maharaja erwartete mich allein, auf der obersten Stufe, inmitten einer von Dreschstaub gesättigten Luft. Es bereitete ihm Vergnügen, mich außer Atem aus dem Schacht zu ihm emporsteigen zu sehen.

Er lachte, und in diesem Lachen löste er die vergangenen fünfunddreißig Jahre wie eine Handvoll Salzkristalle in einem Glas Wasser auf. Und ich gewöhnte mich binnen eines Wimpernschlags an die neue Erscheinung des Königs, dem die Stunden des Lebens oder die Parzen das schwarze Haar weiß gefärbt, den Umfang des grazilen Brustkorbs erweitert und über die braunen Pupillen einen Schleier gelegt hatten.

Seine Stimme jedoch war ungebrochen. Jäh übertönte ihr tiefes Dröhnen die Mauern der Festung.

«Prakash!», schrie er. «*Chai!*»

Wie ein Feldherr über sein Heer schickte der Maharaja seine Blicke von hier oben über die Höfe, Türme und Tempel seines Reiches, über die Wälle und das ganze gelbgold angelaufene Land, das sich in alle vier Himmelsrichtungen bis an den Horizont verlief.

«Prakash!», tönte es, und wie die Antwort eines Kuckucks aus dem Wald hallte die Stimme eines Dieners aus der Tiefe zurück: «O-u!»

Die Dachterrasse breitete sich in luftiger Höhe zwischen den zwei Hauptflügeln der Burg aus, dem ehemaligen Männertrakt und dem früheren Frauentrakt, über dessen Eingang sich ein langes Wellblechdach breitete, unter dem der König, wenn er zu faul war, die hohen Stufen zum Audienzraum hinabzusteigen, auf einer mit rotem Samt bezogenen Teakholzbank sitzend, Gäste oder höherstehende Bittsteller empfing.

Dieses Wellblechdach war auf der vorderen Seite von einem dekorativen Eisenfries gesäumt, an dem, in einem Abstand von jeweils etwa einem Meter, fünf reglose Glocken hingen, die das ärmliche, lediglich dem Schutz vor Regen und Hitze dienende Dach verherrlichten. Doch heute ignorierte der König diesen mir aus der Kindheit vertrauten Platz, griff nach meinem Arm, zog mich zu einem in einer Ecke aufgetürmten Stapel weißer Plastikstühle, hob die obersten zwei hervor, platzierte sie mitten auf der Terrasse, stellte einen kleinen Eisentisch dazwischen, drückte mich auf einen Sitz und nahm neben mir Platz.

Er trug cremefarbene, in der Taille etwas zu eng sitzende Hosen und ein weißes, kurzärmeliges Polohemd, das die Gedrungenheit seiner sehnigen Arme betonte. Die Füße steckten in strahlend weißen Joggingschuhen.

Wie ich bald herausfinden sollte, war dies seine Frühmorgen- und Spätnachmittagsgarderobe, in der er, bei aufgehender oder untergehender Sonne, gefolgt von zwei Dienern, auf seinen Festungswällen spazieren ging.

Während wir auf den Tee warteten, betrachtete ich meinen Gastgeber gründlicher. Sein Antlitz war das weniger archaische, weniger unbeugsame Abbild des Urgroßvaters Maharaja Chhatar Singh I., der auf dem alten, mir wohlvertrauten Porträt, wo er in einer silbernen Sänfte abgebildet war, die in sich ruhende Macht selbst verkörperte.

Ich habe die Angewohnheit, auf den Gesichtern der Menschen nach dem Ausdruck der ihnen ähnelnden Tiere zu suchen. Nach längerer, von der Konversation abgelenkter Betrachtung stieß ich in der Physiognomie des heutigen Maharajas von Samthar auf zwei Tiere, auf den Papagei und auf den Tiger, zwei diesem Königshaus nahe Kreaturen.

Der Name Singh bedeutet in der Tat «Tiger». War es ausgeschlossen, dass der König der Nachkomme einer mythischen Vereinigung zwischen einem Tiger und einem Papageien dieses Landstriches war? Altindische Fabeln erzählen von solchen Kreuzungen.

Zeichnete das Angesicht des königlichen Urgroßvaters die Ruhe eines kühnen, kühlen Kriegers aus, so lag dem Wesen des jetzigen Maharajas eine niemals zur Ruhe findende Unrast obenauf.

Als Urgroßneffe eines Mannes, der als Gegengabe für seine militärischen Leistungen in der Rolle eines Oberbefehlshabers der Truppen des Maharajas von Dhatia fast fünfhundert Quadratkilometer Land in der Region Bundelkhand erhalten hatte, als Nachkomme eines Mannes, der im altgriechischen Sinne des Wortes zum Schlag der Piraten gehört hatte, da er jemand gewesen war, der erprobt, versucht, gewagt hatte, als Ahne eines Mannes, der ein sein Glück versuchender Abenteurer gewesen war, mit jenem Raumbewusstsein, das die Großmoguln getrieben hatte, Herrscher über den gesamten indischen Kontinent zu werden, als Erbe eines Mannes also, der das unstete Leben eines Soldatenkönigs geführt hatte, war an Maharaja Ranjeet Singh Ju Deo IV. etwas Unzähmbares, Unruhiges, Unersättliches vom Temperament seines Urgroßvaters haften geblieben.

Das wilde Leben des Dynastiegründers, das Genuss und Grausamkeit in außergewöhnlichem Maß vereinigt, sein Freibeuterdasein, in dem eine absolute Selbstverständlichkeit der Gewalt geherrscht hatte, wie hätte es sein entthronter Abkömmling vergessen oder gar verleugnen können?

Das Blut, das in den Venen des Oberbefehlshabers einer Armee geflossen war, dieses Blut hatte sich in seinem Urgroßneffen nicht gänzlich aufgelöst. Der aggressive Geist und die raubtierhafte Kraft, mit denen Maharaja Chhatar Singh I. das Königreich von Samthar gegründet hatte, wie alle orientalischen Eroberer begierig darauf, im Ruf eines gottgleichen Eroberers zu stehen, lebten verkümmert und tausendfach gebrochen in seinem Nachkommen weiter.

Der alte Glücksritter schrie aus dem jetzigen Maharaja heraus, wenn dieser von den Burgmauern nach seinen Dienern rief, lebte beim Anblick einer wilden Antilope oder einer *beauté* auf, geriet bei der Berührung mit einer Kalaschnikow in Verzückung und schwoll bei einem Galopp durch die Tore seiner Festung voller Stolz an.

Wenn Ranjeet Singh Ju Deo IV. in Rage geriet, dann schrumpften seine sieben Diener, die allesamt etwas Land in der Umgebung hatten, im Besitz von Mobiltelefonen, Computern und Fernsehapparaten waren und ihre Kinder zur Schule schickten, zu sieben Zwergen, vergaßen auf einen Schlag ihre Mündigsprechung und waren ihrem König mit Haut und Haaren ausgeliefert.

Ja, sein Vater hatte seine Krone ablegen müssen, Ranjeet Singh Ju Deo IV. selbst hatte sie niemals getragen, und doch, wenn ihn Gereiztheit überkam, ließ er sie unerbittlich spüren, wenn Wut und Zorn ihn packten, erstattete ihm das Temperament seines Urahns die Insignien der alten Macht und Würde zurück. Allein aus diesem Grund war Samthar immer noch ein Königreich zu nennen. Denn trotz des Laufs der Geschichte spürte jeder, der an seinen Hof kam, dass dieser kleine Mann mit dem ordentlich nach hinten gekämmten, weißen Haar der Träger einer höheren Macht war, der nicht ganz zu Unrecht mit Verachtung auf den Präsidenten der Vereinigten Staaten herabblickte.

Die Merkmale seiner Unrast waren nicht wenige, das auffälligste jedoch ein häufiges Ein- und Ausbuchten seines Abdomens, als schlinge der König alle zehn Minuten einen gewaltigen Brocken hinab. Dieser physiologische Vorgang erinnerte an die an- und abschwellende Wellenbewegung eines Pythonleibes beim Hinabwürgen eines ganzen Tieres, eines Frosches etwa. Danach folgte oft ein lautes Aufstoßen, das man ungeniert hinnahm, hinnehmen musste.

Das Kundgeben körperlicher Unmanierlichkeiten, wie Spucken, lautes Gurgeln mit Wasser, mit dem Finger zwischen die Zähne Fahren, leistete sich der König mit dem Vergnügen eines deutschen Aristokraten, der in großer Runde das Wort «Klo» mit aufdringlicher Desinvolture ausspricht.

«I am a Bohemian», sollte er einige Tage später einmal zu mir sagen, um damit auszudrücken, dass er ein König war, der tun und lassen konnte, was er wollte. Doch als er hinzufügte: «And you, darling, you are a Bohemian too», klang daraus seine Überzeugung, dass ich zwar etwas abseits der Konventionen leben mochte, doch noch lange keine Königin war.

Prakash, ein jungenhaft kleiner Diener mit glänzenden Hundeaugen, borstigem Schnurrbart und schmutzigen Füßen, brachte ein Tablett mit einer silbernen Teekanne, zwei englischen Teetassen, einer Zuckerdose mit verkrustetem, von Ameisen bewohntem Kristallzucker und einem Teller voller nach Mottenkugeln riechender Kekse. Der Tee, den der Diener einschenkte, war melassebraun und stark wie Kaffee.

Alles roch und schmeckte wie vor fünfunddreißig Jahren. Auch der Blick über das ringsum liegende Land war, abgesehen von einigen aus den Feldern ragenden Strommasten, derselbe geblieben.

Nach zwei Tassen Tee und den rituellen Fragen nach dem Verlauf meiner Reise und meinen familiären Umständen, die ich nur zum Teil aufrichtig beantwortete, begleitete mich der König auf mein Zimmer, vorausgeeilt von dem hageren Anand, gefolgt von dem dicklichen Charran, einem Mann von munterer Wachheit, der ein Tablett mit Mückenspiralen, Citronella-Räucherstäbchen und Insektenspray vor sich hertrug.

In diesem Zimmer hatte eine der vier Schwestern des Königs gewohnt, die vor wenigen Jahren gestorben war. Sie hatte niemals geheiratet und ihr Leben auf der Burg verbracht.

Neben dem Turmzimmer der Maharani, die nur noch selten auf die Festung kam, und einigen anderen karg eingerichteten Räumen wie dem Fernsehzimmer oder dem *sancta sanctorum*, der Schlafkammer des Königs, zählte dieser Raum zu einem der wenigen bewohnbaren Bereiche der Festung.

Kühl und schattig, von einem kleinen Gang aus sechs kurzen, muskulösen Säulen unterteilt, durch deren Kleeblattbögen der Wind aus kleinen, mit Moskitonetzen versehenen Fenstern hineinwehte, war er das architektonische Resultat eines mit den klimatischen Plagen des Landes vertrauten Bauherrn, eines Connaisseurs von Luftströmungen und Meisters in deren geschickter Lenkung durch Säulengänge, Fensteröffnungen oder schmale, als Windschleusen dienende Treppenflure.

Die Hitze eines Junimittags war hier nie eingedrungen, noch hatte die Feuchte der Monsunregen die Wände angegriffen. Trocken und durchlüftet lag der Raum wie ein Taubenschlag in etwa fünfzig Meter Höhe und bot seinem Bewohner einen

Blick weit über die Burgwälle hinaus auf die Ebenen um Samthar.

An der Wand stand ein breites Doppelbett mit verzierten Kopfenden. Wenn Eingangstür und Badezimmertür offen standen, kreuzten sich die Luftzüge über den Laken.

Außerdem lehnte neben dem Eingang zum Badezimmer eine Psyche aus der Mitte des vorigen Jahrhunderts, ein dreigeteilter, plumper Kasten aus lackiertem Holz, Relikt aus der Zeit, da die Königinschwester von ihren Eltern noch als zukünftige Braut, als ein von *stately princes* heftig begehrtes Mädchen betrachtet worden war, das jedoch die Jagd und das anarchische Leben auf der Burg der Liebe vorgezogen hatte.

Diesem Frisierspiegel war anzusehen, dass sich das Gesicht der Schwester nur selten, vielleicht nur im Vorübergehen darin gespiegelt, dass die Rani, die kurz geschnittenes Haar getragen und keine Schminke aufgelegt hatte, mit dem geschichts- und gesichtslosen Spiegel niemals ein Bündnis eingegangen war.

Am Ende des Säulenganges stand ein Spiegel anderer Fasson, ein Ankleidespiegel aus schwarz gestrichenem Holz, in Kolonialmanier geschnitzt. Er hatte eindeutig denkwürdigere Zeiten als die Psyche kennengelernt, hatte auf seiner fleckigen, trüben Fläche noch die Gesichter der Großeltern des Königs, das vom Alkohol starr gewordene Antlitz seines Vaters und das schöne Profil seiner Mutter aufgenommen.

Wann immer ich mich von nun an in diesem Spiegel betrachtete, tauchte die schlanke Gestalt der Königinmutter als Schatten darin auf, wie sie einen letzten, prüfenden Blick in das opake Glas warf, einen Ohrring festschraubte und den Saum ihres Saris über die Augen zog.

Die alte Maharani war eine feine Frau gewesen, von kennerischer Liebe für klassische indische Musik. Als Kind war ich dieser grazilen Figur von bescheidener, doch vollendeter Eleganz begegnet, deren Augen an gesprungene Jadekugeln und deren Gestalt an eine der Akropolis entlaufene Statue der Persephone erinnerte.

An Trunksucht zu sterben war, angefangen bei Babur, ein Erbe der Großmoguln. Wie Dschahangir war des Königs Vater, Radha Charan Singh III., ein Liebhaber starker Alkoholika gewesen, denen er anheimfiel, nachdem er seine Souveränität an den englischen Thron verloren hatte. Sein Herrscherblut hatte mehr am Verlust seiner Macht als sein Gemüt am Verlust seiner Gesundheit gelitten. Zwar pflegte man ihm zeit seines Lebens weiter als König zu huldigen, und offiziell war er es, der sein Reich regierte, doch wachte aus dem fernen Neu-Delhi der englische Vizekönig über ihn, der den doppelten Nutzen sowohl der finanziellen Einträglichkeit aus den Ländereien des Reiches von Samthar als auch des letzten Wortes in politischen Fragen hatte.

So war der Neffe des abenteuerlichen Dynastiegründers ein vom *British Raj* überwachter Herrscher ohne Krone gewesen, der sich aus Kummer dem Alkohol verschrieb, während seine kluge Frau in ihrem geräumigen Stadthaus in Lucknow Konzerte mit berühmten Tabla- und Sitarspielern veranstaltete.

Übrigens begann bei Anbruch der Dunkelheit auch den jetzigen König das Leben zu langweilen.

Ich nahm mir vor, folgenden Tags die alten Fotografien an den Wänden zu betrachten, da das rauchige Abendlicht begann sich in dem Raum auszubreiten.

Kunst, stellte ich noch fest, hing nicht an den Wänden, außer der Abbildung eines pfauenfarbenen Krishna über dem Bett. Ein Hipster hätte allerdings sein ästhetisches Vergnügen an zwei klobigen Sesseln aus den Fünfzigerjahren gehabt, zwei mit mayonnaisegelbem Wildleder bezogene Würfel, die nicht von der Stelle zu rücken waren.

Ich blickte hinaus auf die sandige, unebene Hoflandschaft mit ihren Stallungen, ihren ehemaligen Korn- und Warenkammern, ihren Gebäuden für die Infanterie, für die Wagen und Elefanten, mit den zwei großen Kanonen und dem bei Tag lichtgrünen, einen kleinen Tempel beschattenden Akazienbaum. Einzelne Frauen in von goldglänzendem Glimmer durchsetzten Saris zogen durch die Burgportale, auf ihrem abendlichen Weg zu den Tempeln, von wo Gesang und Getrommel, Gongschläge und Glockengeklirr drangen.

Es war die Stunde unserer Komplet, zu der vor nicht allzu langer Zeit die frommen Frauen Europas unter Glockengeläut zur Kirche geeilt waren.

Ein Akkordeon schallte, eine Trompete ertönte, und hohl rief es aus einem Muschelhorn zur Andacht.

Je dichter sich die rasch wachsende Dunkelheit über Samthar legte, desto eindringlicher wurde der musikalische Tumult. Es war ein mit der Finsternis allmählich im Ton anschwellender Aufruhr, der seinen Höhepunkt im plötzlichen Aufknattern eines Generators fand, den die Diener bei Einbruch des Abends, wenn der Strom in Samthar ausgeschaltet wurde, im Innenhof ankurbelten.

Vor der Ingangsetzung des Generators lag die Burg einige Augenblicke lang in völligem Dunkel, in einer plötzlichen, zeitlosen Einsamkeit, die schon als Kind Euphorie in mir geweckt hatte, wenn ich mit den Händen nach dem Bettpfosten oder einer Wand tastete, um Halt zu finden, und die von Musik und Stimmen durchwebte Nachtluft mich schwarz und warm anwehte. Wenige Sekunden später verströmte dann die Nachttischlampe, im Gedröhn des Generators, aus ihrem bernsteingelben Glas ein harziges Licht im Raum.

Eine Weile stand ich reglos und blickte auf das abendliche Samthar hinab.

Diese Festung, dachte ich, war einer der Orte, an denen nicht minder hinfällige Menschen als wir heutigen den Gebrechen und Makeln des Lebens, mit einer schwindelerregenden Macht der Phantasie, die Schönheit in Gestalt von Architektur entgegensetzt hatten. Allerdings hatten die indischen Erbauer gegen unvergleichlich härtere Hindernisse, wie lebensbedrohliche Hitze und letale Feuchtigkeit, anzukämpfen gehabt als die Architekten des europäischen Mittelalters oder der Renaissance.

Ein Klopfen riss mich von meinem Platz.

«Drink time!», rief es heiser von außen.

Für die indische *gens du monde* alten Schlages zählt auch heute noch das Gebot, sich zum Dinner umzukleiden. Ich entnahm meinem Koffer eine weiße Bluse und steckte mir eine Seidenrose an den Ausschnitt.

Charran, der Diener mit gedrungener Gestalt, leuchtete mir mit einer Taschenlampe den Weg über die Dachterrasse zum Männertrakt.

Auch diese kurzen Wege über Treppen und Terrassen auf der in nächtlicher Finsternis liegenden Burg, in Begleitung eines schweigenden Dieners, der es verstand, eine auf Distanz fußende Vertrautheit zu schaffen, hatten sich in meiner Erinnerung eingeschrieben und wurden nun, als an sich belangloses Erlebnis, doppelt lebhaft von mir wahrgenommen.

Es ging über einige Stufen in einen Vorraum, wo der König vor den Mahlzeiten seine Hände an einem Waschbecken zu waschen pflegte, durch einen kleinen Speisesaal und die daran anliegende königliche Schlafkammer, in der lediglich ein schmales, hartes Bett und ein Nachttisch standen. Das arme Mobiliar verriet, dass der Maharaja auf seiner Burg, inmitten der zahllosen an ihn gebundenen Existenzen, ein karges und asketisches Leben gewohnt war.

Von hier führte eine Tür auf eine weitere Dachterrasse, die mit ihrem kleinen, von einer Zwiebelkuppel überwölbten Pavillon, den an den äußeren Enden liegenden Klohäusern und dem Blick auf den Garten die Lieblingsterrasse des Königs war.

Er erwartete mich an die Mauerbrüstung gelehnt, gekleidet in einen leuchtend weißen, gestärkten *Kurta Pajama*, einer bis zum Hals zugeknöpften, taubenblauen Nehru-Weste, den Blick auf die Hoflandschaften gerichtet.

«Come!», rief er. «Come! What are you having for drink? Whisky? Wodka? Wine?»

Ich bat um einen Gin Tonic.

«The fashion of Gin and Tonic is over now», erklärte er. «There was a time in India when everybody drank Gin and Tonic. They were going crazy for Gin and Tonic, but nowadays it's out. Gin Tonic and two drops of Bitters! Have you never heard about Bitters? I can't believe it! If you love Gin Tonic you must know Bitters! Drink Whisky!»

Er trat an einen Rollwagen heran, auf dem die Diener Whisky, Wodka, Rotwein, einen Eisbehälter und Sodawasser gestellt hatten, und schüttete sich eine alarmierende Menge Wodka ein, in die er Eiswürfel gab, eine Prise Chili streute und eine halbe Limefrucht presste: «This gives the kick!»

Aus dem vor Kälte angeschlagenen Glas drangen wunderbar klackende Geräusche, an stoßendes Packeis erinnernd, an die arktischen Weltteile aus Eis und Frost.

Wir setzten uns auf zwei Plantagensessel einander gegenüber.

«Prakash!», tönte es durch die Nacht. «Prakash!»

Es verlangte ihn nach einer Zigarre, doch von seinem Diener war keine Spur zu sehen.

«Where is this idiot?», fragte sich der Maharaja, der die Schuhe von den Füßen gestreift und die Beine auf dem langen Flechtsessel mit den breiten Armlehnen an sich gezogen hatte.

Er schwenkte das Glas in seiner Hand und trank gierig den ersten, von Limesaft getrübten Schluck.

Erneut erschall der Ruf «Prakash!» über die Mauern, gefolgt von einem leisen, aber zufriedenen «Idiot!».

Es ist wohl ein altes aristokratisches Vergnügen, Untertanen wie Kinder zu behandeln, ihnen die Worte an den Kopf zu schmeißen, die man der eigenen Ehefrau oder dem Onkel nicht zumuten will, nach ihnen zu schreien, wenn sich plötzlich eine unangenehme Stille und Leere in einem ausbreitet, sie zu jagen, wenn man selbst antriebslos ist, ihnen auf die Schulter zu klopfen, wenn sie einen harten Hieb erwarten.

Auf dem Fort war dieses alte Vergnügen noch nicht ausgestorben, wenn auch sonst fast alles verschwunden war, das Mobiliar, das Silber, die Elefanten und die Schwestern des Königs. Herr und Diener hatten ihre versteckte Freude an diesem Spiel. Zusammengehalten von den Mauern, den Familienlegenden, der gemeinsamen Nutzung der ehemals königlichen Felder und Plantagen, den von ihren Vorvätern geteilten Erinnerungen und dem weithin bekannten Ruhm der Samthar-Dynastie, zogen sowohl der Maharaja als auch seine Dienerschaft einen von Erwägungen der Gleichberechtigung freien Nutzen aus ihrem Verhältnis.

Als er den rechten Knöchel seines auf dem linken Knie ruhenden Fußes mit einer Hand umspannte, erkannte ich die ins Auge stechende Kleinheit seiner Füße.

Er hockte in einer dem Europäer fremden Haltung da, halb

sitzend, halb liegend, Hände und Füße durch Berührung verbunden. Diese Stellung in vollkommener Gelöstheit war ein Erbe aus den Zeiten, als die Speisen für den Mogulfürsten Akbar auf dem Weg vom Topf zum Teller von drei verschiedenen Männern auf Gift hin gekostet wurden, als an seinem Hof das ganze Jahr hindurch Melonen und Trauben aus den Gebieten Indiens eintrafen, wo diese Früchte gerade geerntet wurden, und täglich, in einem schier endlosen Konvoi, eine Ladung Eis von den Bergen zwischen dem Punjab und Kaschmir nach Neu-Delhi befördert wurde, aus den Zeiten, als Kaiser nur Wasser aus dem Ganges tranken und ein Feldzug aufgegeben wurde, wenn die Mohnernte schlecht ausfiel.

Es war die Haltung eines Königs, der von der Nacht, vom Duft der Jasminblüten und vom Mond für die Mühsal des Tages belohnt sein will, vor vierhundert Jahren belohnt mit Melonen und Trauben, den besten Musikern und schönsten Frauen des Landes – nun mit zehn kleinen, auf dem Grill gebratenen, leichenweißen Würstchen («These sausages are delicious! Try them!») einer Flasche Wodka, einer Zigarre und dem Blick in den sternenübersäten Himmel.

Und nun saß ich hier, um mit dem König diese Nachtstunde zu teilen, in der sich einst seine Vorväter in der Runde ihrer Höflinge, mit Brokatjacken angetan und reich geschmückt, im Rauch von Opiumpfeifen vergessen wollten.

Aus der Dunkelheit drangen die Schreie der Pfauen, die sich auf den Burgwällen in einer Sprache unterhielten, die wie das lang anhaltende Miauen von Katzen klang, eine weithin hallende Sprache, in die sich der wasserpumpenartige Laut eines fernen Nachtvogels, das Zirpen von Grillen und das Bellen eines Straßenköters mischten.

Mit der geistlosen Feststellung, dass Indien sich seit meiner

Kindheit sehr verändert habe, versuchte ich ein Gespräch zu beginnen, das über die Schranken der trivialen, an Idiotie grenzenden Formeln einer indischen Upperclass-Konversation hinausgehen sollte, wenn ich auch eine vielleicht perverse Vorliebe für diese Art des Gesprächs hege, die über klimatische, kulinarische und das Kricket betreffende Betrachtungen nicht hinausspielt.

Es hat etwas Beruhigendes, eine die Ewigkeit des eigenen Daseins beschwörende Kraft, jeden Abend erneut festzustellen, dass es kühl oder angenehm warm sei, dass die gegrillten Garnelen ausgezeichnet schmecken und die indische Kricketmannschaft wieder einmal großartig gespielt habe.

Das Geheimnis dieser Art von Konversation, die europäische oder indische Intellektuelle als albern empfinden müssen, ist die strikte Ächtung von Krankheit, Tod und anderen das Leben treffende Katastrophen mit einer angenehmen, auf lange Dauer verblödenden Wirkung.

Allerdings war der König für indische Verhältnisse ein *esprit supérieur*, dessen intellektuelle Kapazitäten jedoch unter der ständigen geistigen Unterforderung gelitten hatten, wie sie das Leben in der indischen Oberschicht mit sich führt. Denn Einsiedler war er nur auf seiner Festung, nicht in seinem Stadthaus in Lucknow oder in seiner Wohnung in Neu-Delhi.

Der Diener Charran brachte zwei Tassen mit kochend heißer Champignonsuppe.

Das Gespräch zwischen dem König und mir fand in einem merkwürdigen Englisch statt, da wir beide nicht die Akzente unserer jeweiligen Muttersprache abgelegt hatten. *His Highness* sprach Englisch wie ein Inder, ich Englisch wie eine Deutsche, wobei sich eine idiomatische Klangwelt ergab, die unter dem Sternenhimmel von Samthar «hilarious» klang, wie er bemerkte.

Selbstverständlich, erklärte er, habe sich das Land verändert, vornehmlich in den letzten zehn Jahren, und er gebe zu – hierbei sah er mich prüfend an – dass es sich gerade in diesem besonderen historischen Moment zum mehr als Schlechten wandle. (Das Mitglied der Kongress-Partei meinte damit offensichtlich Premierminister Modi.) Aber es sei hauptsächlich die große technologische Wandlung, die das Gesicht des Landes von Grund auf verändert habe.

«Die Vorherrschaft der Mittelschicht, die Amerika als Vorbild hat, zerstört vor allem das Leben der Menschen auf dem Land. Das Schlimme, und das erwähnt oder *sieht* kein Politiker in Indien, ist der völlige Mangel an Phantasie dieser amerikanisierten Mittelschicht, der dazu führt, dass sie, im Unterschied zur Landbevölkerung, keine Götter mehr hat. Aber Indien ohne Götter ist rettungslos verloren! Lost! Meine Diener sind vielleicht Analphabeten, aber sie kennen alle die Geschichten aus dem *Mahabharata* oder aus dem *Ramayana*, doch wenn du einen Zahnarzt oder einen Geschäftsmann aus Bombay danach fragst, kennt er sie schon nicht mehr.»

Er hielt kurz inne, wandte den Kopf, schrie: «Prakash!», beugte sich zu einem kleinen, neben seinem Sessel eigens für ihn aufgestellten Tisch und griff nach seinem Wodkaglas.

«Die indische Mittelschicht gibt sich damit zufrieden, den krämerhaften Typus darzustellen. Es ist eine Schicht, die ohne Priester, ohne Bauern und ohne Bettler auskommen will. Ich behaupte nicht, dass ich ein frommer Mann bin, aber mein Leben wäre ohne Priester und all das hinduistische Zeremoniell undenkbar. Außerdem ist leidenschaftslose, laue Mittellage immer shit.»

Er sog an seiner Zigarre und schwieg eine Weile, vor sich hin stierend.

«This place is so bloody feudal», stellte er plötzlich fest, die

Hälfte des Glases in einem Schluck leerend. «This place – is – so – bloody feudal!», wiederholte er noch einmal lauter, denn er hatte die Eigenart, manche Sätze mit kurzen Pausen zwischen den einzelnen Worten zu wiederholen.

Gewöhnt daran, von Menschen umgeben zu sein, die ihn nicht immer begriffen, von zuweilen schwerfälligen Bauern, dummen Beamten, hysterischen Witwen oder infantilen Politikern, konnte er kein Gespräch führen, ohne die Wiederholung fast jeden zehnten Satzes.

«Nun», gab ich wieder, «in fünfzehn, zwanzig Jahren wird das alles ganz anders sein.»

Hierzu hatte er nichts zu bemerken, da ich unabsichtlich auf seinen Tod angespielt hatte, der den Tod des in den letzten Zügen liegenden Lebens in Samthar einschloss. Nur ein Schatten des Verdrusses bewölkte einen Augenblick lang sein Gesicht. Er griff zu den Nüssen und schüttete sich eine ganze Handvoll in den Mund.

Wie für fast alle Menschen war auch für ihn der Tod kein beliebtes Thema, doch vor allem für ihn nicht, der in diesem Augenblick seinen Arm zur fernen Tür streckte, aus der eine gedrungene Gestalt mit großem, rundem Kopf hervortrat.

Es war der Sohn des Königs, der – es war spät, die Cashewnüsse waren gegessen, die Gläser leergetrunken – mit heiser flüsternder Stimme zum Essen rief.

Leicht schwankend erhob sich *His Highness* aus seinem Sessel und folgte dem Ruf in den Speisesaal.

In diesem Raum waren in einem Vitrinenschrank Reststücke des ehemaligen Inventars der Festung aufbewahrt, unter anderem zwei gesprungene Biergläser mit eingraviertem Familienwappen, sechs englische blaue Teller, ein kleiner silberner Dolch, acht österreichische Weingläser und ein alter Tennisball.

An den Wänden hingen vergrößerte Schwarz-Weiß-Fotografien der jungen Eltern des jetzigen Maharajas. Sie hielten ihre fünf westlich gekleideten Kinder auf dem Schoß. Ranjeet war darauf sechs Jahre alt. Sein Vater blickte stolz, aber verloren aus dem Bild. Hatte er damals, zur Zeit dieser Aufnahme, schon vergessen, wie er, um nach der Geburt von vier Töchtern mit einem männlichen Nachkommen gesegnet zu werden, von den Brahmanen seines Hofes alle dazu nötigen Fruchtbarkeitsrituale hatte vollziehen lassen? Hatte er vergessen, was für ein Fest schließlich die Geburt des Kronprinzen gewesen war, wie alle Flaggen von Samthar gehisst worden waren, wie die Pferde, auf deren Rücken die Botschafter mit der großen Nachricht ritten, dicke Staubwolken auf der Landstraße emporgewirbelt und alle Frauen in festlicher Hochstimmung Gebete gesungen hatten?

Die Geburt, unter dem glücklichen Sternbild des Löwen, war im ganzen Land verkündet worden. Wie der Gott Indra von den Unsterblichen, als er in den Himmel einzog, so wurde das Neugeborene von Menschenscharen gefeiert. Das waren Tage der Freude, Wochen der Feste gewesen. Doch von diesem Glück war nichts in dem Froschblick seines Vaters zu erkennen, dessen Turban als steif geschlagene Sahnehaube auf seinem Kopf saß. An diesem Mann haftete keine Spur mehr von dem Desperado hoher Herkunft, der sein Großvater gewesen war, dessen Maxime ein Ratschlag aus dem *Mahabharata* hätte sein können: «Das letzte Wort sozialer Weisheit ist: Vertraue niemals.»

Wir nahmen am jeweiligen Tischende Platz, vor schweren Silbertabletts, die, wie Plastiktabletts im Krankenhaus, unterteilt waren in kleine für das Fleisch, den Reis, die Linsen, das Gemüse und die Süßspeise bestimmte Rechtecke, welche nach und nach gefüllt wurden, bis sich eine ordentlich gefügte Landschaft scharfer und süßer Speisen darauf ausbreitete.

Die sieben Diener machten sich mit Schüsseln und Anrichteplatten um den Esstisch zu schaffen, der unter dem Luftwirbel eines an der Decke knarrend kreisenden Ventilators und im Licht eines zitronengelben, mit falschen Edelsteinen verzierten Glaslampions stand.

Wie Priester um einen Altar schoben sie sich mit dem Geschirr in den Händen um den Tisch herum, der eine mit einer Wasserkaraffe, der andere mit einer Schüssel gebratener Okras, der dritte mit einer Schale voller Reis. Es herrschte scheue Schweigsamkeit unter ihnen.

Diese Männer waren ganz offensichtlich kein Ergebnis von strenger Auswahl und schwerer Arbeit. Die Annehmlichkeiten und Vorteile, die ein Leben am Hof von Samthar mit sich führte, waren ihnen anzusehen.

Insgesamt hatte der Maharaja sechzehn Angestellte, von denen neun im Stadtpalais von Lucknow, die restlichen sieben in Samthar angestellt waren. Sie alle partizipierten dreimal am Tag an den Ernten der Reis- und Weizenfelder, der Mango- und Guavaplantagen Seiner Hoheit.

Charran hob den Deckel eines runden Thermosbehälters, dem der Dampf heißer Chapati entstieg.

Der König tauchte die Fladenbrote nacheinander in die Speisen und führte dann mit Geschick die Bissen zum Mund. Nach und nach färbten sich seine Fingerspitzen gelbwurzfarben und glänzten ölig.

«Für dich habe ich Messer und Gabel decken lassen», sagte er.

Vierzehn Augen verfolgten jede seiner Bewegungen. Er aß hastig, mit gebeugtem Rücken, den Blick achtsam über den Tisch hin und her rollend, zugleich jedoch abwesend, als hielte sich sein Geist im Parlament oder in einem Bordell auf.

Meine Bemühungen, seine Aufmerksamkeit weiterhin auf ein Gespräch mit mir zu lenken, prallten an ihm wie an einer Gummiwand ab.

Anders als in Europa werden in Indien bei Tisch nur selten Gespräche geführt. Wer verführen, umgarnen, erobern, wer ein Geschäft machen oder jemanden hintergehen will, muss dies während des Drinks vor dem Abendessen erledigen. Ist das Nachtmahl serviert, läuten jeglicher Konversation die Todesglocken. Man hört es kauen, schlürfen, schmatzen, man hört es gähnen, müde lachen und zuweilen sogar leise schnarchen. So delikat und anregend die zu später Stunde gereichten Speisen auch sein mögen, wie etwa gegrillte, scharf gewürzte Kebabs, in Joghurt gekochtes Lamm oder frittierte Shrimps, so liegt für den wohlhabenden indischen Gastgeber ihr einziger Wert darin, den müden Gast noch müder zu machen.

Es war sehr spät, als ich zu der Einsicht kam, dass die Lebensweise des Königs ungesund war, ihm jedoch in allem zusagte. Er war ihr seit seiner Jugend verfallen und konnte nicht anders leben.

«Tomorrow you will meet the black prince», teilte er mir vor dem Abschied mit, als er im Nebenraum des Speisesaals an einem Waschbecken seine eingeseiften Hände unter den Wasserstrahl hielt, den der Diener Garud aus einer Karaffe darübergoss, ein Handtuch über den linken Unterarm gefaltet.

Leicht wankend geleitete mich der König bis zum Ende der Terrasse.

Kaum hatte ich die Schwelle zu meinem Zimmer überschritten, wurde im Hof der Generator ausgeschaltet und die ganze Festung «dunkel wie ein Tamalabaum», wie es in indischen Märchen heißt.

Diese Stunde wehte ganz andere Gerüche in den Raum

als die Nachmittagsstunden. Ein Hauch von Jasmin flog mich jetzt an.

Indien ist ein Land, in dem Farben, Berührungen, Klänge und Gerüche erhöht wahrgenommen werden, als wenn sich die Sinne wie unter dem Einfluss eines Opiats verschärften.

Gesang, Getrommel und das Spiel einer Ziehharmonika drangen aus der Weite in meinen Raum.

«Coil! Coil!», rief es leise von außen.

Anand betrat mit einer glühenden Mückenspirale den Raum, die er unter einem Stuhl aufstellte, unter dem die Rauchwolken in die Luft quollen.

Ich nahm die Taschenlampe und leuchtete die gallertartigen, mit ihren subtilen Jagden beschäftigten Geckos an, die den Beginn eines Beutezuges mit einem kurzen Laut, *gek,* ankündigten, der als Kriegsruf die Wände entlangschallte. Wenn sie einer Motte oder Fliege ansichtig wurden, erstarrten sie auf der Stelle zu Geleekrokodilen, das Opfer aus ihren gewölbten, hellbronzefarbenen Augen beobachtend, bis das Insekt nichts ahnend an ihnen vorbeiflog und von einem seiner Feinde mit einem raschen Sprung erhascht, im Maul festgehalten und wie ein Salatblatt zerkaut wurde.

Der Maharaja hatte gewisse Ähnlichkeiten mit einem Gecko in seiner hastigen Art, die Stufen hinabzuspringen, über die Terrassen zu laufen, unter einem Rundbogen, hinter einer Tür zu verschwinden oder reglos auf einem Stuhl zu sitzen, die Augen auf einen Perlenring zwischen seinen Fingern oder einen am Himmel kreisenden Milan gerichtet.

Im Badezimmer standen ein Stuhl und ein niedriges Waschbrett. Unter dem Duschkopf reihten sich fünf bis an den Rand mit Wasser gefüllte Plastikeimer. Als ich den Hahn aufdrehte, der keinen Tropfen von sich gab, begriff ich, weshalb sie dort standen. Grazile Bienen mit langen Beinen kreisten über den Eimern.

Inzwischen hatte sich der Qualm der Mückenspirale im Raum verbreitet. Ich legte mich unter das Laken und schaltete die Taschenlampe aus.

In dem Gefühl, mit Europa auch einen kleinen Teil meiner selbst hinter mir gelassen zu haben, lag ich unter dem dank einer Batterie immer noch kreisenden Ventilator und lauschte auf den Gesang aus einem Tempel, eine eintönige, ins Endlose gehende Melodie, der etwas bewusstlos Hingegebenes anhaftete. Hin und wieder klang eine Glocke in den Gesang.

In Samthar, so der König, fand sich jede Nacht ein Grund, zu singen und zu musizieren, ob es sich um die Heraufbeschwörung eines Gottes, die Wehgebete um einen Toten oder um ein gewonnenes Kricketspiel handelte.

Als ich schon am Einschlafen war, hörte ich, wie sich leise, fast lautlos die Tür auftat, wie eine Gestalt mit klingelnden Fußkettchen und einer schwach leuchtenden Kerze in den Raum huschte, wie sie eine Decke entfaltete, die Flamme ausblies und sich auf dem Boden, am Fußende des Bettgestells, niederlegte.

Mein Herz klopfte, mein Atem stockte, doch auch der Atem der Gestalt war in Stockung geraten, und nun lauerten wir beide auf den kommenden Atemzug der anderen.

II.

«Charran!», schrie der König – es war kurz vor Sonnenaufgang – «Charran!», schrie er aus seinem zellengroßen Schlafraum.

Dieser Ruf weckte mich aus einem Traum, von dem ich nur noch ein Bild hatte einfangen können: Ich saß auf dem Schoß eines Mannes. Auf dem Boden, neben seinen Füßen, stand ein großer Bambuskäfig, zwischen dessen Gestänge jene zwei Halsbandsittiche flatterten und lärmten, die vor einiger Zeit in meinem Garten gestorben waren.

Kaum aus dem Traum wachgerufen, blickte ich mich um. Die Gestalt, die in der Nacht ihr Lager vor meinem Bett aufgeschlagen hatte, war verschwunden. Ich schloss die Augen, um mir den Mann aus dem Traum wieder vor den inneren Blick zu holen.

«Ich werde dir das Herz schon brechen!», hatte er oft getönt – eine galante Prophezeiung, über die ich nur lachte, obwohl es da längst nichts mehr zu lachen gab. Scharf und schneidend war diese Leidenschaft an einem Wintertag in mir aufgestiegen und hatte sich in jede Blut- und Nervenzelle verbreitet. Es hätte schlimm kommen können. Wäre ich nicht fortgereist, hätte sich diese Liebe wie ein Dorn in eine Fingerkuppe in mir festgestochen. Es bestand die Gefahr völliger Verblödung durch Verblendung. Vielleicht hätte ich versuchen sollen, was ein Heer von Frauen in aller Welt in ähnlicher Lage zu tun pflegt: Einen Psychotherapeuten aufzusuchen. Doch hielt ich mich lieber an einen Ausspruch, der entweder von Chamfort oder von meiner Mutter oder von keinem von beiden stammte: «Wer an der Liebe leidet, soll auf Reisen gehen.» Um wieder auf die Beine zu kommen, musste ich weit fortreisen aus dem Haus, wo die Gegenstände noch seine Fingerabdrücke bewahrten und der Geruch seines Lavendelwassers an meinen Handtüchern hing. Überdies ließ ich mein Geld lieber auf dem Konto von *Air India* als in der Tasche eines Psychotherapeuten. Schließlich setzte ich alles auf die heilende Wirkung des Orients, der sich seit Jahrtausenden schon so oft unfehlbar als Medizin erwiesen hat. Überhaupt, fragte ich mich, vielleicht gründeten anfangs die Kolonialreiche nicht auf Geld- und Machtgier der Weißen, sondern hatten ihren Ursprung in der Flucht von Liebestollen, die einer härteren Schockwirkung als der Worte eines anglikanischen Pfarrers oder des Schröpfens mit Blutegeln bedurften? Außerdem, so ein Küken im Liebesgeschäft war ich nun auch nicht mehr. Mir war ein Großteil aller Facetten des Liebesleids wie auch die Vergeblichkeit von Gesprächen zwischen unglücklich Verliebten bekannt. Im Nachhinein stellt sich das Leid ja auch immer als brauchbar im Leben heraus. Im Nachhinein blickt man mit einem gewissen Stolz auf die erlittenen, oft überwundenen Schmerzen zurück. Doch das hängt natürlich davon ab, von welchem Kaliber man ist. Das Schönste, was das Leben zu bieten hat, die Liebe, trägt auf seiner Rückseite eben den Schmerz. Irgendwann weiß man dann, dass eine Liebe, wie fast alle menschlichen Leidenschaften, ob man nun Vernets, Comichefte oder Frauen sammelte, nichts anderes als eine mehr oder weniger lang andauernde Marotte ist. Wie jede andere Passion läuft auch sie darauf hinaus, dass man am Ende gründlichere Bekanntschaft mit dem erbärmlichen Stoff schließt, aus dem man gemacht ist.

Meine nicht sehr einfallsreiche Orienttheorie bewahrheitete sich: Schon nach dem ersten heißen Luftzug, der mich anwehte, kaum dass ich aus der Flughafenhalle von Neu-Delhi getreten war, fühlte ich ein deutliches Nachlassen vom Biss jener Termite, die sich Liebe nennt. Natürlich hörte ich keinen Augenblick auf, die Gegenwart des Geliebten in mir zu spüren, seine Stimme zu hören, ihn im Geist auf seinen Wegen durch das Leben zu verfolgen, die Frauen, denen er in meiner Vorstellung begegnete, mit meinem eifersüchtigen Blick bis auf den Knochenbau zu röntgen und ihre Brüste in allen nur erdenkbaren Größen und Formen vor mir zu haben, mal klein, kautschukhaft fest und rund wie Billardkugeln, mal groß, schwer und prall wie Wassermelonen. Meine Phantasien saßen mir auf den Fersen, würden in ihrer Verfolgung auch nicht nachlassen, und doch hatte ihre höhnische Schärfe auf dem Boden des indischen Subkontinents sofort abgenommen.

Wie eine von Wellen und Tang umspülte Muschel im Ufersand blieb ich noch eine Weile liegen und ließ die Rufe aus dem Inneren der Burg, die Schritte der Diener treppauf, treppab, das Summen einer Fliege, das Hupen ferner Lastwagen und den aufrührerischen, die Luft des Morgenhimmels erfüllenden Gebetsruf vom Minarett auf mich einwirken.

Die Geräusche eines neuen Arbeitstages in Samthar, das Anspringen von Traktormotoren, das Hupen eines zur Abreise bereitstehenden Frühmorgenbusses, das Scheppern eines Wassereimers, vereinten sich mit den Geräuschen eines abermaligen Feiertages, mit den Gebeten und Gesängen aus Tempeln, Häusern und Moscheen, mit dem aus einem knarrenden Lautsprecher in die Weite gesandten Singsang einer Priesterstimme und mit dem widerhallenden Klang der Tempelglocken.

Ich musste mich damit abfinden, dass ich von nun an dem

Geliebten nur noch im Traum begegnen würde, an sich dem vollkommensten Ort für ein Rendezvous. Des Tages war er nicht existent, doch mit Einbruch der Nacht, mit dem Nahen des Schlafes würde er sich präsentieren, so wie er an jenem Tag der Wintersonnenwende bei mir aufgetaucht war: ein blonder Mann, der mich ohne sonderliche Mühe in weniger als zehn Minuten erobert hatte.

Ich war vom ersten Augenblick an rettungslos beeindruckt. Er schien mir von Kopf bis Fuß erstaunlich. Am meisten angetan hatte es mir seine blonde Stirnlocke. «Das ist einmal ein gelungenes Kunstwerk», sagte ich mir, als ich ihn von oben bis unten betrachtete.

«Verglichen mit der Sucht nach vollkommenen Formen, ist Kokain nur ein Zeitvertreib für Bahnhofsvorsteher», heißt es bei Cioran. In meinen Augen war der Mann vollkommen.

Die blonde Stirnlocke machte mir schwer zu schaffen und würde mir wohl wer weiß wie lange noch als Grundlage aller Sehnsüchte dienen. Mit größter Wahrscheinlichkeit würde ich mich nie wieder ganz von dieser Locke erholen. Für die wenigen Wochen, die ich neben dem Blonden durch einen winzigen Teil dieser Welt gezogen war, würde ich immer dankbar sein. Diese Wochen waren ein Festzug gewesen, auf dem der Vernunft ihre kasteiende und bodenlos langweilige Macht genommen war. Wie eine griechische Frau der Antike, die, nach dem Ritual der Mänaden, den efeuumrankten Thyrsosstab in die Hand nahm und sich das Fell eines Rehkitzes um die Schultern legte, Webstuhl und Wiege verlassend, um dem dionysischen Ruf «Ins Gebirg', ins Gebirg'!» zu folgen, die hinauslief aus dem geordneten Leben der Polis, hinaus in die wilde Natur, um den Gott im Rausch zu erfahren, so zog ich aus der gesetzten Ordnung in die Unordnung, aus dem Verstand in den Unverstand.

Aber diese sieben Wochen waren zu schön gewesen, als dass ich nicht hätte teuer für sie bezahlen müssen. Es ist eine Schande, aber eine Tatsache, dass alles Glück und Unglück eines Menschen seine Wurzel stets in einem anderen Menschen hat.

Er war ein Preller und Versteller, doch allen Strebern auf der Welt vorzuziehen. Noch sein dümmster Ausspruch begeisterte mich. Und er gefiel mir, weil er den festen Willen hatte, sich an nichts anzupassen. Es war ihm in unserem Zeitalter hoch anzurechnen, dass er den Freien spielte. Er war kein Ehrgeizling, kein Aufsteiger. Er pfiff auf ein geregeltes, versichertes Leben.

Alles, was er sagte und tat, berauschte mich. Seine schiere Präsenz füllte den Raum um mich mit einem kräftigenden Fluidum, als hätte ein mein Leben entzündender Stoff in ihm gelegen. Es schwang etwas wie Musik aus ihm hervor, etwas, das erregend und beunruhigend wirkte. Er hatte mich mit seinem Charme (ein inzwischen verharmlostes Wort, das seinen Ursprung jedoch in dem lateinischen Wort *carmen,* Zauberspruch, hat) regelrecht mit einem Bann belegt.

Plötzlich von einem heftigeren Rhythmus des Erlebens ergriffen, schienen mir alle anderen Menschen Uneingeweihte, die im Dunkel des Hades lebten. Ich lachte über sie und schaute auf sie herab.

Der Blonde kannte die Tricks und Kniffe, um aus einem Augenblick etwas Poesie zu schlagen. Ein Sachverständiger der Lüge, verstand er es, wundervolle Geschichten zu erzählen. Und er konnte singen. Er allein, unter den Zahllosen, die mir in meinem Leben begegnet waren, hatte mit seinem prometheischen Übermut über das Mittel verfügt, mich der Nüchternheit zu entreißen. Eine Art Seuche des Enthusiasmus hatte mich erfasst. Das war nicht anders denn als ein Wunder der

Liebe zu nennen. Wer meint, Liebe beruhe auf einem Einvernehmen, auf einem Netz aus Zuverlässigkeit, Pünktlichkeit, getrennter Kasse und womöglich Treue, verwechselt die Liebe mit etwas anderem. Ein Verhältnis, das sich auf vornehmlich guten Eigenschaften der Protagonisten aufbaut, ist eine Angelegenheit ohne Geschmack, Gewürz und Geruch, fade wie Haferbrei. Wer von dem Dämon der Liebe ergriffen wird, der wird auch von einem Gefühl für das Leben erfasst, für das, was das Leben allein erträglich macht: die Illusion.

Alles, was bis dahin Trübsinn in mir bewirkt hatte, der Anblick von Einkaufszentren, Neonaufschriften, öden Fußgängerzonen, von U-Bahn-Schächten oder Gamestores, verlor in diesen sieben Wochen seine krank machende Aura. Über unserer zu einer beschilderten, fußgängerwegmarkierten Müllhalde heruntergekommenen, von Ampeln, Polizisten, Straßenüberführungen und Stechautomaten regulierten Welt lag plötzlich ein poetisches Licht. In obszönen, aus Abgaswolken hervortretenden Graffitiaufschriften auf Betonwänden las ich jetzt die verzweifelte Sehnsucht romantischer Aufbegehrer. Ich erkannte immer noch die hässlichen, fast sadistischen, bereits jedes Dorf zeichnenden Male einer industriellen Gesellschaft, doch breitete sich nun über ihnen der stählerne Glanz des Erzfeindes aus, den es, wenn auch nach der Manier eines Don Quichotte, jeden Morgen von neuem galt anzugreifen. Dass ein Großteil der Menschheit dazu verurteilt ist, ohne Wälder und Waldgeister, ohne Luft- und Wassergenien, ohne Wiesen und Weise zu leben, daran stieß ich mich in den sieben Wochen nicht mehr, da meine Augen auch in einer Tiefgarage einen möglichen Ort des Glücks erblickten.

Doch seine Vorliebe für schiefe Bahnen und krumme Dinger machten ihm das Lieben schwer. Wenn man ein bisschen

Substanz von irgendeinem thrakischen Urahn in sich trägt und sich aus dieser Substanz ein Leben aufbauen will, das nicht das Dasein eines Wohlfahrtsstaatsbeamten ist, muss man damit rechnen, dass es schiefgeht.

Ihm war es seit der Kindheit nicht leichtgefallen, sich an diese Welt mit ihren Vorstellungen von sich als Megashopping-center zu gewöhnen. Es mochte sein, dass andere Menschen in diesem Industriepark Gefühle von Wohlergehen und Zufriedenheit hegten, doch er (und darin waren wir uns ähnlich wie Zwillinge) sah in dieser neuen Landschaft nur das Krematorium all dessen, was einmal die Talente der Vergangenheit hervorgebracht hatten, sah darin nur noch einen Rummelplatz technologischen Aberglaubens. Dass er auf einer derartigen Erde eine Vorliebe für Abwege hegte, um zwischen Hochhaussiedlungen einen Pfad hinaus zu suchen, zu Quellwasser, Eichenschatten und hohem Gras, verstand ich nur zu gut. Doch folgen konnte ich ihm nicht auf diesen Abwegen, da ich keinen Hang zur Delinquenz hatte und keine Deserteurin jeglicher Konvention war.

Als er eines Tages den Entschluss fasste, mich zu heiraten, fand auch ich diesen Einfall göttlich – doch vollkommen unausführbar. Ich war eine gewissenhafte und sesshafte Frau, die bis dahin den Großteil des Tages Besen, Blumenzwiebeln, Backpulver und Böhme im Kopf gehabt hatte. Trotz der schmeichelhaften und etwas ranzigen Annahme des Maharajas, ich sei eine Bohemiènne, war ich das genaue Gegenteil davon: eine biedere Bodensachbearbeiterin.

«Ich werde dich heiraten!», rief der Blonde nun immer wieder, wobei er mit Lust Geschirr auf den Boden warf, dass es klirrte, splitterte und in die Ecken sprang. Als alle Teetassen meiner Großmutter zerbrochen waren, blieb mir nichts anderes übrig, als die Kluge zu spielen und mich an den Ausspruch Chamforts oder meiner Mutter zu halten.

Da jeder Mensch unveränderbar ist, ich zur Ordnung, zur Selbstzügelung, zur Regel und Pflicht, er zur Unordnung, zur Skrupellosigkeit und zum Rausch prädestiniert war, war eine Trennung vonnöten.

Der Schmerz saß tief und bohrte sich von Nacht zu Nacht tiefer. Wie man von Buddha weiß, dreht sich alles im Leben um Schmerz, und doch, wie unglaublich, welche Abgründe sich in so einem geringen Raum wie dem menschlichen Thorax auftun, welche unauslotbaren Krater sich da in einem öffnen können! Wer nur einmal einen Ausflug in diese Tiefen gemacht hat, für den ist eine Reise auf die Spitze des Himalaya ein Spaziergang.

Während ich noch immer mit geschlossenen Lidern dalag, hatte ich nun den Mann in seiner ganzen Gestalt vor mir, seinen höchst verlockenden Kopf auf den breiten Schultern, seine grünlich funkelnden Augen, die über die Schwäche der Frauen hohnlachten. Es hatte sich neben seinem Körper beunruhigend glücklich gelegen. An seiner Seite hatte sich jede Sekunde in ihrer Ewigkeit bemerkbar gemacht. Doch nun galt es, die Augen wieder zu öffnen.

Nachdem ich aufgestanden war, mir zwei Eimer Wasser über den Kopf gegossen und durch mein hochgelegenes Badezimmerfenster auf die Hoflandschaft geblickt hatte, wo zu dieser frühen, dunstigen Stunde eine Gruppe von Schuljungen barfuß Kricket spielte, eine Mutter mit ihrer kleinen Tochter auf den Devitempel zuging, Kühe ihren Pfaden folgten und Müllfetzen über den Sandflächen vor sich hin wehten, wo ein alter Mann Wasser pumpte und ein Junge im Gebet vor einer in einen Fels gehauenen Götterstatue kniete, setzte ich mich unter das Wellblechdach auf der Terrasse.

Ich schlug die *Manusmriti* auf, als aus der Rundbogentür eine schlanke Frau in einem senffarbenen, mit Mohnblumenmuster bedruckten Sari und mit einem Bastbesen in der Hand trat. Ich hatte ihr Näherkommen nicht wahrgenommen, da das Klingeln ihrer Fußkettchen sich nicht vom Zwitschern der jungen Schwalben aus den Nestern im Treppenhaus unterschied.

Kaum erblickte sie mich, zog sie den Saum ihres Saris über das Gesicht.

Auf meinen Gruß antwortete sie mit einer leichten Beugung des Rückens. Dann begann sie, die toten Bienen, Mücken und Fliegen auf der Dachterrasse zusammenzukehren.

Ihre Bewegungen unter dem von Krähengekrächz widerhallenden Himmel waren von apathischer Langsamkeit. Der Sinn für Sauberkeit, für systematische Vorgehensweise beim Putzen schien ihr ebenso fremd wie die Vorstellung, jemals in ihrem Leben eine Hose zu tragen.

Ihr Handbesen fegte auch einige Male über den von Brandflecken gezeichneten, an den Rändern zernagten Teppich, der unter dem Wellblech lag. Es war ein Gewebe mit einem Muster aus olivgrünen und orangefarbenen Rauten und Rechtecken, die in kubistischer Anordnung zueinander standen. Wie das ungeschorene Fell eines Schafes musste er Scharen von Flöhen und anderem Geziefer beherbergen, doch wer die Ehre hatte, diesen Teppich betreten zu dürfen, streifte seine Schuhe ab, bevor er sich, wenn aus niederer Kaste, im Schneidersitz auf dem Boden, wenn ein Brahmane oder Kshatriya, auf einem der Eisenstühle niederließ, die im Kreis um die Teakholzbank herum aufgestellt waren.

Der König trat in seiner Frühmorgengarderobe aus dem Männertrakt, grüßte mit erhobenem Arm aus der Ferne und rief über die Terrasse: «I'm going for a walk! See you for breakfast!»

Kaum war sein Kopf hinter der Treppenbrüstung verschwunden, hallte der brüllende Ruf nach einem seiner Diener aus dem Schacht hervor und erschütterte noch einmal die Luft, bis sich eine ungewohnte, von der Abwesenheit des Herrschers gleichsam erfüllte Ruhe über die Festung legte.

Der Tag lag als ein glühender Zeitraum vor mir, doch ich Glückliche hatte ja meine *Manusmriti* auf dem Schoß liegen und einen schwarzen Minenbleistift von *Spalding* in der Hand, einen Gegenstand, der mit seiner weißen Aufschrift *520 Fifth Avenue, New York* von vollkommen andersartigen, zwischen Glas und Stahl gedeihenden, spiegelnde Höhen anstrebenden Existenzen erzählte, die nicht das Geringste mit dem Leben des Maharajas, seiner sieben Diener oder der Verschleierten im Mohnsari gemein hatten.

Dieser Minenbleistift ähnelte einer Spritze oder einem chirurgischen Instrument, das Präzision und Professionalität forderte. Ihm würde niemals etwas Trauriges oder Komisches anhaften, wie es normalerweise bis ans Ende aufgebrauchten Bleistiften geschieht, die als Stummel in Stiftbechern landen. Er bot mir jeden Tag von Neuem sein glattes, schwarz glänzendes Antlitz. Wie fremd mir aber dieser Bleistift auch sein mochte – was hatte ich mit New York, mit der Fifth Avenue zu tun? –, wenn ich ihn zur Hand nahm und seine Spitze auf ein Blatt Papier setzte, erfüllte mich diese Geste mit dem Glück der Konzentration. Mit Hilfe dieses Bleistifts gelang mir die Flucht aus der Wirklichkeit und das allmähliche Eindringen in die Welt einer Buchseite, zu der ich mir durch Zeichen und Anmerkungen festen Zutritt verschaffte.

Nervöse Unruhe überkam mich, wenn der Stift verschwand, aus Unachtsamkeit meiner Tasche entkam, unter einen Sessel rollte oder zwischen Polsterritzen drang, denn so fremd er mir war, so war er doch mein Dietrich zu der oft verschlüsselten Welt des Geistes.

Wie gewohnt, schloss ich die Augen, klappte mein Buch auf, legte meinen Finger auf eine Stelle, öffnete die Augen wieder und las: «Wenn der *Dharma* ganz ist, herrscht Wahrheit, kein Mensch gedeiht ohne *Dharma*.»

Dharma: Auf dieses Wort war ich zum ersten Mal in dem Buch *Buddha's Leben* gestoßen, einem altindischen Epos aus dem ersten Jahrhundert nach Christus, das von dem größten Dichter der Buddhisten, *Ashvaghosha*, verfasst worden ist.

Seit jener Lektüre war dieser Begriff, wie ein Setzling in feuchter Erde, in mir gediehen und wuchs bei jeder weiteren Beschäftigung mit ihm langsam zu einem jener besonderen Worte heran, die wir wie Heiligenfiguren in uns tragen.

Im Laufe der Jahre hatte sich eine kleine Sammlung solcher Worte in mir gebildet, die ihr Dasein, wie in einem Reliquiar, getrennt von allen anderen Worten fristeten. Dann und wann kam ein neuer Fund hinzu. Beim Sichten der Ausbeute stieß ich auf Worte wie Porzellan, Moos, Tulpe oder Krokant. Auch Glasur, Quadrat, Heliotrop oder Glast zählten dazu.

Wenn ich auf das Wort *Dharma* stieß, so brach es gleichsam wie ein fadenscheiniges, leicht schimmerndes Stück himmelblauer Seide auf, das mir durch sein fragiles Gewebe Einblicke in eine Welt verschaffte, die nichts mit der gemein hatte, aus der ich stammte.

Dharma kann als die indische Ethik bezeichnet werden. Es ist die Bezeichnung für den jedem Menschen innewohnenden Sinn für das Rechte. In einer Sanskritinschrift aus dem Jahr 285 vor Christus erscheint das Wort im umfassenderen Sinn einer «ehrfurchtsvollen Haltung gegenüber den Ordnungen des Lebens».

Für den Einsichtigen gilt, den tieferen Sinn für Ordnung an

sich nicht verderben zu lassen. Mir dienten, neben meinem Minenbleistift, die Lektüre und die Beobachtung der Natur dazu.

Von außen betrachtet, war mein Bleistift ein elegantes Objekt amerikanischer Herstellung, ein kleines Symbol für jenes Geld, mit dem die Vereinigten Staaten ihre Städte aus Beton, Glas und Stahl geschaffen haben. Für mich aber war dieser Bleistift ein Gegenstand, der mich auf jeder Seite der *Manusmriti* Zeichen für Zeichen, Wort für Wort, Strich für Strich mit dem Wesen des *Dharma* verband.

Um acht Uhr traten Charran und Devin aus der Rundbogentür unter das Wellblechdach und reihten mit ernster Sorgfalt auf dem seitlich an der Mauer lehnenden Tisch einen Plastikbehälter voller Cornflakes, ein Glas mit gummiroter Marmelade, Teegeschirr und Besteck für mich aneinander.

Devin stellte ein Tablett mit einer Tasse Tee und eine honiggefüllte Whiskyflasche auf dem Tisch vor mir ab. Dieser Honig stammte aus den Waben, die als schwere, schwarze Säcke von den Dachfriesen hingen, brummende, summende Beutel, bedrohliche Bauten, jeder für sich ein Königreich. Zweimal im Jahr erschien ein Imker auf der Festung, der auf einer langen Leiter die steilen Mauern erklomm und in lebensgefährlicher Höhe Honig einsammelte, einer Höhe, von der jetzt die Sonne vollen Besitz ergriff, die mit ihren stechenden Strahlen die Diener in das Innere der Burg scheuchte.

Ich legte mein Buch beiseite, überquerte die schattenlose Terrasse und warf einen Blick in den Hof. Der Prinz und einige Diener promenierten über den hartgetretenen Sand, an der Kanone haltmachend, neben der vor langer Zeit, wer weiß ob zu Ehren verlorener oder gewonnener Schlachten, ein steinerner Opferaltar mit einem ebenfalls steinernen *Shiva-Lingam* und einem Nandin errichtet worden war.

Wie Australien von den Songlines war das Fort von Samthar von einem Netz aus Tempeln, Schreinen, heiligen Steinen, geweihten Bäumen und Götterstatuetten überzogen, das, aus der Vogelperspektive betrachtet, einen komplizierten spirituellen Mäander ergab.

Hier konnte sich jedes Stück Erde, über das man sorglos hinwegschritt, als hochheilig herausstellen, wenn plötzlich eine Bande kleiner Jungen mit erhobenen Händen und erschrockenen Gesichtern auf einen zulief und «No shoes, no shoes!» schrie, um den Barbaren davon zurückzuhalten, seinen gottlosen Spaziergang auf dem geweihten Terrain fortzusetzen.

Der Prinz bildete den Mittelpunkt der zur Ausgelassenheit neigenden Dienerschaft, die sich noch übermütiger gebärdete, wenn sie sich unbeobachtet glaubte.

Die Augen des Königssohnes, der nach meiner Rechnung um die vierzig Jahre sein musste, waren beunruhigend. Das linke starrte gierig sein Gegenüber an, das rechte war stets gleichmütig schräg nach oben gerichtet. Ich fragte mich, welche Art von Leben seinen formlosen Körper durchpulste. Er schien die Welt wie durch eine falsch eingestellte Brille zu sehen. Vielleicht schaute er nur Schatten oder Schemen. Niemals würde es jemand erfahren, da ihm die Gabe des Sprechens verwehrt war. Die den Menschen vornehmlich kennzeichnende Eigenschaft, die Fähigkeit, nachzudenken, schien ihm auch zu fehlen. Hier hatte die Natur den Gesetzen der Arterhaltung einen Streich gespielt, den ein Mann wie der König als einen persönlichen Angriff empfinden musste.

Es war, als triebe die weiche, volle Gestalt des Prinzen in einer wogenden See umher, die ihn mal in die Arme seines jüngsten Dieners, das andere Mal vor den Fernsehapparat oder zu den Frauen in die Küche trug.

Die Gruppe im Hof saß jetzt träge um die Kanone herum, die, schon lange nicht mehr einschüchternd, zu einem Klettergerüst für Samthars Kinder geworden war.

Die Zerstreuungen, welche die Diener dem Prinzen bieten mussten, schienen sowohl für sie als auch für ihn äußerst langweilig zu sein. Am liebsten spielte er mit den kleinen Jungen aus dem Dorf Ball.

Nachdem er am frühen Morgen von Anand gewaschen und seine zu einem normalen Leben untaugliche Gestalt elegant und akkurat angekleidet worden war (sein Haar hielt man kurz, mit einem vollkommen gerade gezogenen, pomadisierten Seitenscheitel), bestand die Pflicht der Diener hauptsächlich darin, an seiner Seite zu bleiben und seinen Launen zu gehorchen oder sie zu dämmen. Um ihn zu erheitern, spielten sie mit ihm auf seinem iPhone oder gingen mit ihm zwischen den Burgwällen spazieren. Auch bei diesen Spaziergängen trug der Prinz immer eine kleine Plastiktüte mit sich herum, die er von morgens bis abends bei sich hatte.

Einige Tage lang wunderte ich mich, was wohl in der Tüte stecken mochte, ob Taschentücher oder Talismane. Als ich den König schließlich danach fragte, antwortete er: «He is carrying his cellphones with him. He loves to play with them! All the relatives give mobilephones to him, so he has bloody many of them.»

Das also war das Geheimnis der kleinen Tüte, die keiner anrühren durfte. Wagte es jemand dennoch, geriet der molluskenhafte Prinz in schnaufenden Zorn, der zwar lächerlich wirkte, jedoch der Zorn des Königssohnes und daher gefürchtet war.

Der Maharaja selbst behandelte seinen Sohn mit einer raubtierhaften, manchmal unwirschen Zärtlichkeit, wie eine Löwin, die zwar sieht, dass ihr Junges nur drei Beine hat, aber diese

Tatsache nicht begreift. Er begriff die grausame Verwegenheit des Schicksals nicht, das bei der Geburt seines Sohnes dessen Rang und Namen vergessen zu haben schien.

Der Anblick von Vater und Sohn spülte Erinnerungen an meinen eigenen Vater in mir hoch. «Das Schicksal machte es mit ihm nicht anders als mit so manchen andern; es gab ihm sein Teil Freude in der Hoffnung und versagte ihm die Erfüllung, welche von der Hoffnung doch stets allzu weit überflogen wird.» Dieser Satz von Wilhelm Raabe barg die Schilderung des Lebens meines Vaters, der sieben Romane und eine Biographie über Franz Schubert hinterlassen hatte, die, wie einer seiner Bewunderer es einmal ausgedrückt hatte, nicht von einem Schriftsteller, sondern von einem Heiligen stammte. Dieses Buch hatte immer im siebten Regal der Bibliothek meiner Mutter zwischen den Werken von Leo Frobenius und Egon Friedell gestanden, ohne dass ich es auch nur einmal in nun fast vierzig Jahren seit seinem Erscheinen aufgeschlagen hätte. Erst der delinquente Blonde hatte mich auf Schuberts Vertonungen von Novalis-Gedichten gebracht, als er mir einmal die Hymne «Wenige wissen das Geheimnis der Liebe» vorsang.

Vor meinem Aufbruch nach Samthar, zu dem musikalischsten Ort, den ich in meiner Kindheit kennengelernt hatte, begann ich, das Buch meines Vaters zu lesen.

Die Musik, die mir der Blonde mit seinem Gesang, mit seinen Mozartarien, den Songs von Peter Nalitch und den Liedern von Schubert ins Haus gebracht hatte, wurde, neben der Leidenschaft für die Literatur, zu einem weiteren Faden, den ich nun aus dem Leben und Wesen meines Vaters in mein eigenes Dasein zog.

Von klein auf ein schwärmerisches und zugleich todernstes Gemüt, ein Kind katholischer Erziehung, von Liebe zu allen

Heiligen erfüllt, ein blasshäutiger Junge mit langen, kalten Füßen, mit sommersprossigen Händen, mit zarten, für das Klavierspiel gemachten Fingern, entschied er sich in seiner Jugend für das Studium der Komposition, das ihn bald auf das Feld der Sprache trieb, wo nur augenscheinlich die Vernunft vorherrscht. Denn auch der Schriftsteller, nicht nur der Komponist, wie Schopenhauer behauptet, hat zuweilen die Gabe, das innerste Wesen der Welt zu offenbaren und «tiefste Weisheit» auszusprechen, «in einer Sprache, die seine Vernunft nicht versteht». Denn ist es lediglich die Vernunft, die ein Gedicht von Hölderlin oder die kleine Geschichte *Auf der Galerie* von Franz Kafka aufnimmt oder jener tiefere Bereich in uns, zu dem die Vernunft nur eine Pforte bildet?

Sosehr mein Vater sein Handwerk, das Schreiben von Büchern, liebte, so sehr machte ihm gerade die Ausübung dieser Arbeit das Leben schwer. Mancher hochbegabte Mann ist an dem Beruf der Schriftstellerei traurig zugrunde gegangen. Begeisternde, sogar euphorisierende Glücksmomente beleben den Schriftsteller, wenn er sich an die höchste Ausgestaltung eines Gedankenembryos macht, wenn er, Wort für Wort, Klang für Klang, einem Schattenbild Form gibt, doch zumeist ist Angst die Grundstimmung, in der er sich an den Schreibtisch setzt.

Nur die wenigsten Schriftsteller können vom Wort allein leben. Mein Vater musste sich quälen, um mit Müh und Not meine Mutter und mich, später seine zweite Frau und seine zwei Söhne, einigermaßen großzügig durchzubringen. Doch so trübselig sein Bankkonto oft dalag, so klingend und herrlich ging es in seinem Kopf zu, in dem sich Fluchten von Biedermeierräumen auftaten, goldgelbe, moosgrüne, blau-weiß gestreifte oder lapislazuliblaue Räume, wo zwischen Stehpulten, Patentsekretären, Chiffonieren, stummen Dienern und Standuhren eine fast überirdische Ordnung herrschte, über welche die Augen von porträtierten, goldumrahmten Ahnen wachten, die segnend über den Sammlungen von Ranftbechern mit Goldfisch oder Stiefmütterchen, über den botanischen Tellern oder den Visitenkartentabletts lagen, welche jene Jahre hervorgebracht hatten. In diesen Innenräumen meines Vaters wurde musiziert, gedichtet, gezeichnet und gespielt. Es waren Zimmer mit Ausblicken in Gärten, wo unter blühenden Kirschbäumen Tische mit dickbäuchigen Kaffeekannen, Kännchen voll Sahne und Platten mit noch warmen, in die jenseits der Gärten sich öffnenden Landschaften hinausdampfenden Apfelkuchen standen. Jahraus, jahrein herrschte eine Wärme in diesen Räumen, nach der sich der auch im Sommer fröstelnde Körper meines Vaters zeit seines Lebens gesehnt hatte. Warm waren die gebohnerten Holzleisten der Parkettfußböden, warm und weich die mit geblümtem Stoff bezogenen Kanapees, die mit apfelgrüner Seide bespannten oder mit eidottergelbem Samt bezogenen Ruhebetten und Lesesessel, warm auch waren das Fell der wohlerzogenen Hauskatzen, das Lammfell roter Kamellederpantoffeln oder die himmelblau gefütterten Nachtjacken. Hohe Kachelöfen brannten in diesen imaginierten Wohnungen, in denen seine warmherzigsten Freunde zusammenkamen, die, ganz so wie er, Begeisterte der Musik, der Dichtung, der Malerei, des heißen Kaffees und selbst gebackener Blechkuchen waren. Kerzenlicht durchglühte diese Appartements, wo sich das Botanisierfieber verbreitet hatte. In diesen altmodischen Sälen und Kammern, die vor scharfem Wind, vor klammer Kälte, vor Schimmelschwämmen, Feuchtigkeitspilzen und vor kalten Herzen geschützt waren, wuchs inmitten einer großen Bibliothek die Liebe meines Vaters zu Franz Schubert heran.

Je tiefer ich in die Biographie Schuberts eintauchte, mit desto beklemmenderem Erschrecken erkannte ich darin ein Psychogramm der Seele meines Vaters.

In seine großen, blaugrauen Augen, in diese gläsernen Körper aus Pupille, Regenbogenhaut, Augapfel, Linse und Netzhaut, wo sich seine überfeinerte Wahrnehmung, seine entzündbare Phantasie, sein konzentrierter Verstand zu einem hochlebendigen Blick verdichtet hatte, in diese Augen legte sich mit den Jahren auch jener Schmerz, der ihn befähigte, in die Seele des Komponisten einzudringen.

In dem Maße, wie sein eigener Schmerz wuchs, reifte, durch die immer eindringlichere Beschäftigung mit der Musik und dem Leben Franz Schuberts, das unheimliche Gefühl einer Wahlverwandtschaft mit dem Komponisten in ihm, die schließlich doppelgängerhafte Formen annahm.

Mit welcher Bestürzung stieß ich auf die Schilderung von Anselm Hüttenbrenners Besuch bei Schubert, den er «in einen alten, fadenscheinigen Schlafrock gehüllt, frierend am Schreibpult beim Komponieren» vorfand.

Das Arbeitszimmer meines Vaters war an gewissen Winternachmittagen ein von Tabakqualm durchwebtes Nebelreich, an dessen Ende, im Licht einer Ikea-Leselampe, der von Kopfschmerzen Geplagte in einem alten, rostroten, fadenscheinigen Morgenmantel frierend über seine Schreibmaschine gebeugt dasaß, wie der Komponist der *Winterreise* zu einer hoffmannesken Figur geworden und vielleicht selber – konnte es sein? – wie sein Vorbild von Todesverlangen besessen.

Über das Schreiben vergaß mein Vater das Waschen, Umkleiden und Essen. Nur der Pfeifentabak musste (nicht anders war es beim Komponisten gewesen) immer reichlich vorhanden sein, da das Pfeiferauchen, wie das Trinken von Kaffee und Tee, zur Arbeit gehörte.

Wie die Luft in seinem Arbeitszimmer nie rein war, sich der Qualm des Tabaks in Schwaden zwischen den hohen Wänden schichtete, so waren die runden Gläser seiner Brille niemals sauber, sondern stets von Fingerabdrücken oder Fettflecken getrübt, hinter denen, wie das Lampenlicht hinter den dichten Tabakswolken, seine großen, durch die Gläser noch größer wirkenden Augen hervorschimmerten.

Wie oft auch hatte ich als Kind, wenn ich leise die Tür zu seinem Arbeitszimmer aufdrückte, den Vater mit der schmalen, goldgefassten Brille auf der Nase im Bett liegen sehen, um Einfälle sofort notieren zu können, ohne erst nach der Brille suchen zu müssen. Papier und Füller lagen immer griffbereit. Freunde berichten, dass auch Schubert sich nachts mit der Brille zum Schlafen niederlegte, um nicht hilflos von einem Einfall überrascht zu werden.

Von früh um sechs bis mittags um eins komponierte Schubert, «pedantisch wie ein Beamter». Nur «komponierend kann er existieren», kann er überleben und – vergessen. Seine Migränen, seine Schlafstörungen und Depressionen waren nach Ansicht meines Vaters nur verschiedene Symptome seines Grundübels, seiner Trauer über den Tod der Mutter, die an einem Maitag des Jahres 1812, an Fronleichnam, dem Typhus erlag. Da war Schubert fünfzehn Jahre alt gewesen, in dem Alter wie ich, als mein Vater, als wollte er es auch im Tod seinem Lieblingskomponisten gleichtun, an einem Novembertag, hundertachtundfünfzig Jahre und drei Tage später als das Genie der Musik starb.

«Meine Erzeugnisse sind durch Verstand für Musik und durch meinen Schmerz vorhanden», schrieb Franz Schubert 1824 in sein Tagebuch.

Schubert und Schmerz waren schließlich im Herzen meines

Vaters zu einem Schubertschmerz verschmolzen, *dem* Schubertschmerz: dem Schmerz über eine Trennung, die er nicht vergessen konnte. «Er komponierte, um zu vergessen, komponierte, wenn er vergessen wollte.»

Die Verzweiflung, die auch den Wanderer in der *Winterreise* in den Tod treibt, die Trauer über den Verlust eines geliebten Menschen, hatte Schubert nie *verschmerzt*, hatte mein Vater nie verwunden.

«Wer einmal mit Leiden angefangen hat, wird weiter leiden, weil der Organismus für Leiden empfänglich geworden ist», heißt es in der Biographie. Doch weitaus unerträglicher als das Leiden selbst ist Schuberts Erkenntnis: «Keiner, der den Schmerz des andern versteht», eine in ihrer Trivialität tragische Feststellung. Ja, meine Mutter hatte den Schmerz meines Vaters über ihre Trennung von ihm nicht verstanden, nicht verstehen können.

Wie sich der solitäre Stolz des avantgardistischen Komponisten in Schubert verbarg, so in meinem Vater der einsame Stolz des avantgardistischen Schriftstellers, der die konventionellen Bahnen verlassen hat, um in dichterisches Neuland vorzustoßen. Es verlange dies, so schreibt er in der Schubert-Biographie, «eine Strategie, die der eines Verbrechens gleicht», wobei er den Maler Degas erwähnt, der einmal behauptet hat, der Künstler müsse an sein Werk in derselben Verfassung herangehen, in der ein Verbrecher seine Tat begehe, was so viel bedeutet, wie ein Wagnis einzugehen, das den Einsatz nicht nur aller künstlerischen Fähigkeiten, sondern den der ganzen Existenz verlangt. Ein solcher Einsatz von Kräften führt notgedrungen Einsamkeit mit sich.

Diese Einsamkeit, die nach außen hin unbemerkt blieb, potenzierte das Leiden Schuberts und vertiefte die Verzweiflung meines Vaters. Ein Erfolg, nicht der Applaus eines kleinen Kreises von Bewunderern und Freunden, hätte das Idol meines Vaters als auch ihn selbst aufgerichtet. Als gesellige Menschen, als die sie beide, das große Genie und sein Verehrer, auf die Welt gekommen waren, als Wesen, in denen Heiterkeit und Schwermut aufs Natürlichste, je nach psychischer Witterung oder physischem Befinden, ineinander verwoben waren, fiel gerade ihnen, welche sie zugleich benötigten, um sich in Ruhe dem Schreiben widmen zu können, die Einsamkeit schwer.

Dass meines Vaters Bewunderung für Franz Schubert schließlich so weit ging, dass er mir den Namen von Grillparzers großer Liebe gab, einer Frau, die niemals geheiratet hatte und die «Ewige Geliebte» genannt wurde, schien mir zuweilen nicht mehr geheuer.

«Come! Breakfast!», rief der König mir zu, der ohne einen Tropfen Schweiß auf der Stirn von seinem Spaziergang zurückgekehrt war und nun mit der Frische einer noch nicht entfalteten Stoffserviette über die Dachterrasse lief.

Ich folgte seinem Ruf unverzüglich, wie ihm jeder, der in seine Nähe kam, auf der Stelle gehorchte. Es war undenkbar, einem *Come!* aus seinem Mund nicht Folge zu leisten. Neben dem reinen Befehl steckte noch vieles andere in dieser Aufforderung: Die dem Angerufenen erwiesene Ehre, von *His Highness* nicht übersehen worden zu sein, das Glück, einige Zeit mit ihm verbringen zu dürfen, die Hoffnung, in sein Vertrauen gezogen zu werden, und die vage Möglichkeit, in die Geheimnisse seines Lebens, vielleicht in die seiner Natur, eingeweiht zu werden, wenn auch im *Mahabharata* die Warnung zu lesen ist: «Niemand versuche, in die königlichen Geheimnisse einzudringen.»

Der König rief nach seinem Sohn in der Tiefe, der bald darauf in Begleitung seiner Entourage in dem kühlen Speisesaal erschien.

Der Wachsoldat, der einen großen Teil des Tages im Innenhof, unter einem Bambusdach, neben einer Feuerstelle saß, hin und wieder mit einem um die Schulter gehängten Gewehr eine Runde drehend, salutierte, als der Prinz ihm aus dem Fenster des Speisesaals zuwinkte.

Der Vater wohnte dem Auftritt des Sohnes wie der Vorführung eines seltsam verformten Hundes aus geliebter Zucht bei.

«Switch the fan on!», befahl der König.

Der in ein langes, veilchenblaues Hemd gekleidete Sohn umklammerte den Vater von der Seite und grub seine lange Nase in dessen Hals. Der König schob ihn gereizt von sich.

«He's sweating!», bemerkte er, der nach den Ratschlägen des *Mahabharata* aufgezogen worden war, wie: «Sei ein Reiher, wenn du deinen Vorteil berechnest, ein Löwe, wenn du angreifst, ein Wolf, wenn du auf Raub gehst, ein Hase, wenn du die Flucht ergreifst», und nun diese alten, in der Familie hochgehaltenen Weisheiten beim Anblick seines Sohnes als lächerlich empfinden musste.

Von dünnen Papierservietten umwickelte Toastbrote, Marmelade, ranzige, auf dem Weg von der Küche über die Dachterrasse geschmolzene Butter, ein Glas frische Milch für den König und drei Rühreier für den Sohn machten das Frühstück aus, ein *breakfast*, das den König täglich aufs Neue mit der britischen Vergangenheit seines Landes, mit den Sitten und faden Speisen Englands verband. Genau betrachtet, nahm er jeden Morgen die Kost seiner Feinde zu sich, die ihn der Krone beraubt hatten. Er nahm sie mit der Lust an der Aneignung fremder Gepflogenheiten und in der stillen Überzeugung zu sich, dass dieses Fremde von höherer Qualität, feinerer Art, kurz, zivilisierteren Schlages sein müsse.

War es nicht erstaunlich, mit welch begeisterter Überzeugung die Generation seiner Eltern, jene von den Briten unterjochte und entmachtete Generation, zahllose englische Sitten übernommen hatte, die im tropischen Klima ihres Landes oft zu Grotesken wurden? Zuweilen drängte sich mir der Eindruck auf, dass sich die indische Oberschicht mit blinder Hingabe den Feind zum Lebensvorbild genommen habe.

Dieses leidenschaftliche Interesse für das Daseinsmuster seines Eroberers schien mir bei einem Volk von so ausgeprägtem Geschmackssinn, so hierarchischem Feingefühl und so zarter Taktempfindung umso empörender. Doch bis heute hat das Modell des abendländischen Rivalen, auch wenn inzwischen vor allem amerikanische Konsumgüter verehrt werden, Oberhand behalten, der im ganzen Land seine architektonischen Male gesetzt und seine kruden, geschmacklosen Brauchtümer bis in die Dörfer getragen hat, die inzwischen zu Halden für Coca-Cola-Flaschen, leere Chipstüten und Marlboro-Packungen geworden sind.

Glanz legt sich in die Augen eines Computerfachmannes oder eines Bauern, sobald er sich ein Stück des amerikanischen Kontinents anhand einer Chipsflocke oder eines Schluckes Sprite aneignen kann.

Der Maharaja war sich natürlich seiner kulinarischen Unterwerfung, die sich allerdings nur auf das Frühstück beschränkte, nicht bewusst. Er hatte einfach die Sitten seiner Eltern übernommen, die aufs Vollkommenste jene angloindischen Doppelwesen verkörperten, die das *British Raj* hervorgebracht hatte.

Während ich eine Papayafrucht aufschnitt, glotzte mich das linke Auge des Prinzen an. Er aß mit der Hast eines Pferdes, das mit aufgewölbten Lippen und bebenden Nüstern nach einem Zuckerwürfel in der Hand eines Kindes schnappt. Mit dieser Hast verschlang er alles, was ihm auf den Teller gelegt wurde.

Der Prinz lachte gerne. Er lachte gerne Frauen an, die ihm weich, warm und wohltuend entgegenkamen. Eine Frau war für ihn der sicherste Zufluchtsort inmitten einer Schar von robusten Männern. Ihr Körper bedeutete ihm Schutz aus duftender Haut, wallenden Stoffen, klingenden Armreifen, aus glucksendem Gelächter und zärtlichem Geflüster. Wenn die Hand einer Frau über seinen großen Kopf strich, dann drückte sich der Prinz an ihren Leib, umarmte ihn und machte Anstalten, sich nicht mehr zu lösen.

***

Nach einer Besprechung im Audienzraum rief der König seinen Leibwächter, den Prinzen und mich zu einem Ausflug über seine Ländereien zusammen.

Sobald sich die Nachricht vom Aufbruch des Maharajas auf dem Fort verbreitet hatte, hallte das Klatschen nackter Dienerfüße aus dem Treppenhaus hervor. Wie von der Tarantel gestochen, schossen Devin, Charran und Prakash die Stufen hinab in den innersten Hof, pfiffen den Fahrer herbei, der einen weißen Geländewagen aus dem Schatten einer Plastikplane manövrierte und vor das Portal fuhr. Der Torhüter sprang aus dem seitlich des Haupteingangs gelegenen Wachhaus und faltete zum Gruß die Hände vor der Brust.

«Sita Ram! Sita Ram!», erklang es von allen Seiten.

Der Prinz lehnte bald als großer Gummiball an der Lehne des Hintersitzes, sein Vater nahm neben dem Fahrer Platz und

der in ein Tarnhemd gekleidete Leibwächter stieg in den Laderaum. Dieser Soldat war ein nicht großer, wohlgenährter Mann mit pechschwarzem Schnurrbart und einer Sterling-Maschinenpistole um die Schulter. Seine Brauen lagen wie zwei gekrümmte, stachlige Raupen über den Augen, deren Blick finster und abweisend war.

Das Innere des Wagens war makellos sauber. Kalt strömte die Luft aus der Klimaanlage. Beim Anlassen des Motors erklang eine Stimme aus dem All der Technologie: «Mahindra! Your dreamvehicle! Please wear your seatbells for a safe drive!» Hinter dem Ton der gleichsam phosphoreszierenden Frauenstimme verhallten Weltraumlaute.

Frisch gewaschen, von kalter Luft angeweht, angeschnallt und hochgelegen, verließ unsere kleine Gesellschaft unter lauten Hupzeichen die Festung und bog in das schmutzige, heiße, ungezähmte und tiefgelegene Samthar ein.

Wie vor hundert Jahren sein Großvater auf dem Rücken eines Elefanten zog der jetzige Maharaja in dem Mahindra durch die Menge auf der Marktstraße, die beim Anblick des hoheitlichen Wagens innehielt, den Kopf beugte und die Hände zum Gruß faltete.

Es waren vornehmlich die alten Männer aus Samthar, die ehrerbietig seiner Majestät den Gruß zollten. Wer von der jungen Generation ein Motorrad besaß, knatterte grußlos an ihm vorüber.

Die Kinder starrten in den Wagen, manche lachten hinein, und weiße Zähne leuchteten. Die Frauen aber zogen beim Herannahen des Autos die Säume ihrer Saris vors Gesicht, wie in Erinnerung daran, dass ihre Großmütter und Mütter auf Befehl der Maharajas die Schleier heben und ihre Antlitze wie auf dem Markt ausgestellte Früchte zur Schau hatten stellen müssen. Es war eine Gebärde, die vielleicht so alt wie Indien selbst war. Es war eine schöne Gebärde, welche die Überlegenheit der Frau ausdrückte. Wie viele altindische Märchen waren wohl von dieser Geste ausgelöst worden, deren Macht im Verbergen lag? Ich kannte keine würdevollere Bewegung, die mit nur einem Handgriff die weibliche Natur darstellte. Sie drückte sowohl das *Noli me tangere* als auch das *Sesam, öffne dich* aus, und junge Mädchen beherrschten sie mit demselben Stolz wie ihre Mütter.

Zwei Bauern schoben eine träge Kuh aus dem Verkehr. Markthändler scheuchten Schweine, Hühner und Hunde von der Straße, damit der Wagen des Königs passieren konnte. Krähen flatterten beutegierig über den Ständen, um plötzlich im Gleitflug niederzugehen und mit ihrem Schnabel nach einer Weintraube oder einer Süßigkeit zu schnappen.

Wie die Burgbewohner aus dem Märchen *Dornröschen* in der gerade ausgeführten Geste in einen jahrhundertlangen Schlaf verfallen, so erstarrte jetzt manche Hand in ihrer Bewegung. Einen Augenblick lang schwebte eine Axt reglos in der Luft, bevor sie in einen Holzstamm niederfuhr, zwei Kinderfüße kamen auf der Schwelle zum Dorffriseur, wie am Boden festgeleimt, zum Stillstand, ein Frikadellenstück blieb einen Atemzug lang im Hals eines Frikadellenverzehrers stecken, und die Hand einer Mutter verkrampfte sich für eine kleine Ewigkeit im Haar ihres Sohnes.

Blöken, Meckern, Muhen, Schreien, Krähen, Kreischen, Girren, Gackern, Rufen, Piepsen und Singen erfüllte die Luft der Marktstraße, die entlang des überwucherten, hinter den Verkaufskarren froschgrün hervorschimmernden Burggrabens bis ans Ende der Ortschaft führte.

Es war dem zufriedenen Ausdruck des Königs anzusehen,

wie sehr er es liebte, sich mit einem kleinen Gefolge auf den Weg zu machen und jene Landschaft zu durchfahren, die seit Generationen seiner Familie gehörte, wenn ihm und seinen Verwandten inzwischen auch nur noch ein Bruchteil dieser Fläche offiziell zustand.

«Vor einiger Zeit haben meine Frau und ich einen Vertrag geschlossen: Sie würde sich mit dem größeren Teil der Dienerschaft um das Haus in Lucknow kümmern und ich mich mit diesen sieben Idioten von Dienern um meine Ruine.»

Sein Mobiltelefon läutete.

«Hello! Hello?», rief er in den Apparat, und zu mir gewandt: «The weather is changing. I have to call the minister of agriculture … There is a crisis … How does this idiot drive?»

Unterdessen hatte ich gelernt, seine Beleidigungen in Koseworte umzusetzen. Wenn er «idiot» sagte, setzte ich im Stillen dafür das Wort «darling» ein.

Jede Ausfahrt des Königs über seine Ländereien wurde zu einer Landpartie. Es hing etwas von Picknick, Insektenjagd und Wildbeerensuche in der Luft, die er um sich verbreitete.

Kaum lag Samthar hinter ihm, ließ er die Klimaanlage ausschalten, öffnete das Fenster und legte seinen kleinen, harten Ellenbogen auf den Fensterrahmen.

Degas hatte zeit seines Lebens die Landschaftsmalerei verachtet, sich über die Landschaftsmaler lustig gemacht und Ernest Rouart mit der Behauptung gekränkt, dass Malen keine Sportart sei. Erst im Alter, im Jahr 1892, überraschte er seine Freunde mit einer Ausstellung von einundzwanzig Landschaftsbildern, die er mithilfe des Monotypieverfahrens gemacht hatte, allerdings unter Verwendung nicht schwarzer, sondern bunter Tinten, die sich unter der Presse verliefen, sodass ein seltsam unrealistisches Bild dabei herauskam.

Eines dieser Bilder trägt den Titel *Weizenfeld und Baumgruppe,* und wie kein anderes gibt es das sommerheiße, wogende Licht von Samthars Feldern wieder.

Mochte es die von der Sonnenglut durchdrungene Luft oder der Geruch nach geschnittenem Korn, mochten es die bis an die Horizonte reichenden, goldgelben Felder oder die Ziegenhirten sein, die mit ihren langen Stöcken aus einer Seite der *Bukolika* herausgetreten zu sein schienen, um in unserem Zeitalter ihr Hirtenleben in Indien fortzusetzen, mochten es die Schnitterinnen mit den Ährenbündeln auf dem Kopf oder die unter Bäumen, inmitten von Feldern oder am Straßenrand aufgestellten Schreine sein: Etwas herrlich Ewiges ging von der Landschaft aus.

Der Mahindra bog in eine schmale Straße ab, die zu einer Guavaplantage des Königs führte. Zwei Bauern, die auf einem Mäuerchen am Straßenrand gesessen waren, sprangen auf und traten an den Wagen, um die Knie des Maharajas zu berühren. Zwar lag bei diesem Gruß eine gelassene Gleichmütigkeit in den großen, braunen Augen des Königs, doch erhaschte ich auf seinem Gesicht für die Dauer eines Wimpernschlages den Ausdruck einer tief sitzenden Lust an diesen Berührungen.

Er war nicht mehr Gebieter über die Männer und Frauen des einstigen Reiches von Samthar, das hundertsechzig Dörfer umfasst hatte, doch jedes Mal, da eine dunkle, von der Feldarbeit geformte Hand, begleitet von einer tiefen Neigung des Rückens und schweigender Ehrerbietung, sich mit devoter Hast zu seinen Füßen streckte, um sie zu berühren, zog sich noch einmal das alte Band zwischen Herrscher und Untergebenem fest.

Wer diese Gebärde nicht mehr beherrschte, hatte auch schon den Faden zur Vergangenheit zerrissen. Wie sich hinter der verhüllenden Geste der Frauen die weibliche Macht verbarg, so verbarg sich in diesem Gruß mehr als lediglich der Ausdruck einer untergebenen, gar unterjochten Seele. Es las sich darin das Bewusstsein eines gemeinsamen Bündnisses gegen die Launen der Natur ab, einer auf gemeinsamer Arbeit fußenden Herrschaft über sie. Wie es in den vergangenen Jahrhunderten gewesen war, so würde es hier noch für einige Jahre bleiben: Fielen die Ernten reich aus, so war das sowohl der Arbeit der Bauern als auch der Fürsorge des Königs zu verdanken. Nur ein Einvernehmen, eine auf gegenseitigem Vertrauen ruhende Beziehung, entrang dem Boden die besten Früchte.

Was, fragte ich mich, hatte sich in den vergangenen fünfunddreißig Jahren auf dem indischen Land geändert? Was hatte sich geändert, seitdem mein zweiter Stiefvater ein Buch über einen charismatischen Bauernanführer und unerschrockenen Vorkämpfer der Entrechteten geschrieben hatte, einen später im Untergrund lebenden und mit der Todesstrafe bedrohten Mann, dem ich als junges Mädchen in Neu-Delhi begegnet war, als er sich heimlich zwei Tage in der Hauptstadt aufhielt und viele Stunden im Haus der Kautilya Marg im Gespräch mit meinem zweiten Stiefvater verbrachte? Damals war Doktor Vinayan Anführer eines Bundes von vierzigtausend Anhängern gewesen, die zu Beginn ihrer Revolten, nach Mahatma Gandhis Vorbild, ohne Waffen, später jedoch mit Äxten und Sicheln für ihre Rechte kämpften, da ihr Anführer, nach einem furchtbaren Blutbad, das die Polizei unter seinen Leuten angerichtet hatte, sich nicht mehr gegen die Wahrheit auflehnen konnte, dass man mit *Ahimsa*, mit Gewaltlosigkeit, in Indien keinen Widerstand mehr leisten konnte. Wenn der Stock nicht mehr das Privileg der Großen ist, so sagte damals Doktor Vinayan, wenn die Erniedrigten und Beleidigten gelernt haben, zurückzuschlagen, dann haben sie ihre menschliche Würde gewonnen.

Diese Würde hatten die Bauern von Samthar niemals verloren. Doch war meinem zweiten Stiefvater diese Tatsache damals entgangen, als er in den hageren Figuren des alten Hofstaates lediglich Ausgebeutete, apathisch ihrem Schicksal Ergebene erblickt hatte. Heute hätte er, der als Jude immer auf der Seite der Geächteten und Ohnmächtigen stand, vielleicht eingesehen, dass die Anhänger von Doktor Vinayan von zu Geld gekommenen Großbauern misshandelt und ausgenutzt worden waren, von Männern aus niedrigen Kasten, die keinerlei Erfahrung in der feinen Technik des gemeinsamen Waltens in einem kleinen oder großen Staat hatten, wie Samthar einer gewesen war und heute noch immer ist. Ein solches politisches Gebilde, das sich im Lauf der Jahrhunderte zu einem komplizierten hierarchischen Geflecht verdichtet, in dem jeder Einzelne, je nach Kaste, Kräften und Verstand, seine Rolle und seinen Rang erhalten hatte, war einer traditionellen indischen Familie vergleichbar, wo die Autorität des Mannes und die Sittsamkeit der Frau nicht angerührt werden dürfen. Wie eine solche Familie gab der Hof von Samthar Halt und Schutz. Wie in einer solchen Familie ging am Hof von Samthar Würde, Vertrauen und innere Vornehmheit vor Anhäufung von Reichtum. Wie in einer solchen Familie herrschte am Hof von Samthar eine Freiheit, die weit über der angeblichen Freiheit der modernen Demokratie stand. Ohne diese Freiheit hätte sich der Hof von Samthar nicht bis heute erhalten. Hatte nicht ein alter Bauer damals zu meinem zweiten Stiefvater gesagt: «Mit westlichen Begriffen von Freiheit kommt ihr bei uns nicht weit. Im westlichen Sinne ist bei uns niemand frei»?

Die Freiheit, welche die revoltierenden Kleinbauern und Pächter unter Doktor Vinayans marxistischer Führung erkämpfen wollten, war jene des neuen Menschen; eine utopische Freiheit in einer Gesellschaft, die keine Ungleichheit mehr kennen wollte. In Samthar dagegen hatte der alte Mensch über Jahrhunderte gelernt, in seinem jeweiligen Stand zurechtzukommen. In Samthar hatten die Kleinbauern, die Pächter und Lohnarbeiter niemals Grund gehabt, gegen das politische System des Hofes, gegen den entthronten König oder gegen die Männer seiner Partei aufzubegehren, da hier jeder an seinem Posten stand, jeder nach seinem *Dharma*, und frei lebte.

Dass Korruption, Geldwucherei, das Unwesen der Mitgift, Kastenhochmut und Mangel an Solidarität der Paria, die mein zweiter Stiefvater vor fünfunddreißig Jahren festgestellt hatte, in Indien immer noch verbreitet sind, hat vielleicht – wer will es wissen können? – mit dem Verlust des jedem Menschen innewohnenden, doch immer mehr verkannten Gefühl für den *Dharma* zu tun. In Samthar jedoch hatte sich dieses wenn auch von Stunde zu Stunde abnehmende Gefühl intakter als anderswo in Indien erhalten.

Indien, so mein zweiter Stiefvater, Indien, das seien die Dörfer. Die Städte hingegen, die hörten auf, Indien zu sein. Blickte ich mich jetzt in der weiten, heißen Ebene um, so sagte ich mir, dass sich in den fünfunddreißig Jahren alles und zugleich nichts geändert hatte. Die Pflugochsen, die ich noch aus der Zeit meiner Kindheit kannte, waren zum großen Teil von Traktoren, Kuhdung von Industriedünger ersetzt worden, die Bauern verwendeten Pestizide, und durch die Felder führten asphaltierte Straßen, und doch: Die heiligen Bäume, die Straßenaltäre, die geweihten Steine, die eingefallenen Tempel und *Stupas* wurden mit derselben Hingabe verehrt und angebetet wie seit undenklichen Zeiten. Das Land war immer noch, so wie damals, «ein Magma, noch nicht erkaltet und erstarrt wie Europa». Es war immer noch, aufgrund seiner religiösen Energie, «ein brodelnder, blasenwerfender Kessel», von dem auch heute noch niemand weiß, «ob er eines Tages überkochen wird».

«Diesen Dreck uralter Tradition müssen wir fortfegen … Diese verfluchte Religion hat die Inder zu einem Volk von kraftlosen Sklaven gemacht», sagt in dem Buch meines Stiefvaters ein Kommunist, der die Religion mit einem Paar alter, vor einen Karren gespannter Ochsen vergleicht und vorschlägt: «Wir müssen das Ochsenpaar aus- und einen Traktor vorspannen», um schließlich doch zu der Einsicht zu gelangen, dass man in Indien keine Revolution gegen die Religion und gegen jahrtausendealten Aberglauben machen kann. «Nein», würde auch mein zweiter Stiefvater heute mit Überzeugung sagen, «nein, wenn Indien sich retten will, muss es die Ochsen wieder anspannen, aber besser füttern.»

Nach einigen Fragen über den Verlauf der Ernten schwang sich der König mit dem verträumten Ausdruck eines reichen Kindes aus dem Wagen und machte sich auf den Weg über den lehmigen Boden seines Guavahaines. Ihm auf den Fuß folgten der Leibwächter, der Kronprinz und ich.

Der König schwieg. Wie die Großmoguln liebte er die Natur und die Tiere. Nur auf den Spaziergängen über das Land legte sich jener Frieden in seine Brust, den er in den vergangenen Jahren vergeblich auf der Jagd, in einer Karriere als Politiker oder in einem Glas Wodka gesucht hatte und immer noch, aus alter Gewohnheit, suchte.

Hier, im Schatten der unter seiner Aufsicht gepflanzten Bäume, aus deren Laub ihm, wie jedem Menschen, der sich in die Gesellschaft von Pflanzen begibt, das Gesetz einer überirdischen Harmonie entgegenwehte, erfüllte den sich bisweilen als Atheisten ausgebenden König für einige Augenblicke jener

Frieden, der nichts anderes als die freiwillige oder unfreiwillige Einsicht ist, dass ein Gott unsere Welt erdacht hat.

Hin und wieder beugte er sich, um eine Frucht, einen Zweig oder eine Blüte aufzulesen, wie er es als Kind getan hatte, wenn er seinem Vater auf den Gängen über die Ländereien gefolgt war.

Eine *Tersiphone paradisi*, auf Hindi *Shah bülbül* genannt, segelte unter den Bäumen mit kratzendem Ausruf dahin. Aus den Feldern zirpte und summte es. Geruch von Rauch lag in der Luft. Der Kronprinz blickte einer Schlange nach, die dem Stockhieb eines Bauern entglitten war.

Vor einem kreisförmigen Brunnenschacht machte der König halt. Dieses Reservoir sammelte ein Wasser, das klar und stark sprudelnd einer natürlichen Quelle entsprang.

Nach und nach traten einige Bauern hinter den Bäumen hervor und bildeten ein schweigsames Geleit. Einer von ihnen, ein alter Mann, öffnete für den König das Brunnenhaus, wo es wie in einer Grotte widerhallte.

Das kühle, schillernde, aus der Erde hervorgurgelnde Element, das für die vedischen Seher gleichbedeutend mit dem Geist war, wird in einem Land wie Indien, wo die Temperaturen in den Sommermonaten bis zu fünfzig Grad Hitze ansteigen können, immer noch als eine Gottheit verehrt. Einst wurde sogar ein Duft geschaffen, der nach dem ersten Regentropfen auf die von der Sonne versengte Erde roch, denn nichts reicht an die Freude an dem ersten Wolkenbruch zu Beginn der Monsunzeit heran, was schließlich einen Parfumeur darauf gebracht hatte, ihn zu reproduzieren, um diesen Moment der Erlösung nach langer Dürre immer wieder von Neuem riechbar zu machen.

Aus der Ferne war die Festung sichtbar, die einst als steinerne Schatzkiste voller Seidenstoffe, silberner Möbel, klingender Schwerter, Hofdichter und Edelsteine zwischen den Feldern gestanden hatte, nun aber als morscher Zahn aus einer Ebene ragte, auf der sich, wie in allen Landschaften der Welt, langsam der Geist der Zerstörung ausbreitete, eine Schreckensgottheit, die statt Diskus, Schild oder Muschel Strommasten und Zementsäcke als Attribute in ihren vielen Händen hielt und mit herausgestreckter Zunge über die Torheit der Menschen lachte, die ihre wertvollste Habe, die Welt, mit eigenen Händen zugrunde richteten.

«Many years back this was our huntingground. The rights and duties of nobility were as everywhere else in the world hunting and war. My father used to hunt panthers and antilopes here», erzählte der König mit wehmütigem Stolz und einem nicht zu verhehlenden Ton in der Stimme, der ausdrückte, wie sehr das einstige Leben auf dem Fort außerhalb alles heute Vorstellbaren gelegen hatte.

«I gave a plot of land to some holy men who keep cows there», unterbrach der König seine Erinnerungen an die Jagden mit seinem Vater, als er dem Fahrer ein Zeichen gab, abermals von der Landstraße in einen Feldweg abzubiegen.

Der Wagen fuhr über holprigen Lehmboden bis in den Schatten einiger Neembäume, an deren Stämme Kühe und Kälber mit bunten Ketten um die Hälse angebunden waren. Rote Banner flatterten auf dem Dach eines alten Tempels, den seine Mutter, wie der König erzählte, vor langer Zeit hatte errichten lassen.

Dieser Tempel war der Mittelpunkt der um ihn herum entstandenen Gemeinschaft, ein Zufluchtsort für die aus den Dörfern der Umgegend stammenden alten Männer, die gemäß dem altindischen Gesetz im Alter ihre Familie verlassen und sich einer asketischen, frommen Lebensweise verschrieben hatten.

«Wenn ein Hausvater seine Haut schrumpeln, sein Haar weiß werden und die Kinder seiner Kinder zur Welt kommen sieht, dann soll er sich in die Wildnis zurückziehen», heißt es in der *Manusmriti*.

Künstler darin, alle niedrigen Regungen in sich abzutöten, ernährten sich diese Männer, in Übereinstimmung mit der *Vaikhanasa*-Lehre, von Almosen, von der Milch ihrer Kühe, von Blüten, Wurzeln und Früchten, die mit der Zeit reiften und von allein abfielen. Ihre frugalen Mahlzeiten nahmen sie nach Osten gewandt ein, da, wer nach Osten gewandt isst, ein langes Leben gewinnt.

Weder Baracken noch Hütten standen hier, woraus ich schloss, dass die Männer nachts im oder um den Tempel, auf dessen in Stein gemeißelte Reliefs jetzt das Sonnenlicht fiel, ihr Lager nahmen. Auch lagen Andachtsgerät, Wasserkannen, Ölbehälter, Löffel und Musikinstrumente um das verfallene Gebäude herum.

Da sie auf einem Stück seines Landes wohnten, standen die *Samnyasin* unter dem Schutz des Königs, doch im Unterschied zu den anderen, an Bauern verpachteten Landparzellen war diese Siedlung durch Opferfeuer, durch Gesang vedischer Hymnen und durch Bußübungen geweiht.

Von nun an würde ich jede Nacht das Erklingen ferner Musik mit diesem Ort verbinden.

Die bärtigen Männer, deren Lenden von einem *Dhoti* bedeckt waren, näherten sich hocherfreut, den König zu begrüßen. Bezaubert starrten sie ihn an, diesen europäisch gekleideten Mann, der Fleisch aß, Zigarren rauchte und sich keinen Heller um sein Seelenheil scherte.

Von allen Seiten kamen nun immer mehr Asketen und auch Bauern aus den Feldern heran, um den König zu sehen. Es wurden Stühle herbeigetragen und in einem Halbkreis unter einem Baum aufgestellt.

Der Maharaja setzte sich in der Gesellschaft seines Sohnes, des Leibwächters und des Fahrers, mich an seiner Seite, in die Mitte und ließ mit geschulter Gelassenheit die Ehrbezeugungen und Aufwartungen, die flehentlichen, aber auch stolzen Blicke über sich ergehen, während es friedlich aus den heißen Gräsern zirpte, eine leichte Brise unter das Laub wehte, die Kühe muhten und mit halb geschlossenen Augen etwas Gras zermalmten.

Das Scheppern eines Eimers erklang, den ein Bauer herbeitrug, um Wasser für die unerwarteten Gäste aus ihm zu schöpfen.

«This is the chief sadhu», erklärte mir der Maharaja, als das Oberhaupt der *Samnyasin* erschien.

Der Asket ließ sich inmitten seiner Männer auf einem Stuhl nieder, der schräg dem König gegenüber aufgestellt worden war.

Die zwei Parteien bildeten nun einen Kreis, dessen trennender Durchmesser Gott war.

Auf der einen Seite dieser Sekante saßen die alttestamentarischen Gestalten der heiligen Männer mit ihren langen Bärten, ihren Stöcken, ihren Lappen um den Leib und jener wild anmutenden Glut in den Augen, deren Pupillen sich in der versessenen Suche nach Offenbarung verengt und verdunkelt hatten.

Das Oberhaupt erinnerte an ein junges, glänzendes Reptil. Es war ein magerer und fast vollkommen nackter Mann, der mit dem stechenden und hochgemuten Blick des Eingeweihten aufrecht auf dem für ihn ungewohnten Stuhl saß und dem König gerade in die Augen blickte. Er bewegte sich in seinem

Körper wie in der braunschuppigen Haut einer Kobra. Das Schlangenhafte seines Ausdrucks wurde durch die auf seinem zierlichen Kopf lastenden, kuhfladenfarbenen Haarflechten noch betont.

Er war sich seiner Erscheinung wohl bewusst, die ein Resultat jahrelanger Exerzitien war, einer aus Früchten, Getreide und Wurzeln bestehenden Nahrung und einer andauernden Hingabe an die Welt der Götter. Fest und fromm stand er auf seinen platten Füßen, um keinen Grad dem gleich großen, beschuhten und satten König unterlegen.

Mit der Gebärde eines Mannes von Stand ließ er dem Maharaja durch einen kleinen Jungen ein Blatt Papier zukommen, das in seinem Format, in seiner wächsernen Farbe und den darauf verteilten kantigen Schriftzeichen an die Briefe der Mathilde von Canossa erinnerte, die in der Abtei von Nonantola aufbewahrt sind.

Die *Samnyasin* und die Bauern verfolgten die stille Lektüre des Maharajas, der das Blatt mit Bemerkungen oder Verbesserungen versah, während ein kleines Mädchen mit Rotznase zwischen den Männern erschien und sich, wie an eine Mauer, an die nackten Beine ihres Vaters presste, der seine Arbeit auf dem Feld unterbrochen hatte, um Wasser aus dem Brunnen zu schöpfen.

Der König ging mit den heiligen Männern nicht anders um als mit seinen übrigen Pächtern, und doch schuf die unsichtbare Trennlinie der zwei Halbkreise eine geladene Spannung zwischen den beiden Gruppen, als fände ein unsichtbarer Kampf zwischen zwei Mächten statt, deren eine das Banner der Metaphysik, die andere das Banner der praktischen Vernunft im Wind aller Ungewissheiten schwenkte.

Nachdem das Blatt gelesen und das Datum für die Anreise

eines bekannten Gurus festgelegt worden war, blickte sich der König um.

«Der alte Mann, der mit dem kurzen, weißen Bart, ist aus meiner Kaste. Er hat mit siebzig Jahren seine Familie verlassen und sich hierher zurückgezogen.»

Der Alte mit den großen Zähnen und dem ockergelben Turban auf dem Kopf strahlte das Glück eines Entflohenen aus, eines Mannes, der dem häuslichen Kerker, dem Gezeter der Ehefrau und den Sorgen um die Kinder entkommen war. Dass ihm auf dieser Flucht etwas Opium beigestanden hatte, verstand sich von selbst.

«I'm very happy», rief der Alte mir zu. «I am very, very happy!»

Ich glaubte ihm dieses Geständnis aufs Wort. Nichts, außer der Kürze des Lebens, lag seinem Glück im Wege, keine Krankenkassengebühren, keine langweiligen Spaziergänge mit Pflegern in von Rhododendren durchblühten Koniferenparkanlagen, keine Unterredungen mit weit gereisten Physiotherapeuten oder alleinerziehenden Heilpraktikerinnen, keine Besuche von schlecht erzogenen Enkeln oder Computerkurse für Senioren.

Ihn erwarteten im Gebet, auf Almosenwanderungen oder im Gemüsegarten verbrachte Tage, durchsungene, von Opiumrauch durchwobene Nächte in einer Gesellschaft von Männern, die, so wie er, auf der Rückseite jeder irdischen Erscheinung das Antlitz eines Gottes sahen.

Und in Gesellschaft dieser Männer, die daran gewöhnt waren, mit Wundern zu rechnen, die sowohl die Kunst des Musizierens als auch die des Gesanges beherrschten, die etwas von Feldwirtschaft und Heilkunde verstanden, schlief er unter dem Mond ein und wachte bei dessen Untergang auf.

Kühe, Ziegen, Hunde und Hühner gehörten zu dieser Bande

asketischer Glücksritter, zu diesen büßenden Don Quichottes und Naturpoeten.

Da trat aus dem Tempel ein kleiner Mann hervor. Feuchte Haarflechten lagen auf seinen hageren Schultern. Ein schwarzer Bart hing ihm bis über den Bauchnabel. Er trug einen Wanderstock in der Hand, und auf den Kugeln seiner Gebetskette blitzte die Sonne. Seine Schritte waren langsam und schwer. Seine Schuhe waren Nagelbetten.

Diesen Mann umgab das, was in Indien als Asketenglanz bezeichnet wird.

Er trat auf den König zu, verbeugte sich und blickte ihn aus seinen leuchtenden Augen an, ein Blick, der sich auf jahrelangen Pilgerwanderungen Einsichten und Erkenntnisse erschaut hatte. Sein Geist schien nicht nur in diesem Leben, sondern in vielen Äonen geläutert worden zu sein.

Es ist ein fesselndes Geschäft, sich in den Dienst eines Gottes anstatt in den eines Menschen zu stellen.

Dieser Mann, erzählte das Oberhaupt, sei nur auf der Durchreise hier. Er befinde sich auf dem Weg in den Süden.

Was, dachte ich, konnte man diesem Glücklichen fortnehmen? Zerbrach man seinen Stab, zerriss man ihm das Tuch, stahl man ihm die Nagelschuhe, so brach er sich einen neuen Stab von einem Baum, erbettelte sich fünfzig Rupien für ein Tuch, sammelte Nägel und schlug sie in zwei Holzformen. Es war ihm nichts mehr zu nehmen außer seiner Liebe zu Gott. Und so zog er ohne Besitz auf der Suche nach dem höchsten Gut umher. Ein wandelndes Schatzhaus der Enthaltsamkeit, lebte er wie ein Vogel von aufgelesenen Beeren, Körnern und von den Spenden Großzügiger.

Der Pilger setzte sich zu den anderen Männern und erzählte dem König von seinen Wanderungen.

Aus dem klaren, festen Ton seiner Stimme klang hervor, dass er das selbst erzeugte, dem Herzen erwachsene Glück der Seelenruhe kannte. Er pilgere, so erzählte er dem Maharaja, seine Seele aus den Urwaldpfaden des Geburtenkreislaufes hinaus. Um das zu tun, habe er als schwerste Bürde die Verblendung ablegen müssen und so den ersten, den ärgsten Feind, sich selbst, besiegt.

Als der König ihn fragte, an welche Gebote er sich halte, gab er zurück, dass er in Übereinstimmung mit seinem *Dharma* lebe.

«Folge dem *Dharma*! Es gibt nichts Höheres als den *Dharma*», waren seine Abschiedsworte an den König, der sie mir ins Englische übersetzte und mich fragte, wie jemand, der des Schreibens und Lesens nicht mächtig sei, sich anheischen könne, eine so alte Lehre wie die des *Dharma* weiterzugeben.

Mit aller Diskretion, wie sie die Umstände geboten, gab ich ihm zu verstehen, dass die ältesten indischen Texte, wie etwa die *Mundaka-Upanishad*, lehren, höchste Wahrheit sei nicht für Gelehrte oder für Männer der Wissenschaft bestimmt, sondern für Männer des Glaubens, wie diese *Sadhus*, die sich, mit glühenden Kohlestücken auf dem Haupt oder vom Fasten ausgehöhlten Mägen, dem Einzigen, dem *Brahman*, gleichsam selbst opfern. Solchen allein war das Reich Gottes anvertraut.

Ich erzählte dem König von dem Philosophen und Musiklehrer Aristoxenos, der um etwa 360 vor Christus in Tarent zur Welt gekommen war. Dieser Aristoxenos berichtet, wie Sokrates eines Tages einen Inder auf der Agora getroffen habe, der von ihm wissen wollte, worin der Kern seiner Philosophie bestehe. Darauf habe Sokrates wiedergegeben: «In der Erforschung menschlicher Phänomene.» Da sei der Inder in lautes Gelächter ausgebrochen und habe ausgerufen: «Wie kann ein

Mann menschliche Phänomene studieren, wenn er die göttlichen nicht zur Kenntnis nimmt?»

Diese Geschichte prallte an dem König ab, der nicht das geringste Interesse an meinen Worten zeigte, die als lasche Effusionen eines Hippies an sein Ohr klingen mussten.

Geübt in selbstkasteienden Bräuchen und stolz auf ihre Beherrschung, bat das Oberhaupt der heiligen Männer am Ende der Unterhaltung, ihm bei einer Bußübung zuzuschauen. Doch noch ehe er seine Feuer angezündet hatte, riss ein knochiger Alter mit flinker Geste sein Lendentuch vom Leib und sprang nackt in einen winzigen Tümpel, legte sich rücklings in das schlammige Wasser und streckte seine stockdürren Arme im Gebet gen Himmel, während der König in seinen Turnschuhen, der Kronprinz mit seiner kleinen Plastiktüte um das Handgelenk und der Leibwächter mit der *Sterling* um den Tümpel herumstanden und den Versunkenen schweigend betrachteten.

Ich wusste, dass der Maharaja sich bei diesem Anblick gereizt fragte, wie lange der hagere Kerl wohl vorhabe, in der Pfütze herumzuliegen.

Das leise Prasseln feuerfangender Dungfladen lenkte seine Schritte zu einem Flammenkreis, in dessen Mitte das Oberhaupt im Lotussitz saß, Räucherstäbchen entzündete, Gerstenkörner in die Flammen streute und *Ghee* vergoss. Seine Bußübung folgte einem alten Ritus, bei dem der Asket vier Feuer um sich herum anzündet und die Sonne als fünfte Flamme anbetet.

Nach einer Weile löste sich der Umriss des meditierenden Mannes hinter Rauchwolken auf. Für mehrere Stunden würde er nun im Kreis der Flammen verschwinden, und die Hitze würde seinem Körper, dessen Geist sich woanders aufhielt, nichts anhaben.

Der König betrachtete auch dieses Szenario mit gutmütigem Abscheu, bis er es satthatte, diesen Hungerkünstlern bei ihren Kaltwasserbädern und Feuerproben zuzuschauen.

Er stand noch eine kurze Weile vor dem Tümpel, lenkte dann aber entschieden seinen Scharfsinn auf den Mahindra, der ihn zurück zu den Pflichten eines Landbesitzers und Rechtsprechers bringen sollte.

Der König war kein Mann, der von Natur aus zum Glauben oder Aberglauben neigte. Der Glaube war für ihn ein Fetisch, der in einer schwachen Natur die Stelle der Männlichkeit einnahm. Für ihn war nur das Sichtbare, das Berührbare wirklich, und nichts auf dieser Welt war für ihn auf angenehmere Weise sichtbarer und berührbarer als die Frauen.

Das bekam ich nun an seinem Griff um meinen Oberarm zu spüren, an dem er mich diesem Ort entführte, von wo ich einen geheimen Schatz mitnahm.

«Fools!», schimpfte er im Wagen. «Wie kann man nur so wahnsinnig sein und bei diesen Temperaturen stundenlang im Feuer herumsitzen?»

«Man weiß nie», gab ich von hinten zurück, die Hand des Kronprinzen auf meinem Knie. «Ich habe mehr Hochachtung vor einem Asketen, der sich zur heißesten Stunde des Tages, bei einundvierzig Grad Hitze im Schatten, drei Stunden lang in einen Flammenkreis setzt, als vor einem Bankmanager. Sicher, es könnte purer Schwachsinn sein, was der Mann da veranstaltet, doch gehört dazu ganz sicher mehr als ein Wirtschaftsstudium. Dazu gehört ein ans Übermenschliche gehender Mut, dem göttlichen Kern des Daseins auf den Grund zu gehen.»

«One never knows», wiederholte er leise meine Worte, und da vernahm ich zum ersten Mal am Timbre seiner Stimme, dass er dazu bereit war, in seinem harten Urteil zu schwanken.

***

«Get ready! In ten minutes we are leaving for a wedding!», rief der König bei Sonnenuntergang durch die halb offene Tür in meinen Raum.

Es gehörte zu den Pflichten des Maharajas, auf den Hochzeiten seiner betuchten Wähler oder einiger Mitglieder der Kongress-Partei zu erscheinen.

Als ich in stiller Freude an einem neuen Paar Ohrringe, das ich bei einem ambulanten Schmuckverkäufer aus Samthar gekauft hatte, einem kleinen Jungen mit einer zerrissenen Kappe auf dem Kopf, an den Füßen ein Paar viel zu große, von Staub verklebte Gummischlappen, der, ernst wie ein Bischof, seine glitzernde Ware vor sich her getragen hatte, auf die Dachterrasse trat, stand der König an der Mauerbrüstung, seinen Blick, wie durch ein Fernrohr, auf den Horizont gerichtet, als warte er aus dieser Richtung auf das Eintreffen einer Hilfe. Doch sowohl er als auch ich wussten, dass er umsonst wartete. Das Fort von Samthar würde früher oder später zu Staub zerfallen, wie die Wohnungen der Himmlischen, die vom Himmel stürzen, wenn die Gnade nicht mehr hält, wie es im *Ramayana* heißt.

Hinter der feinen Linie am Ende des Himmels zeichnete sich nicht der Umriss eines helfenden Gottes, sondern das schamlose Ungeheuer einer Zukunft ab, die ihre Schatten schon längst auf die gespaltenen Mauern und durch die zerschlagenen Fensterscheiben der Festung geworfen hatte. Das Leck ließ sich nicht mehr abdichten. Wie einst die Soldaten des Stammvaters die Anhöhe von Samthar umlagert hatten, um

hier ein Zeichen ihrer Macht zu errichten, so würde die Burg bald von Menschen umlagert sein, die mit diesem Zeichen nichts mehr anzufangen wissen würden.

Der Maharaja war nicht groß, doch er allein erhielt die Festung am Leben, so wie ein Herr seinen alten, an Alopezie leidenden Hund am Leben erhält, der mit einer einzigen Spritze, innerhalb weniger Augenblicke, von seinem kranken Körper erlöst werden könnte.

In der blauen Nehru-Weste, bis zum Kehlkopf zugeknöpft, die Säume des weißen, knielangen Hemdes von der Abendbrise angehoben, das Haar noch feucht vom nassen Kamm, den Blick in die Ferne gerichtet, so prägte er sich in diesem Augenblick meinem Gedächtnis ein.

Er hatte durchaus nichts Zahmes an sich, doch war das Unbändige in ihm von Melancholie gedämpft.

«Come!», rief er und lief vor mir die schmalen, hohen Treppenstufen zur Eingangshalle hinunter, so wie er sie schon als kleiner Junge hinabgesprungen war, wenn die Jagdlust, die Versteckspiellust, die Herumstreicherlust oder die Liebeslust ihn überfallen hatten.

Im Hof hatte sich schon seit einer Weile ein kleiner Schwarm von Kopf bis Fuß in Weiß gekleideter Gestalten eingefunden, die gekommen waren, den Maharaja auf die muslimische Hochzeit zu begleiten. Es waren die Söhne und Enkel der in Regierung und Sitte erfahrenen Berater seines Großvaters und seines Vaters, die betagten Nachfolger hervorragender Männer, die der Krone treu und begeistert gedient hatten und dafür gebührend mit Land, Vieh und Geld belohnt worden waren, da am Hof von Samthar die Erkenntnis, dass unzufriedenes Gefolge ein Born der Gefahr ist, niemals außer Acht gelassen worden war.

Diese Vertrauensleute erblickten im König immer noch die Verkörperung der Macht. Ihren Vätern waren die Worte aus dem *Mahabharata* gewiss nicht unbekannt gewesen: «Macht geht vor Recht; Recht entspringt der Macht; Recht hat seinen Halt in Macht wie die Lebewesen in der Erde. Wie Rauch dem Wind muss Recht der Macht folgen. Recht an sich kann nicht befehlen; es stützt sich auf Macht wie die Schlingpflanze auf den Baum. Recht liegt in den Händen des Starken; dem Starken ist nichts unmöglich. Alles ist rein, was vom Starken kommt.»

An den weißen Gewandungen ließ sich ablesen, dass sie allesamt der Kongress-Partei angehörten, doch unabhängig davon hatten ihnen das fortgeschrittene Alter und der jahrzehntelange Umgang mit dem Hof von Samthar etwas Feinnerviges aufgedrückt. Ihre Blicke waren voller Verehrung, ihre Gestik kontrolliert.

Diese Herren, die der König als seine *cronies* bezeichnete, waren einst Spielkameraden, später Vertrauensmänner und Helfer des Königs gewesen. Jetzt bildeten sie die Requisiten einer mit Müh und Not am Leben erhaltenen höfischen und politischen *splendeur*. Doch falls jemals Not am Mann sein würde, konnte der König ihrer Treue vollkommen sicher sein. Sie blieben Verbündete.

Unter diesen Hofveteranen befand sich ein großer, starker Mann mit wollig weißem Schnurrbart, mit tiefer, warmer Stimme und dem Ausdruck eines Eisbären. Weit und breit galt er als der tüchtigste Landwirt. Von seinem Körper strömte die Wärme eines dicken Fells. Sein Lächeln, seine Großgrundbesitzerwürde, seine Zurückhaltung und seine makellos weißen *Kurta Pajamas* flößten Vertrauen ein. Es hieß, die Witwe eines Hofjuweliers habe ihn als Kind zu sich ins Haus genommen und seitdem gehöre er zum Samthar-Clan.

Unter dieser Schar alter Vasallen befand sich auch ein Muslim mit einem rostroten, von gelblich weißen Haaren durchzogenen Spitzbart, der eine bestickte Kappe auf dem schmalen Kopf und eine runde Hornbrille auf der Hakennase trug. Seine Beine kleideten die weiten Hosen der Muslime, in der Hand hielt er einen Gehstock. Auch er war ein Mann des Vertrauens und ein Resultat jener Manieren, die er als Kind am Hof von Samthar erlernt hatte. In Haltung und Ausdruck glich er seinem Spazierstock. Herr und Stock hatte die Zeit nicht gekrümmt.

Ebenfalls mit von der Partie war der Arzt aus dem Dorf, aus dessen Hemdkragen ein hagerer, von schlohweißem Haar gekrönter Kopf ragte. Trotz seines fortgeschrittenen Alters war sein Körper knabenhaft. In seiner Jugend, so sagte man, war er ein gut aussehender Mann gewesen, doch jetzt lag etwas Geschlagenes in seinem Blick. Der Arzt sah aus wie jemand, der im Leben alles richtig gemacht hat und sich im Alter fragt, ob das Richtige vielleicht doch nicht das Rechte gewesen sei.

Diese Männer erkannten die gleichen Spielregeln wie der König an und wussten genau, welche Karten zu welchem Zeitpunkt zu legen waren. Dass sie einander dabei gut verstanden, kam ihnen allen zugute und verlieh ihrer Gemeinschaft etwas Herzliches.

Was die *cronies* an diesem Abend als Clique vereinte, war die Farbe Weiß, die sich, wie ein sie verknüpfendes Band, durch ihre Gewänder, ihre Haare, Bärte oder Schnurbärte wand. Gemeinsam erschienen sie mir als Sinnbild der guten alten Kongress-Partei.

Verteilt in zwei Wagen, fuhr die kleine Kommission im frühabendlichen, glühend roten Licht durch die Dörfer und über die Landstraße nach Jhansi. Die auf der Motorhaube angebrachte Fahne flatterte im Fahrtwind und erfüllte die Insassen mit Genugtuung. Wie klein auch die den Wagen des Königs schmückende Fahne sein mochte, so groß war in meinen Augen ihr geheimer Bezug zu jenem Banner, das einst den Schlachtwagen des göttlichen Krishna im *Mahabharata* geziert hatte, als er, juwelengeschmückt, mit einem Tigerfell als Decke, zum Hof der Kauravas aufgebrochen war, um Frieden zwischen den Pandavas und den Kauravas zu stiften.

Es saß sich unter den ehrsamen Herren, von denen der eine nach Sandelholz, der andere nach *Paan*, der dritte nach Seife roch, wie inmitten eines Schwarms brütender Tauben.

Als der Fahrer in der Stadt Jhansi vor einem großen Tor hupte, das sogleich aufsprang, um die Wagen in den Vorgarten einer Schule einzulassen, war es dunkel geworden.

Der Schuldirektor, eine schäbige Person mit rosafarbenen Wulstlippen, schiefen Ritzen als Augen und einer spitzen Nase, sprang dem König aus dem dunklen Gebäude entgegen.

Der feiste Oberkörper dieses Mannes steckte in einem kurzärmeligen Hemd. Pigmentstörungen hatten an manchen Stellen seines Gesichts weiße Flecken zutage treten lassen, die ich als Male seines nagenden sozialen Ehrgeizes las, der seiner ganzen Gestalt wie schlechter Atem entströmte.

Laut schrie er durch die trostlose Eingangshalle des kommunistisch erscheinenden Schulgebäudes, wo nach wenigen Minuten, von seiner stillen, verschleierten Frau herbeigetragen, Teller voll süßer Kringel, Schalen voller Nüsse und Rosinen, Teekannen und Teetassen erschienen.

Der König nahm mit seiner Truppe in niedrigen Polstersesseln im Licht einiger Neonröhren Platz und ließ die devote Aufregung des Gastgebers über sich ergehen, ohne das geringste Zeichen einer auch nur leisen Verachtung.

Seine Männer saßen aufrecht und stumm im Kreis um ihn

herum, beugten sich manchmal zu den Süßigkeiten auf dem Tisch in der Mitte und steckten sich einen honigtropfenden Kringel oder eine Rosine in den Mund.

Plötzlich erschien der Schwarze Prinz in der Halle. Vor fünfunddreißig Jahren war dieser Mann, aufrecht und lang wie eine Lanze, mit seinem kurzgehaltenen, schwarzen Bart, seinen vollen Lippen und seinen ölig schimmernden Augen aus meinem Blickfeld geraten, doch dann und wann auf der Bühne meiner Erinnerungen an Samthar erschienen, als ein Edelmann, der seine langen Finger sacht auf meinen Kopf zu legen pflegte, als ein Kavalier, der die edelsten Reitpferde des Königs einritt.

Damals hatte der von meinem zweiten Stiefvater als «Schwarzer Prinz» bezeichnete Baron, der einer der vornehmsten und einflussreichsten Familien von Jhansi entstammte, zu den schönsten Erscheinungen unter den Freunden des Königs gezählt. Nun stand das ergraute Abbild des jungen Barons vor mir, wie jeder Höfling von Samthar in der Kunst geübt, keinerlei innere Regung nach außen treten zu lassen.

Der einst lackschwarze Bart lag wie weißes, geschorenes Fell an seinen mageren Wangen. Auf dem Kopf trug er eine braune, fadenscheinige Cordkappe.

Wir hatten einander fünfunddreißig Jahre nicht gesehen? Nun, das Fort von Samthar stand nicht in Italien, sondern in einem Land, wo Sentimentalität stets die größte Gefahr mit sich geführt hatte. Man denke nur an den sanftmütigen Großmogul Humajun, dessen Vertrauen und Liebe von seinem Bruder Kamran so oft hintergangen worden war, bis der Druck auf Humajun, den Bruder töten zu müssen, mit den Jahren derart wuchs, dass er eines Tages dessen Augen durch Speerstiche, mithilfe von Salz und Zitronensaft blenden ließ. Derart zugerichtet, schickte Humajun Kamran auf eine Pilgerfahrt nach Mekka.

Sentimentalität wurde an den Höfen Indiens als eine Falle betrachtet, in die ein König oder ein Mann aus seinem Gefolge geraten konnte, doch war gerade sie bei diesem sinnlichen Volk eine nicht leicht auszumerzende Eigenschaft, die bei den meisten mächtigen Männern als ein unter der Oberfläche von Kälte und Grausamkeit vor sich hin siedendes Magma weiterpulste, das jeden Augenblick hervorbrechen konnte, vornehmlich unter dem Einfluss von Alkohol, Drogen oder Frauen.

Tränen der Rührung, Tränen des Schmerzes wurden auch heute noch am Hof von Samthar verachtet.

Der Schwarze Prinz verneigte sich vor dem König, wobei er die Innenfläche der rechten Hand gegen die Stirn drückte, eine zugleich demütige und stolze Geste. Meine Hand aber hielt er etwas länger, als es hier Sitte war, in der seinen und sah mich dabei hinter seinen Brillengläsern mit weichem Blick an, der auf meinem Gesicht nach Spuren suchte, die ihm noch aus der Vergangenheit vertraut waren.

Es gab keinerlei ungewöhnlichen Grund dafür, dass mir der Schwarze Prinz, dessen Familie seit Anbeginn mit dem Hof von Samthar im Bündnis stand, als Einziger unter den Hofleuten klar und deutlich im Gedächtnis haften geblieben war. Es mag sein, dass der ihm von meinem zweiten Stiefvater angehängte Name dazu beigetragen hatte, sein Bild fester in meinen Geist einzukerben. Wie auch immer, der schöne Baron war damals als Ritter in meine Vorstellung eingezogen und hatte über den langen Zeitraum hinweg seinen Zauber bewahrt. Ihm hing immer noch das Kostbare an, das Kinder manchen Erwachsenen beilegen.

In dem Ausdruck des groß gewachsenen Mannes lag angestrengtes Grübeln. Er hatte mir etwas zu sagen, doch sein Englisch war erbärmlich.

«Why didn't you learn English in the meantime?», fragte ich ihn.

«No time. Many problems», gab er leise und strahlend zurück.

«He has one wife too much!», rief der König aus den Polstern hervor.

Der Baron versprach, am folgenden Tag nach Samthar zu kommen, in meiner Hand zu lesen, mir Gelbwurz mitzubringen und mir etwas mitzuteilen, «very important things, good for your soul!», bevor er sich still zwischen den Arzt und den Muslim setzte.

«Was sagen Sie zu dem neuen Ministerpräsidenten?», fragte ich den Arzt, der sich, beide Hände auf dem Knauf seines Stockes vereint, die Frage vom König übersetzen ließ.

«Jetzt reitet Modi auf den Wellen», gab er zurück. «Kein Rückschlag kann ihn an seinem Aufstieg hindern. Die Zeit begünstigt ihn. Modi ist einer der Abgesandten des neuen Zeitalters, das, wie Sie wissen, von den Indern als Kali-Yuga bezeichnet wird: das letzte und übelste der vier Weltalter. Es ist eine Zeit, in der die Macht nur noch in den Verantwortungslosen, in den Rücksichtslosen, in den Gierigen und Dummen wohnt.»

«Die Kongress-Partei wird wieder an die Macht kommen», fügte der Muslim hinzu.

«Und sie wieder verlieren», murmelte der Arzt.

«It's not man that is powerful, it is time!», zitierte der König, in einem kurzen Satz die indische Auffassung von Zeit zusammenfassend, von diesem geheimnisvollen Strom, aus dem alle Dinge auftauchen, eine Weile an der Oberfläche treiben und wieder versinken, hinweggespült von der teilnahmslosen Flut.

Nach und nach erschienen weitere Familienmitglieder des

Schuldirektors, um dem König ihre Aufwartung zu machen: ein auf Hochglanz polierter Sohn, eine schweigsame, geschmückte Schwiegertochter und zwei frisch gekämmte Enkelkinder.

Klatsch, klatsch! Der Schuldirektor schlug die Handinnenflächen aneinander, als der König Zeichen zum Aufbruch gab.

***

Ein blumengeschmücktes Tor öffnete sich auf die hell erleuchtete Festwiese, über die der Maharaja auf einem roten Läufer seinem eigenen Abbild entgegenschritt, da die Ankunft der Geladenen per Videokamera auf einem überdimensionalen Bildschirm am Ende der Wiese wiedergegeben wurde.

Mit dem Brummen eines Bienenschwarms ließ eine blauweiß phosphoreszierende Drohne Rosenblüten über die Gäste streuen. Der Lärm des Orchesters wurde von einer Lautsprecherstimme übertönt, welche die Namen der ankommenden Honoratioren über die Wiese brüllte.

Der König und seine Männer ließen sich in der ersten und zweiten Reihe der vor einem Podium aufgestellten Stühle nieder. Aus den Mündern wehte Betelgeruch in den Rosenduft, und ein wer weiß woher kommender Wind blies in die weißen, die Tribüne umkleidenden Stoffbahnen, die sich blähten, bauschten und die an ihnen befestigte Blumenbouquets hoch- und runterschwenkten.

Bewaffnete marschierten am Rand der Festwiese auf und ab. Mückenschwärme tanzten im Licht der Scheinwerfer. Die Wedel hoher Palmen schwankten jenseits der Zeltwände. Vereinzelt standen stuckweiße Amphoren umher, und grüne Lichterketten schlängelten sich durch die Zweige der Bäume.

«Maharaj Sahib!» Mit diesem Gruß drängten sich die Ehrengäste in die zweite Stuhlreihe, wo der König neben einer schönen, schweren Dame Platz genommen hatte, die er mir als *historian* vorstellte, mit jener zärtlichen Rauheit im Ton, den er in Gegenwart schöner Frauen anschlug.

Wieder entledigte sich eine Drohne hoch oben in der Luft einer Rosenblütenladung, die auf die Gesellschaft um den König herum niederrieselte.

Der Schuldirektor lief indessen schreiend vor der ersten Stuhlreihe auf und ab. Junge Kellner brachten Tabletts mit kleinen Plastikwasserflaschen und Sherbet-Gläsern. Ein Abgeordneter der Kongress-Partei erschien auf dem großen Bildschirm. Die Trommeln schlugen lauter, das Scheinwerferlicht strahlte stärker und durchglühte das Laub der Bäume.

Immer mehr und mehr Gäste strömten durch das Blumentor auf die Wiese, dünne und fette Bürger von Jhansi, Männer in sportlicher Garderobe, Frauen in schwer herabwallenden, leuchtenden Saris.

Der König versank in Ehrerbietungen, verlangte nach Wasser und fegte die Rosenblüten vom Hemd. In seiner greifbaren Nähe saßen die *cronies*, weiß, alt, aufrecht und sprungbereit.

Gewiss missfiel es dem Maharaja nicht, von allen Seiten verehrt und bewundert zu werden, doch war ihm dieses Gefallen nicht anzusehen. Es mochte sein, dass er etwas weniger eitel war, als man gemeinhin von Königen annehmen muss, oder er war derart an Verehrung und Bewunderung gewöhnt, dass er die Aufmerksamkeiten seiner Adoranten zuweilen als störend wie Schmeißfliegen empfand, die nur durch leichte Abwehr vom Leibe zu halten waren. Dass er dennoch unendlich diskret in der Art seines Auftretens war und niemals mit seinem Namen und der Geschichte seiner Vorväter prahlte, die sich ihre Macht im Wirbelsturm von Gefahren errungen hatten, schienen ihm die Menschen hoch anzurechnen. Es war seine Mutter gewesen, die ihm als Kind beigebracht hatte, dass es nichts Stilloseres gibt, als zu prahlen, ja, überhaupt von sich zu reden.

Auf dem Podium rührte sich nichts. Die Stühle blieben leer. Das Brautpaar erschien nicht. Des Wartens überdrüssig, schob der schäbige Schuldirektor die wehenden Stoffbahnen eines Festzeltes, das eine Enklave am Rand der Wiese bildete, für die Ehrengäste zur Seite. Hier standen große, runde Tische mit bougainvilleafarbenen Tischdecken.

Der König nahm Platz, während der Schuldirektor den Köchen, deren hohe hin und her wankende Mützen sich scherenschnitthaft hinter den Zeltbahnen abzeichneten, durch die bewegten Stoffe zuschrie, sie mögen sofort! sofort! die Speisen für Maharaj Sahib auftragen. Nun gerieten die Mützen über den Rauchwolken der Grillroste in Aufregung.

Die kokette Historikerin, die sich gleich zu Anfang in die Gesellschaft des Maharajas begeben hatte, setzte sich neben ihn und verzehrte mit manierlicher Lust einen frittierten Hühnerschenkel nach dem anderen. Der Schuldirektor hieß die Kellner Reis mit Lamm, scharf gewürzte Hühnerbrüste und dampfende Kebabs herbeitragen.

Neben mir kam eine Dame zu sitzen, deren Vater Leibarzt am Hof von Samthar gewesen war. Sie schwärmte von dem Museum in Jhansi, der «sound and light show», und versprach, am folgenden Tag einen ayurvedischen Arzt auf die Burg zu schicken.

«She is a fraud, nothing worth», flüsterte mir *His Highness* ins Ohr. « She's not married and talking nonsense. The museum in Jhansi is nothing!»

So nahm ich innerlich Abschied von der Dame in dem eidechsengrünen Sari und kaute schweigend auf einem Hühnerflügel.

Nach und nach füllte sich der Tisch.

«These are all strong supporters of my party», erklärte der König, der, zwischen einem Fleischstück und dem anderen, immer wieder sein rechtes Knie unter dem Tisch freigab, damit es von den angesehenen Bürgern der Stadt berührt werden konnte.

Es ging auf elf Uhr zu. Wiese und Zelte waren mit satten Gästen gefüllt, die Gefeierten noch immer nicht erschienen. Braut und Bräutigam hielten sich fünfzig Meter von der Festwiese entfernt in einem Hotelzimmer auf, aus dem sie aus unerklärlichen Gründen nicht hervorkamen, um an ihrer eigenen Hochzeit teilzunehmen.

«Let's go and have a drink at the fort!», entschied der Maharaja. «It's useless waiting. Come!»

Kaum hatte er sich erhoben, schrie der Schuldirektor nach allen Seiten des Himmels aus, dass *His Highness*, der Maharaja von Samthar, im Begriff stehe, das Hochzeitsfest zu verlassen. Er riss die Vorhänge zur Seite, um dem König den Weg frei zu machen.

Wie aus dem Schlaf gerissen, sammelten sich mit einem Schlag die Gefolgsmänner um ihr Oberhaupt, das langsam, da- und dorthin grüßend, die Menge durchschritt.

Schon als Kind hatte ich nicht genug die sprungbereite Wachsamkeit der Hofleute bewundern können, die sich auf das geringste Zeichen des Königs an seiner Seite einfanden.

«Wie gerne hätte ich die Braut gesehen!», seufzte der Maharaja in frivolem Tonfall, als der Wagen an dem gläsernen Hotel, wo sich das Brautpaar aufhielt, vorbeifuhr. «Schwer anzunehmen, dass sie schön ist … Hat man so etwas schon einmal gesehen, dass die Brautleute nicht zu ihrer eigenen Hochzeit erscheinen? Und die ganze Stadt war da! Lächerlich!»

Über der Autobahn lag vollkommene Dunkelheit. Hin und wieder geriet ein unentschlossen am Straßenrand stehendes Kalb, ein einsamer Fahrradfahrer oder ein Pilger in das grelle Licht der Scheinwerfer.

Konzentriert und kaltblütig überholte der Chauffeur, glitt zwischen schwankenden, hupenden, girlandengeschmückten Lastwagen hindurch, umfuhr eine mitten auf der Straße vor sich hin blinzelnde Kuh und bremste scharf beim Anblick eines die Fahrbahn überquerenden Hundes, während er im Handschuhkasten nach einer CD suchen musste, die der König schließlich von ihrer Cellophanhülle befreite und in die Anlage schob.

«This music remembers me of old times», erklärte *His Highness*, schob seine Hand in die Schlaufe des Handgriffes, lehnte sich zurück und gab sich mit einer mir bis dahin unbekannten Wonne Schlagern von Glenn Miller und den Beach Boys hin, indes der Chauffeur meisterhaft dem Tod aus dem Wege fuhr.

Die *cronies* auf den Hintersitzen gaben keinen Laut von sich. Seit Jahrzehnten war ihnen die sentimentale Seite des Maharajas bekannt, ein Wesenszug, der nur nach Einbruch der Dunkelheit hervorbrach und ihnen, unter vielem anderen, kundgab, dass ihm die Freuden der westlichen Liebe nicht entgangen waren. Ihr König, im Unterschied zu ihnen, hatte die Moden der Sechziger-, Siebziger- und Achtzigerjahre verfolgt, hatte einen italienischen Sportwagen und eine deutsche Geliebte besessen, hatte Polohemden getragen und auf seiner damals für einen jungen Mann aus der Oberschicht obligatorischen *grand tour* fast den gesamten europäischen Kontinent bereist. Was ihm an Erinnerungen davon geblieben war, ein Ball auf einem englischen Schloss, eine Jagdpartie mit einer Prinzessin von Sachsen-Anhalt, eine durchzechte Nacht im Pariser *Ritz*, hoben die Melodien der Schlager aus seinem Gedächtnis hervor und vernichteten für die Dauer eines Liedes die Tempel und Schreine entlang der Straße, die Götter des indischen Firmaments, die Mitglieder der Kongress-Partei, alle Affen, Bettler, Sadhus und Currys seines Landes.

Mit den leichten Melodien drang aus den Lautsprechern eine Welt in den Wagen, die aus *honey*, *love* und *strawberries* bestand und offensichtlich aus dem moralischen Blickwinkel der Eskorte wortlos und stillschweigend zu verachten war.

Sie hatten klare sittliche Vorstellungen und spürten haarfein den in ihren Augen sündigen Überschritt des Maharajas, den die Dinge des Geistes von klein auf kaltgelassen hatten und der nur ein halbherziger Traditionalist war.

Gefasst stellte ich mich auf einen Tod in der Runde dieser alten Herren ein, die, weiß und würdig, das unsichtbare Banner eines untergegangenen Indiens vor sich her trugen. Fast war es schön, mit Glenn Miller messerscharf an der Grenze zum Jenseits entlangzufahren.

***

So hoch war die Torschwelle des ersten Mauerrings, dass beim Passieren des Wagens die Gewehre und Stöcke der Insassen an die Wagendecke schlugen.

Kaum wurden die Diener des in den innersten Hof einbiegenden Mahindras ansichtig, kurbelten sie den Generator an.

Im schwachen Licht der wenigen Lampen lag die Festung wie ein unbemanntes Schiff da.

Gierig lief der König die Treppen hinauf zur Dachterrasse, wo unter dem Sternenhimmel der Beistelltisch mit der Wodkaflasche, den Gläsern und den Zigarren bereitstand, ein Altar irdischer Genüsse, ein für den Maharaja erbauender Anblick, der das von Glenn Miller ausgelöste Hochgefühl auf seine Art erhielt.

In der Rauchwolke einer Zigarre, ein eisiges Glas Wodka in der Hand, entschwebte *His Highness* nun endgültig seinen administrativen und seelischen Sorgen.

«There is something in this place to which the mind cannot be indifferent», stellte er fest, das zweite Glas in einem Zug leerend, und jubelnd wie ein Pfau, wenn er den Donner in den ersten Regenwolken hört, rief er aus: «And I love the tinkling of the bells, when the women pass the courtyards by night! I love the high steps of my fort! I love this tumbling walls!»

Im Burggraben quakten die Frösche, aus den trockenen Gräsern drang das Zirpen von Grillen, und plötzlich fingen die Pfauen von Samthar, die tagsüber wie Vasen auf den Wallmauern standen, als Antwort auf die Worte des Königs ein vielstimmiges, die Nachtluft erfüllendes Gespräch an, das *His Highness* und mir die Sprache verschlug, bis es nach und nach verebbte.

«Meine Mutter war weitaus klüger als mein Vater, aber sie war ja auch von irischen Nonnen im Loreto College erzogen worden und stammte aus Lucknow, damals die kultivierteste Stadt Indiens. Später vermachte sie dem College ein Klavier und einen Daimler. Sie wäre tausend Mal lieber Christin als Hindu gewesen und hatte immer eine Gipsmadonna auf ihrer Kommode stehen, eine kleine Figur, die heute noch dort steht, aber ohne Arme, weil sie irgendwann einmal nach dem Tod meiner Mutter von der Kommode gestürzt ist.»

Während er ein glänzend grünes Betelblatt um sein selbst gemachtes *Paan* rollte, erzählte er, wie sich seine Mutter mit aller Macht dagegen gewehrt hatte, ihre Kinder auf dem Fort zur Welt zu bringen, wo seit alten Zeiten die Geburten in einem eigens dafür bestimmten, dunklen Raum stattfanden.

«She was a progressive woman.»

Als sie starb, so erzählte er, strömten sechstausend Menschen zu den Leichenfeierlichkeiten auf die Festung.

«Threethousand people from the upper class had to serve threethousand people from the underclass! It was a mess!», rief *His Highness* aus, in hohem Bogen den ausgeglühten Stummel seiner Zigarre über die Mauerbrüstung werfend und das *Paan* in den Mund steckend.

«Prakash!», hallte es über die Zinnen in die Nacht.

Bald eilte der Diener mit einem silbernen Spucknapf herbei, in den der König den roten Betelsaft spie.

«Wer Samthar wirklich und von ganzem Herzen liebt, das sind mein Sohn und mein Hund. Meine Tochter … Meine Tochter wird aus dem Ganzen hier ein Hotel oder ein Ressort oder ein ich weiß nicht was machen. Stell dir vor, meine Frau hat ihr als Kind verboten, mit den Kindern der Diener zu spielen, damit sie keinen Tick – keinen Tick! – bekomme. Dass ich nicht lache, dass ich nicht laut lache!»

Er legte nun seine nackten, sehnigen Füße auf den Tisch vor ihm und setzte das dritte Glas Wodka an die Lippen, nachdem er eine weitere halbe Limefrucht hineingepresst hatte.

«Erzähl mir vom Schwarzen Prinzen», bat ich, jetzt, da er betrunken genug war, um offener zu reden.

«Ein Idiot! Verliebt sich mit Anfang dreißig in eine meiner

Hoftänzerinnen, die damals noch oft auf die Burg kamen, um mir und den *cronies* vorzutanzen. Diese kleine Gruppe von Frauen waren die Nachfahrinnen der seit den Zeiten meines Urgroßvaters am Hof angestellten Tänzerinnen. Der Schwarze Prinz – es war in den Siebzigerjahren – verlor den Kopf für eine von ihnen, ein muslimisches Mädchen, verlor ihn so sehr, dass er ihr die Heirat versprach … Die Heirat versprach, obwohl er in Jhansi eine schöne Frau und vier Kinder hatte. Es war ein alter Brauch, dass die Tänzerinnen vom Maharaja entjungfert wurden. Mein Großvater hatte einer seiner Geliebten ein Stück Land geschenkt, das sie ihm vor ihrem Tod zurückgab. They were nice ladies! Nice ladies! Der Schwarze Prinz hätte das ja auch tun können, hätte ja auch seine Geliebte mit Land und Schmuck beschenken und sich um sie kümmern können, bis er ihrer überdrüssig geworden wäre, aber dieser Irrsinnige zerstört sein ganzes Leben! Zerstört sein ganzes Leben! Man soll in seiner Jugend nichts tun, was später nicht rückgängig gemacht werden kann. Ein Mann hat eine Liebschaft nicht vom sentimentalen Standpunkt aus zu betrachten! Als junger Mann habe ich mich auch mit den Frauen aus den Dörfern amüsiert und mich in schlechter Gesellschaft umhergetrieben, was so viel heißt, dass ich mich aufs Beste unterhalten habe, aber darüber ist es nie hinausgegangen. Und jetzt verachtet ihn sein Sohn! Früher hat mein Freund Wodka getrunken, Fleisch gegessen, getanzt und Opium geraucht, aber dann, von einem Tag auf den anderen, hat er kein Stück Fleisch und keine einzige Opiumpfeife mehr angerührt. Jetzt fährt der Esel dreimal im Jahr nach Jaipur in ein Aschram, frisst nur Wurzeln und Blüten und sitzt abends im Lotussitz auf meiner Terrasse herum. Seine Gurus haben ihn beschwatzt und ihn mit Versprechungen und Aussichten auf Seelenfrieden gelockt. Ich gebe zu, dass er ein hervorragender Landwirt ist, auch wenn mir seine ökologischen Schwärmereien auf die Nerven fallen. Er hat nichts anderes mehr als Kuhdung im Kopf. Cowshit! Mein Vater hat noch auf dem Totenbett nach ihm gerufen und ihn angefleht, die Tänzerin nicht zu heiraten. Man heiratet seine Geliebte nicht, wenn man ein glückliches Leben führen will! Der Schwachkopf, der sich der Leidenschaft überlässt, geht an seiner Dummheit unter wie ein überladenes Schiff im Meer!»

«Und seine erste Frau?», fragte ich, im Geist der betrogenen Ehefrau des Schwarzen Prinzen feste Züge verleihend, Züge aus Gram und erlittener Schmach.

«Was soll sie machen? Ich habe ihr eines meiner Häuser in Jhansi gegeben, wo sie heute noch immer mit ihren Töchtern wohnt.»

Er spuckte aus und fuhr fort: «Ein Mann, der nicht zu gegebener Zeit seine Pflichten erfüllt, stürzt sich ins Verderben, und wer sich von einer Geliebten beherrschen lässt, ist verloren. Verloren! Er wusste einfach nicht, was man als Mann wissen sollte! Staub ist nicht wertlos, aber ein verliebter Mann taugt zu gar nichts!»

Ein Feuerwerk zersprühte am Himmel.

«Do you love birds?», unterbrach der König seine Erzählung über das Leben des Schwarzen Prinzen, dem meine Hochachtung schon allein angesichts der Tatsache gebührte, dass er keine Angst vor seinen Passionen hatte. Auch ich würde die Leidenschaften weiterhin nicht fürchten, doch wie ein überladenes Schiff an meiner eigenen Dummheit unterzugehen, hatte ich nicht vor.

«Parrots love this place», fuhr der Maharaja fort. Die Halsbandsittiche, so erzählte er mit lallender Zunge, hätten ein Spiel auf der Burg für sich entdeckt: Flogen sie in einem Schwarm heran, versuchte jeder Papagei, sich auf der höchsten Kupferlanze der Kuppeln niederzulassen und die anderen Vögel mit Flügelschlag und Schnabelhieb zu vertreiben.

«A funny game! A nice game!»

Es herrschte eine geraume Weile Stille, bis er mir eine Frage stellte.

Abends stiegen Bilder und Stimmungen in ihm auf, die sich tagsüber, wie Maulwürfe unter der Erde, im Dunkeln seiner Psyche aufhielten, bis die Wirkung des Wodkas Licht in die Abgründe seines Gemüts warf und diesen Bildern und Stimmungen dazu verhalf, aufzusteigen. Die Dunkelheit der Nacht fördert manches ans Licht, was sich in gleißender Sonne niemals offenbaren würde. Die Dunkelheit war dem König eine kurzweilige Labsal, in der er sich von seinem Kummer losmachte.

Zu später Stunde bildete die nun schon seit vielen Jahren gestorbene Gräfin Fugger das belebende Element auf seiner Unterhaltungsliste. Die Erwähnung dieses Namens, der immer noch einen starken Eindruck auf ihn machte, war gefühlvollen Augenblicken und nur einer Handvoll Vertrauter vorbehalten, zu denen ich mich jetzt zählen durfte.

Die Erinnerung an die lange zurückliegende Liaison mit dieser Dame lebte beharrlich in ihm fort. Seine Liebe zu ihr wurde bei jedem weiteren Glas zum Gegenstand einer heiter-schwermütigen Beschäftigung. Ihr hatte er es zu verdanken, dass er sich nach drei Gläsern Wodka einbildete, die deutsche Sprache zu beherrschen, wenn er mich mit «Schatzi» ansprach.

Obwohl es spät in der Nacht war, wirkte der betrunkene König nicht ermüdend auf mich, da ich unaufhörlich damit beschäftigt war, in seinem Gesicht nach den Spuren seiner Vergangenheit zu suchen. Seine Physiognomie hielt auch nach mehreren Gläsern Whisky meine Aufmerksamkeit auf Trab. Sie tat sich jeden Abend von Neuem wie ein verschlossenes Grab vor mir auf, das ich mit all seinen Schätzen ausgraben wollte, Schätzen, unter denen auch die in Samthar verbrachten Tage meiner Kindheit lagen. Wie für den Insektenforscher das Auffinden eines raren Insekts einen entomologischen Glücksfall bedeutet, so war der König für mich ein anthropologischer *coup de joie*.

Es war zwei Uhr morgens, als *His Highness* mich wankend bis zu meiner Tür geleitete und sich brüsk verabschiedete.

Ich stieß die Türflügel zu meinem Raum auf, der von dem Rauch der glimmenden Spiralen erfüllt war.

In der Dunkelheit des Badezimmers schüttete ich mir einen Eimer Wasser über den Körper, tupfte mir einen Tropfen Jasminöl auf die Pulse, tastete mich bis zum Bett und schlug im Licht der Taschenlampe die *Manusmriti* auf.

Als ich das Buch zurück auf den Nachttisch legte und die Lampe ausschaltete, ging die Tür auf. Leise trat die verhüllte Gestalt mit den klingelnden Fußkettchen und der schwachbrennenden Kerze in der Hand ein, breitete ihre Decke am Ende meines Bettes aus und legte sich nieder.

III.

Am frühen Morgen des Ostersonntags blieb ich lange in dem beglückenden Gefühl auf dem hohen Bett liegen, weder Osterglocken noch bunte Tulpen aus dem Fenster sehen zu müssen. Nichts schien mir auf dieser Festung ferner als der Osterhase und seine Nester, und doch hatte ich am Vortag, auf dem Weg zur muslimischen Hochzeit, in einem Lebensmittelladen in Jhansi zwei kiesharte Zuckereier, einen Schokoladenkuchen und Pralinen von Ferrero Rocher gekauft.

Als ich auf die Dachterrasse trat, erblickte ich den Schwarzen Prinzen, der in grauem Hemd und grauen Hosen auf dem kubistischen Teppich den Sonnengruß machte. Am kleinen Finger seiner linken Hand trug er einen silbernen Ring mit grauer Perle.

«Hundred times», stieß er keuchend hervor, seinen mageren Steiß in die Höhe streckend, Arme und Füße auf dem Boden abgestützt. «A hundred times! You smoothly breathe in, you smoothly breathe out. Good for digestion. Good for memory.»

Nun, da er seine hellbraune, abgewetzte Cordkappe abgenommen hatte, sah ich, dass er beinahe vollkommen kahlköpfig geworden war. Der Schweiß rann über seine harte, nussförmige Stirn, zwischen den Wimpern hindurch, über seine Wangen in den Teppich.

Drei Diener standen in einigem Abstand um den langen Baron herum, der hundertmal die Sonne grüßte.

«Excellent for body strength and mental stress», keuchte er

weiter, während Charran mir Tee einschenkte und ich in der englischen Bibel, die der König mir aus einem christlichen Haushalt des Dorfes hatte bringen lassen, nach der Lektüre für diesen Festtag suchte.

In meiner Handtasche lag ein Päckchen mit Ostereierfarbe.

«You very lucky woman! You marry twice, one unhappy marriage, one happy marriage», erklärte mir der Lieblingspaladin des Königs eine Viertelstunde später, als er auf einem Stuhl vor mir Platz genommen hatte und meine linke Hand wie einen kleinen Atlas hielt, mit dem langen Zeigefinger auf den Linien meiner Handinnenfläche entlangfahrend.

Zu den immer noch um den Teppich herumstehenden Dienern, die die Zeit, da der Maharaja sich im Audienzraum aufhielt, ausnutzten, um sich ein gründlicheres Bild von mir zu machen und den Baron bei seinen Übungen zu betrachten, gesellte sich ein kleiner Alter. Vor langer Zeit war er der Hofeunuch von Samthar gewesen, der einzige Mann, dem während der Kindheit des Königs Zutritt zu den Frauengemächern gewährt worden war, der einzige, der sich hatte erlauben dürfen, mit den Damen der Burg zu scherzen, ihnen unter Gelächter mitzuteilen, ob sie zu dick oder zu dünn, ob ihre Brüste noch voll und prall oder schon schlaff und runzelig waren. Als Kleinkind waren ihm die Hoden entfernt worden, als junger Mann hatte er mit den Schwestern des Königs Schach gespielt, und noch immer behauptete er steif und fest, einmal im Monat unter Blutungen zu leiden.

Dieser kleine erotische Genius des Ortes und Günstling der Frauen, dieser kastrierte Favorit des Hofes, den man im alten Neapel als *servitorello* bezeichnet hätte, war zudem der einzige Diener gewesen, der freien Zugang zu den Tänzerinnen des Hofes gehabt hatte.

Für seine oft heiklen Dienste war er von der Königsfamilie mit einem Stück Land und einem Haus beschenkt worden.

So verworfen die Rolle eines Hijra in Indien war (ein Mann zu sein, der Frauenkleider trüge, sei schlimmer, als eine Frau zu sein, heißt es im *Mahabharata*), so angesehen konnte ein Eunuch sein. Sogar der größte Held aus dem *Mahabharata*, Arjuna, musste sich auf der Flucht vor den Kauravas, mit seinen vier Brüdern und der ihnen allen gemeinsamen Ehefrau Draupadi, ein Jahr lang am Hof des Königs Virata verbergen und seinen Lebensunterhalt als Hofeunuch verdienen. In Frauenkleidern, das Haar zu Flechten gebunden, mit Arm- und Fußringen aus Seemuscheln geschmückt, gab er als Musiklehrer und Tanzmeister den Königstöchtern Unterricht.

Als ich die Eierfarbe aus meiner Handtasche zutage förderte, geriet der Eunuch in papageienhafte Aufregung. Er schrie mit kreischender Frauenstimme in den kleinen, unterhalb der Dachterrasse liegenden Innenhof hinab, der dem Personal seit je auch als Küche diente.

Über eine schmale Treppe, zwei weitere Höfe und düstere Durchgangsräume gelangte man an diesen verborgenen Ort, der etwas von einer öffentlichen Waschstelle und einem verfallenen Tempel an sich hatte.

Bei meinem Eintritt in diese von Dämmerlicht durchwaberte Stätte schwang sich ein Schwarm Fliegen von einer Milchschüssel. Wasser rann über den brüchigen Boden, Halsbandsittiche saßen auf den Fenstersimsen, aus Nischen blickten kleine, zerbrochene Götterstatuen aus Gips und Stein.

Eine verschleierte Frau saß am Boden und stieß in einem Mörser Kardamom zu Pulver. Aus ihren Händen stammten die bunten Mittag- und Abendessen, die der König im Speisesaal zu sich nahm, stammten die Platten, auf denen sie rohe Karotten, Rote Bete und weiße Rüben in Form von Blüten anrichtete, die Granatapfelkerne mit Rosenwasser und Mandeln.

Ramlal, der Hilfskoch, brachte auf einem kleinen Gasherd Wasser zum Kochen, ein Vorgang, der, wie jede Verrichtung auf der Burg, ungewöhnlich lange dauerte.

Schließlich tauchte ich unter den Blicken der Dienerschaft und des Eunuchen zwanzig Eier in mit roter, grüner, gelber und blauer Farbe gefüllte Tassen, während mir der Schwarze Prinz mit entwaffnender Einfältigkeit zusprach, Kuhharn zu trinken und Kuhdungtabletten zu mir zu nehmen.

«Cowurin is the best», fuhr der ehemalige Trinkgeselle des Königs in gleichsam ekstatischer Lobpreisung dieser Flüssigkeit fort. «If you drink cowurin every disease – every disease! – disappears.»

Die außerordentliche Strenge im Umgang mit seinem Körper, vereint mit hohem Rang und Reichtum, machte aus dem Baron eine Erscheinung besonderer Art, machte aus ihm einen empfindsamen ökologischen Schwärmer mit nüchternem Geschäftssinn.

Dieser Sektierer des Kuhharns, der mit prophetischem Ernst seinen Glauben an dessen Heilwirkung verkündete und seinen Lebenswandel haushoch über die Lebensweise des Königs stellte, tat jedoch, wie ich meinte, nichts anderes, als sein schlechtes Gewissen durch Askese zu besänftigen. Sein moralischer Ehrgeiz rührte aus dem Ärger, sich von der *Maya,* der Illusion des Glückes, hatte hintergehen zu lassen. Nun nährte er die Flamme einer anderen Illusion, die der Reinheit und Askese. Doch seine Verbohrtheit hatte ihn weit gebracht. Die auf ökologischem Landbau beruhende Bewirtschaftung seiner Felder zahlte sich ebenso aus wie seine gute Gesundheit.

Der zum Aberwitz entartete Fanatismus, was die therapeutische Wirkung von Kuhharn und Kuhdung betraf, wirkte jedoch bei der hohen Temperatur zermürbend auf mich, und ich litt nicht wenig, wenn ich ihm meine volle Aufmerksamkeit schenken musste, um seinem bizarren Englisch und seiner Gesundheitstheorie zu folgen.

Da rief mich der König auf die Dachterrasse. Er trug einen cappuccinofarbenen Turban und eine hellbraune Weste. Er war auf dem Weg in ein Dorf, wo ein vierzehnjähriges Mädchen von einem Polizeibeamten vergewaltigt worden war, sich daraufhin mit Benzin übergossen und verbrannt hatte.

«Der Schwarze Prinz wird sich um dich kümmern», sagte er, bevor er die Treppen in den Hof hinabsprang, von seinem Diener Garud und dem Leibwächter gefolgt. «Und heute irgendwann am Nachmittag kommt meine Nichte mit ihrem Mann!», rief er mir noch zu.

«Maharajas niece come with husband today. Nice couple, happy marriage. Niece beautiful, husband good man», kommentierte der Schwarze Prinz die Anreise des Paares, während ich einige Lammstücke mit Knoblauch spickte, mit *Ghee* bestrich und in einer Kasserolle in den alten Mikrowellenherd schob, den die Maharani hier eingeführt hatte.

***

Auf der Suche nach Blumen fuhr mich der Schwarze Prinz auf dem Gepäckträger seines Fahrrads durch die Festungsanlage. Er fuhr mich unter den hallenden Torbögen hindurch, über die Sandebenen der Höfe, an den Ställen und ehemaligen Getreidekammern des Forts vorbei, an die dicht bewachsenen Ufer des Burgwalles heran, dessen morastiges, nach Faulschlamm und morschem Schilf riechendes Wasser von Schlangen und

Fröschen, von Vögeln und Myriaden von Insekten aufgesucht wurde.

Zitronengelbe Blüten, die in ihrer Farbe den Narzissen glichen (Blumen, die in der christlichen Kirche ein Zeichen der Wiedergeburt, des Triumphes der Göttlichkeit Jesu und des ewigen Lebens bedeuten), fielen aus den Bäumen in das Grabenwasser.

Erinnerte die Narzisse nicht auch an das Schicksal des Schwarzen Prinzen, dessen Verstand von einer brennenden Liebe verwirrt worden war? So wie einst Narziss, der, seinem eigenen Spiegelbild in Liebe verfallen, diesem Trugbild ins Wasser nachgesprungen war, um in seinen Besitz zu gelangen, und nach dem Tod von den Göttern in eine Narzisse verwandelt worden war, würde vielleicht der von Leidenschaft verblendete Baron im Augenblick des Todes von den gnädigen Göttern auch in eine Blume verwandelt werden.

Der Schwarze Prinz bog Zweige für mich herunter und ließ sie wieder hochschnellen.

Das Blumenpflücken wurde zwischen den Luftwurzeln eines Banyanbaumes von einer kleinen Gesellschaft Opium rauchender Priester des Devitempels verfolgt, aus dem das Murmeln von Gebeten drang.

Da keine einzige Vase auf der Burg zu finden war, verteilte Charran die blühenden Zweige in einem Eimer.

Ich trug die Blumen in den Speisesaal, wo ich den Vitrinenschrank aufschloss und vorsichtig fünf der sechs blauen Teller herausnahm, in deren gemalter Landschaft ein Fluss entsprang, der sich durch bewaldete Hügel wand. Auf der ruhigen Flut glitt ein Segelboot. Darin saß ein Chinese mit Hut, der wunderbar gleichmütig an den leeren, aus dem Dickicht des Ufers ragenden Pagoden vorbeiblickte.

Während ich die Tellerlandschaft betrachtete, deren tropische Feuchte der Porzellanmaler mit dunkelblauem Pinselstrich eingefangen hatte, eine Landschaft, in der eine aus dem Wasser emporsteigende Treppenstufe dem Betrachter ewigen Zutritt zu einem kleinen Pavillon verwehrte, überkam mich, zusammen mit der Freude am Anblick des Idylls, der panische Gedanke an den endgültigen Verlust jeglichen Paradieses auf Erden.

Solche Tellerlandschaften bilden häufig die «glücklichen Inseln» der Alten oder die «Goldinseln der Chinesen» aus der taoistischen Zeit ab.

Vorsichtig entnahm ich dem Geschirrschrank auch fünf der acht alten österreichischen Weingläser, die vielleicht der Vater des Maharajas von einer Europareise mitgebracht hatte. Es waren grünstielige Gläser mit eingravierten Szenen aus einer nordischen Flora und Fauna, die vor langer Zeit einmal einem steiermärkischen Jäger oder einer niederösterreichischen Schlossherrin bei jedem Schluck Wein einen von Wild und Vögeln belebten Wald vor Augen geführt haben mochten.

Die Zeit, da Glasdekorateure Waldrendezvous zwischen Fuchs und Fähe oder Hirsch und Reh auf dünnes Glas bannten, gehörte jener unwiederbringlichen Epoche an, da der Gang der Natur mit ihrem jahreszeitlichen Gesetzbuch den Takt des menschlichen Lebens schlug. Mit in die Fläche der Weingläser geprägt schien mir die Erkenntnis, dass die amouröse Begegnung unter Fasanen und Füchsen ohne die Nebendarsteller des rauschenden Baches, der Tannen, der über ihren Köpfen segelnden Schwalben und der sie umschwebenden Falter ein trauriges Stelldichein sein würde. Der Graveur schwebte mir als gottesfürchtiger Mensch vor, als ein Kenner und Durchwanderer der Natur, ein vergessener, wer weiß unter welch unwirtlicher Erde begrabener Prophet, der mit jedem Schnitt die zukünftigen Besitzer jener Gläser daran hatte gemahnen wollen, wie unverzeihbar die Sünde ist, sich über die Natur erheben zu wollen.

Ich griff nach der halbleeren Flasche Rotwein auf der Anrichte und füllte eines der Gläser bis zum Rand, um zu beobachten, wie die raureifweißen Waldbewohner vor dem roten Hintergrund in Bewegung gerieten, wie Leben in Fell und Federn schoss.

Vorsichtig klappte ich die Türen der Vitrine, die mehr mit einem Kuriositätenschrank als mit einem Geschirrschrank gemein hatte, wieder zu.

Zerschellte mir ein Glas am Boden, dachte ich ängstlich, so zerbrach ein weiterer Zeuge jener Tage, da es für die königliche Familie Grund gegeben hatte, aus diesen Gläsern zu trinken.

In meiner Handtasche trug ich stets ein kleines Fernglas, das ich an manchen Abenden, wenn ich zu Hause allein in meiner Küche saß, hervorzog, um mir durch die Vergrößerungslinse die Dinge vors Auge zu rücken.

In der Stille der Nacht traten mir dann, wenn ich auf dem Sessel Ausschau hielt, ein jagdhornblasender Jäger und sein mit aufgerichteter Rute neben ihm stehender Hund vors Auge. Der indigoblaue Mann mit blauem Zopf und blauem Dreispitz, dessen Jagdhornschall der ferne blaue Glockenturm sein Geläut entgegendröhnte, war um die Mitte des siebzehnten Jahrhunderts von der Hand eines niederländischen Künstlers auf gräuliches Porzellan gemalt worden.

Durch die Krakelüren zogen sich von Erschütterungen hervorgerufene Risse. Zwei Weltkriege hatte die holländische Vase überstanden und befand sich vielleicht erneut auf der Schwelle zu einem Krieg. Doch weder Riss noch Loch hatten das gutmütige Auge des Bläsers trüben können, der seit fast dreihundertsiebzig Jahren neben seinem blauen Hund auf einer blauen Wiese stand, umblüht und umrankt von blauen Bäumen und Blumen.

Richtete ich die Linse nach oben, gerieten die Federn dreier ausgestopfter Fasane in meinen Blick, rückte ich das Glas über die Eingangstür, kam mir der Kopf einer Gämse ins Visier, mit ihrer schmalen, zweifellos zu einem Lächeln verzogenen Schnauze und den sich zu den aufstehenden Ohren zurückneigenden Hörnern. Hier ein Rebhuhn mit vulvaroten Augenbrauen, fest geschlossenem Schnabel und sich bereits zersetzendem Gefieder, dort, über der Tür zum Nebenraum, das Gehörn eines Steinbocks, hier ein ausgestopfter Sumpfvogel, dort zwei Porzellanhasen. Dies, dachte ich dann, wenn ich die Hörner und Geweihe betrachtete, war die Küche einer Jägerin, denn alle diese Gegenstände stellten nicht nur in sinnbildhafter Weise die ewige Bestimmung des Menschen als Jäger oder Gejagter dar, sondern waren ein fester Bestandteil jenes Jagdreviers geworden, das mein eigenes Leben war – und vorerst stand nicht in Aussicht, dass die Teilnehmer an der Partie ihre Waffen niederlegen würden.

Als ich aus dem Hof fremde Stimmen vernahm, zog ich das Fernglas hervor und richtete es aus dem Fenster in die Tiefe.

Durch die Linse konnte ich folgendes Szenario beobachten: ein junger, in olivgrüner Uniform steckender Diener, gefolgt von einer dicken Dienerin mit einem hüftlangen, grauen Zopf, dessen Ende auf den entblößten Teil ihres Rückens fiel, zwischen Saribluse und Unterrock, krochen mühsam über Koffer und Taschen aus einem Toyota Landcruiser hervor.

Ihnen folgte eine hochgewachsene junge Frau in einem flaschengrünen Sari. Kaum ausgestiegen, spannte sie einen schwarzen Regenschirm über sich auf, unter dem sie offenbar Schutz vor der Sonne suchte. Ich hörte es unter dem Schirm hervor lachen und sah eine schmale Hand, die Anstalten machte, die Diener von Samthar Fort davon abzuhalten, ihre Füße, die in Riemensandalen steckten, ehrfürchtig zu berühren.

Ich verstand kein Wort, da sie Hindi sprach, doch war aus dem Timbre ihrer Stimme herauszuhören, dass sie der wohlgenährten *servitù* ihres Onkels mit liebevollem Spott zu Leibe ging. Umschwärmt von der Dienerschaft, verschwand sie im Hauptportal.

Nun richtete ich das Glas wieder auf den Wagen, neben dem ein stämmiger Mann in einem marineblauen Anzug europäischen Schnittes, aus dessen Ärmeln schneeweiße Manschetten hervorblendeten, sehr sorgsam seine linke Jackentasche abtastete, wie um zu überprüfen, ob das ihm am Herzen Liegende während der Fahrt nicht hervorgerutscht und im Inneren des Wagens abhandengekommen sei. Schließlich hob er einen schwarzen Aktenkoffer mit goldfarbenen Schnallen aus dem Wagen und überreichte ihn einem Diener.

Als der Herr über die breiten Stufen zum Hauptportal stieg, sprangen vier Katzen von der Schwelle. Eine von ihnen, ein Kater mit sommersprossenfarbigem Fell und den grünen, lauernden Pupillen eines Besessenen, hatte meine Verachtung auf sich gezogen, seitdem ich beim Blumenpflücken mit dem Schwarzen Prinzen beobachtet hatte, wie er am Burggraben einen walnussgroßen Frosch getötet und verzehrt hatte.

Ich barg das Fernglas wieder in meiner Tasche und warf einen letzten Blick auf den Tisch, wo nun unter den österlich gelb blühenden Zweigen die blauen Teller und die österreichischen Gläser zwischen bunten Eiern standen.

***

Ganga, die Nichte des Maharajas, trat außer Atem unter das Wellblechdach, wo ihr Onkel mit einer Zigarre in der Hand auf sie wartete.

«Du hast mir nicht gesagt, dass dein Gast eine Frau ist!», rief sie aus, warf mir einen Blick zu und fuhr fort: «Er sagte einfach: Du musst kommen, ich habe Besuch aus dem Ausland und brauche Hilfe. Jetzt verstehe ich, warum er es so eilig hatte, mich hier zu haben.»

Die junge Frau mit den graugrünen Augen, deren Glanz durch einen Kajalstrich auf den unteren Augenlidern verstärkt wurde, strich mit ihrer warmen, trockenen Hand über meine rechte Wange und rief: «Mein Gott, bin ich erschöpft! Die Fahrt von Delhi nach Samthar ist höllisch, aber ich bin mir sicher, dass ich hier nützlich sein werde! Wollen wir nicht einen kleinen Spaziergang vor unserem Whisky machen?»

Groß und schön, geschmückt und gelassen, rief sie einen neiderregenden Eindruck hervor. Es war ihr auf einen Blick anzusehen, dass sich ihr Geist in einem weitaus größeren Kreis als dem anderer Inderinnen aus der Oberschicht bewegte.

In Gesellschaft des Königs, seiner Nichte und deren Ehemann ging ich über den dämmernden Hof dem entschwindenden Tag hinterher.

Die Schatten zogen sich jetzt lang hin. Es herrschte das Zwielicht, in dem die Frauen von Samthar ihre Götter aufsuchten.

Auf dem Weg zu dem ehemaligen Lustgarten seines Großvaters deutete der König auf einen Baum, der sich nach oben zu einem riesigen Laubdach verbreiterte. Ich erinnerte mich noch sehr gut an ihn. Es saß sich wie in einer kühlen Veranda unter seinen meterlangen Ästen, von denen eine elefantenhafte Kraft ausging. Es war ein Ort voller Stille und Schatten, ein Reich für Eichhörnchen, Vögel, Kühe, Hunde und Kinder.

«Bäume sind in Indien das, was in England die Klubs sind», sagte der König. «Jeder Baum hat seine eigene Klientel. Wenn es noch nicht so heiß ist wie jetzt, halte ich meine geschäftlichen Treffen oft unter dem alten Baum ab. Es ist ein Glücksbaum, unter dem schon meine Vorfahren ihre klügsten Entscheidungen getroffen haben.»

Als wir an einer der zwei Kanonen und dem daneben aufgebauten Schrein vorbeikamen, blieb seine Nichte stehen und faltete ihre Hände für ein kurzes Gebet.

In den Sandboden eingetretene Pfade führten an den einstigen Stallungen vorbei, wo die Tiere des Reiches gewohnt hatten.

Unter der Herrschaft von Ranjeets Großvater hatte das Fort von Pferdegewieher und Kamelschreien widergehallt. Kohorten von Elefanten hatten die Festung belebt, jene großen Tiere, von denen in *Moby Dick* berichtet wird, wie sie, unter der Herrschaft von König Jubas, vor einer Schlacht ihre Rüssel zum Himmel erhoben und in tiefer Stille den anbrechenden Morgen gegrüßt hätten.

Die Kampftiere von Samthar, so der König, zeichneten sich durch Kraft und Dressur aus. Auch wohlgenährte Kühe und Schweine hatten in den Ställen der Festung gelebt, Hirsche und Strauße. Jetzt drang das Blöken eines Lammes aus dem Kamelstall, wo noch zwei Stuten und eine junge Antilope untergebracht waren.

Es war auch Maharaja Bir Singh II. gewesen, der den Garten hatte anlegen, die Brunnen und Zisternen graben, Teiche und Tümpel ausheben und den Großteil der Tempel im Fort errichten lassen.

An dem Tor, das sich zum ehemaligen Lustgarten öffnete, lehnte eine Frau in krepprotem Sari. Ein Gärtner mit Sichel in der Hand watete durch hohes Gras dem König entgegen. Hühner liefen umher. Tauben flatterten auf. Pfauen schrien, Hunde bellten, und Krähen krächzten.

Dass dieser Garten, der sich als wuchernde Fläche zwischen zwei Ringmauern ausbreitete, nach einem Renaissancevorbild angelegt worden war, ließ sich nur noch an den geometrisch angeordneten steinernen Umfassungen der Wege und Beete erkennen.

Hier lag auch das Haus des ehemaligen oberen Ministers. Neben der Burg war es das größte und eleganteste Gebäude von Samthar gewesen. Es hatte ein in Lotusblumenform gehauenes Eingangsportal und trug drei rote Kuppeln auf seinem Dach. Seit vielen Jahren dienten seine unteren Räume den Kindern von Samthar als Schule.

Dieser Residenz gegenüber lag ein bezaubernder, nach allen Seiten offener Bau. Es war der ehemalige Musikpavillon.

Die Sonne sank schnell, und wie die Schatten, einer um den anderen, aus dem feuchten Gras aufstiegen, erhob sich mit ihnen eine melancholische Stimmung. Rauchgeruch zog durchs Laub, und aus den Rosenblüten drang das leise Summen von Bienen.

Eine Gottesanbeterin saß reglos auf einem Stein und sann auf das Verderben einer Fliege, die sich unvorsichtigerweise in ihrer Nähe niedergelassen hatte.

Der Blütenduft, die wachsende Dunkelheit und die heiße Luft schufen den Mücken die besten Bedingungen für ihren Abendauftritt.

«Rein wie eine Wasserlilie erhob sich nun der Mond in den makellosen Himmel und segelte durch das Firmament wie ein Schwan auf blauem Gewässer.»

Jenseits des Orangengartens tat sich eine weite, bis an die Festungsmauern reichende regenwaldgrüne Landschaft von

Gemüsebeeten auf, aus der ein zweiter Gärtner mit einer Hacke und einem Rechen hervorkam.

Okra, Auberginen, Tomaten, Blumenkohl und Spinat wuchsen hier, Papaya- und Bananenbäume. Die Erde war fruchtbar und gut bestellt.

Schatten verschwanden, Schatten erschienen. Der Garten füllte sich mit Gestalten, die leise an den König und seine Gäste herantraten. Es waren die Söhne der ehemaligen Höflinge und andere dienstbare Geister, die von der Ankunft des Ehepaares gehört hatten, doch auch viele Kinder, die, wie Flaschen mit Wasser, bis zum Hals mit Neugier angefüllt waren.

Der Großgrundbesitzer mit dem Eisbärblick zog den König beiseite. Da ich in der Nähe der zwei Herren stand, bekam ich den mir unverständlichen Dialog dem Laut nach mit. Ihr Zwiegespräch setzte sich aus kurzen, harschen Sätzen zusammen. Wie für alle alten *cronies* war auch für den Landbesitzer der König als Herrscher noch immer unantastbar, und doch, so klang es, verband beide ein Jargon von fast erotischer Vertrautheit aus Kindertagen. Klang und Tonart dieses Gesprächs führten meine Phantasie weit zurück in die Zeit, als der Grundstein der Festung gelegt worden war.

«Wenn mein Großvater uns Enkelkinder in den Orangengarten mitnahm, waren wir im ersten Augenblick wie betäubt von dem Duft, der uns aus den Blüten entgegenschlug. Er war vernarrt in seinen Garten, wo er den Musikpavillon errichten ließ, um auch die Nachtstunden hier verbringen zu können.»

In einem Wasserbecken spielten zwei nackte Kinder mit einem Stück Seife.

Als sie von einer Mücke gestochen wurde, zog Ganga den Saum ihres Saris über den Kopf. Der König setzte sich auf eine Bank und erzählte eine Geschichte.

Die Geschichte von der Hoftänzerin Dina

Als die Sonne des Reiches im Zenit stand, im Sternzeichen des Sieges, fanden sich in den warmen Nächten der König und seine Freunde im Musikpavillon ein.

Jeder Anlass war dem Maharaja recht, seine Hofleute zu sich zu rufen, die Opiumpfeifen und die Whiskyflaschen aus der Burg in den nächtlichen Garten tragen zu lassen.

Kostbare Decken und Kissen aus Seide und Brokat wurden auf den harten Böden ausgebreitet und herrliche Speisen aufgetragen.

Die Musikanten spielten auf, die Tänzerinnen erschienen.

Unter den Hoftänzerinnen nahm Dina die erste Stelle ein.

Ihre ebenmäßigen Glieder und ihre hohe Gestalt waren derart schön, dass sie selbst einen Asketen ins Schwanken hätte bringen können.

Ihre Reize griffen die Herzen der Männer an und rissen sie hin.

Wie eine Apsaras vor den Göttern tanzte sie vor dem König und seinen Freunden.

Sie drehte sich wie eine schwirrende Spindel.

Goldene Ringe schwangen an ihren Ohren, und der Nachtwind blies zwischen die Steine ihrer langen Ketten.

In jener Nacht folgten die Blicke des Königs ihr allein.

Sie tanzte am Rand eines Wasserbeckens entlang.

Plötzlich tat sie einen falschen Schritt.

Zu spät packte einer der Gäste den Saum ihres Saris.

Ein Zipfel des Saumes noch in der Hand des Mannes, glitt der Stoff vom stürzenden Körper.

Der reglose Widerschein der leuchtenden Sterne auf dem schwarzen Wasser zersprang.

Der Sari trieb im Becken dahin.

Alle jemals geleisteten Versprechungen des Königs verflogen beim Anblick des nackten Körpers der Geliebten vor den Augen seiner Freunde.

Er griff nach seinem Säbel.

Und seine Freunde? Waren sie allesamt ohne Empfindung? Ohne Charakter?

An wen konnte sich die Tänzerin in dieser Runde wenden?

Männer starrten sie an, nicht menschliche Wesen.

Sie versuchte, dem Blick des Maharajas zu entfliehen, doch nirgends öffnete sich ein Fluchtweg.

Alles rings um sie war von Männern und Mauern umgeben.

Und es war so still geworden.

Die Musiker hielten ihre Instrumente reglos im Schoß, die eben noch zu hohen, schnellen Tanzschritten angespornt hatten.

Diese geladene Stille, spürte Dina, bedeutete ihr Ende.

War dem Maharaja das Gefühl des Mitleids fremd? War sein Herz von den Kämpfen um sein Reich verhärtet?

Alle Opferspenden, die Dina ihren Göttern täglich dargebracht, waren sie nutzlos gewesen?

Wirkungslos verhallten ihre Schreie in der Nacht.

Mit nur einem Hieb schlug ihr der König den Kopf ab.

Und wie der acht Meter lange Sari beim Sturz von ihrem Körper geglitten war, so glitt jetzt das Leben von ihr.

Getroffen wie ein Opfertier, fiel sie vor dem Becken zusammen.

Kein Mensch wagte es, Sühne zu fordern für diese grausame Tat.

«Nichts», steht im *Ramayana*, «liegt so schwer auf dem Menschen wie seine Bestimmung.»

In manchen Nächten, sagen die Diener, ist das Klingeln ihrer Fußkettchen auf der Festung zu hören.

«Es ist gefährlich, die Geliebte eines Maharajas zu sein», rief Ganga lachend aus dem Musikpavillon, während meine Blicke den Bienen und Hornissen, den Ameisen, Fliegen und Mücken folgten, die zwischen Gräsern, Blüten und Blättern Kämpfe und Tumulte aufführten. In jedem Augenblick konnte jede Blüte zum Ort eines Mordanschlages, jeder Blütenstempel zum wippenden Ausguck eines Mörders werden.

«Mein Großvater», fuhr der König fort, während er mit den Fußzehen kleine Steine aufhob und wieder fallen ließ, «hatte im Gemüsegarten Hanffelder anlegen lassen. Komme, was wolle, jeden Abend rauchte er eine Pfeife mit Marihuana. Ich, als Zigarrenraucher, habe keine Verwendung mehr für Hanf, aber ich lasse immer noch etwas davon für meine Diener anpflanzen, die abends oft im Garten zusammensitzen und rauchen. Außerdem ist es inzwischen verboten, Hanf anzupflanzen, aber wozu bin ich Maharaja, wenn ich meinen Dienern nicht diese kleine Freude machen kann?»

Es summte und surrte, zirpte und schwirrte in der Luft.

Ganga, umgeben von den Höflingen und Kindern, hatte sich an den Rand des fatalen Bassins gestellt, wo jetzt Eidechsenleichen und Malvenblätter trieben. Eine Atmosphäre klingender Heiterkeit umgab sie.

Mr Varma, ihr Mann, saß neben dem König auf der Bank und spielte auf seinem iPhone, was ihn nicht daran hinderte, den Gesprächen um ihn herum zu folgen und immer wieder ein lautes Wort hineinzuschmettern.

Im Licht des Vollmondes konnte ich nun die Gestalt dieses Mannes in genauen Augenschein nehmen: sein breites, von weißen Locken umgebenes Gesicht mit den runden, hart blinkenden Augen, seine kleinen Zähne, die auf den Lippen herumbissen.

Wenn er nicht sein Telefon in den Händen hielt, spreizte er beim Sprechen manchmal alle zehn Finger wie plötzlich aufspringende Lotusblüten oder schraubte bei einer Schilderung die rechte Hand, durch Drehung des Handgelenks, von einer Seite auf die andere, die fünf Fingerkuppen dabei vereint. Wenn er eine besonders genaue Angabe machen wollte – und auf genaue Angaben schien Mr Varma besonderen Wert zu legen –, berührten sich Daumen und Zeigefinger an den Kuppen.

Später beobachtete ich, mit welcher leicht sadistischen Eleganz er in die Hände zu klatschen verstand, wenn er einen Diener herbeirief, oder wie er, mit zusammengezogenen Augenbrauen und mit kurz in die Luft gewischter Handbewegung, einen Angestellten aus seinem Blickfeld zu fegen wusste.

In London, wo er, so wie in Los Angeles und Bombay, geschäftlich häufig zu tun hatte, wie ich schnell erfuhr – Mr Varma war Unternehmensberater und ein bekannter Medienbonze, der oft in den Fernsehnachrichten auftrat –, schien er sich, neben den in der Savile Road geschneiderten, vorzugsweise gestreiften Hemden, einen schrägen Snobismus zugelegt zu haben, der bisweilen in seinen Äußerungen zutage trat.

Wie Blutgeruch einem Tiger auf der Stelle zu Kopf steigt und seine Mordlust anstachelt, so reichte bei Mr Varma die Erwähnung des Wortes «Geld», damit sich seine Gesichtsmuskeln zusammenzogen.

Es schien diesen Mann mit einer von nichts zu übertreffenden Befriedigung zu erfüllen, dass sein iPhone im Spiel immer wieder aufzwitscherte.

Ich kam mit ihm überein, dass die Zeit der großen Regisseure in Indien vorbei sei, und wunderte mich, wie es seine Frau an seiner Seite aushielt.

Ganga hatte inzwischen einen *Beedie* aus ihrem kleinen Handbeutel hervorgeholt und sich die Zigarette von ihrem Onkel anzünden lassen. Sie hatte den Mund voll von Neuigkeiten aus Delhi: Heiraten, Flirts, Ausstellungen, Polospiele, Konzerte, Filme und Bücher. Wie ich aus ihren Erzählungen heraushören konnte, waren ihre Urteile über Dinge und Menschen äußerst präzise.

Jung und glänzend verheiratet, wenn auch weit unter ihrem Rang, besaß sie durch ihren Mann genaue Einblicke in die ökonomischen und politischen Verhältnisse des Landes. Sie hatte Mathematik studiert und war jetzt Partner einer Cross Border Angels Agentur in Neu-Delhi. Doch ihre größte Leidenschaft galt der *Bhagavadgita*, mit der sie in dem gebildeten Haushalt ihrer Eltern in Kalkutta aufgewachsen war.

Ganga gehörte zu jenen Frauen, die auf den ersten Blick hinreißen. Es war unmöglich, in ihrer Nähe gleichgültig zu bleiben.

***

Das Lamm kam fast roh auf den Tisch, der Wein schmeckte nach altem Brandy, und die gelben Blüten waren schon längst aus dem Strauß gefallen, aber der König freute sich in naiver Weise an dem fremden Eindruck, den ihm sein eigener Speisesaal an diesem Abend machte.

Nach dem Essen wankte er nicht gleich in seine Schlafkammer, sondern lud seine Gäste noch zu einem Glas Whisky auf der Terrasse ein.

Wann immer Ganga das Wort ergriff und ihren Onkel, der eine Vorliebe für Gossip hatte und mit Vergnügen über gesellschaftliche Fauxpas und Protzereien von Aufsteigern und Neureichen lachte, in ihren erzählerischen Bann schlug, verhärtete sich der Blick ihres Mannes.

Um ein Uhr morgens brach der Maharaja zu einer Reise nach Neu-Delhi auf. Er hatte die Absicht, im Parlament einen Steuererlass für die Bauern von Madhya Pradesh durchzusetzen, da im vergangenen Monat Stürme einen Teil der Felder verheert hatten und die Ernten nicht überall gut ausfielen.

Wenn der König sich auf eine Reise begab, entstand immer noch eine Stimmung wie aus der Zeit, da sein Urgroßvater mit vielen hundert Fußsoldaten, Elefanten, Pferden und Musikanten aufgebrochen war. Rufe hallten aus dem Treppenhaus, Pistolen wurden geladen, und Diener eilten hin und her.

«Jetzt fährst du, mitten in der Nacht?»

«Ich reise oft nachts. Bis heute ist mir noch nie etwas zugestoßen, auch wenn diese Region berühmt ist wegen der *Dacoits*. Aber mein Alarmlicht macht Angst!», rief er lachend, erhob sich und verschwand.

Noch aus den Erzählungen der Gräfin Fugger waren mir die *Dacoits* bekannt: Wegelagerer, die auf offener Straße die Leute mit Waffengewalt ausraubten. Wer aufbegehrte, biss schnell ins Gras.

Ich konnte beobachten, wie Prakash, einen kleinen Koffer auf dem Kopf, seinem Herrn hinterherlief, gefolgt von dem Leibwächter. Gleich darauf erklang das Sirenengeheul des davonfahrenden Wagens.

Als ich die Tür zu meinem Zimmer aufstieß und durch die erstickenden Rauchwolken der Mückenspiralen auf die Fenster zuging, um Luft einzulassen, setzte ich mich noch eine Weile, im Schein der Taschenlampe, in einen der schweren Sessel und dachte über Mr Varma und Ganga nach.

Die Stimmen von Schauspielern, die im Dorf Szenen aus dem Leben von Gott Krishna spielten, die Klänge einer Ziehharmonika und der blecherne Widerhall eines mir unbekannten Instruments drangen mit der Nachtluft in den Raum.

Sobald ich die Taschenlampe ausgeschaltet hatte, klappte die Tür auf. Die Gestalt mit der Kerze trat ein und legte sich vor mein Bett.

IV.

Am folgenden Morgen klopfte es an meiner Tür.

«Come in!», rief ich, in der Annahme, es sei einer der Diener, der die Eimer im Badezimmer mit Wasser nachfüllen oder mir eine Tasse Tee bringen wollte, doch es war die Nichte des Königs, die mit einer Maschinenpistole in der einen und einem hellbraunen Briefumschlag in der anderen Hand eintrat.

Mit ihr drang ein Duft indischen Rosenöls in den Raum, der sich mit der etwas aufdringlichen Süße einer leicht schwitzenden, mit einem roten Mieder geschnürten Nachtklubtänzerin über den Geruch von Mottenkugeln, Staub und Vogelnestern legte, der sich seit Jahrzehnten zwischen den Mauern dieses Gemachs verdichtet hatte.

Dieser, neben seiner Süße und leichten Klebrigkeit, auch frische, bis in die Ecken des Raumes sich ausbreitende Duft, der von einer Blume rührte, die unter anderem Vollkommenheit, Tod und Prostitution symbolisiert, drang auf meine noch schlafbetäubten Sinne ein.

Vieles von der Rose, von ihrer Wirkung auf die Nerven, bleibt ein Geheimnis. Zu Recht haben die Ägypter sie Harpokrates zugeordnet, dem Gott des Schweigens, der die Geheimnisse wahrt. *Sub rosa dictum* war das Schlagwort der Rosenkreuzer, und der Konfitent weiß, weshalb eine Rose in seinen alten Beichtstuhl geschnitzt ist.

Die Nichte des Königs trat näher, legte die Waffe auf die Bettkante und suchte unter den Schlüsseln, die sie an einem

Bund bei sich trug, nach dem passenden, griff wieder nach der Pistole, drehte den Schlüssel im Vorhängeschloss eines am Ende des Säulenganges stehenden Schrankes um, brachte die Waffe und das Kuvert dort unter, drehte den Schlüssel in seine vorherige Stellung zurück, steckte ihn mit den anderen in ihren Handbeutel, nahm sich eine Orange, schälte sie, warf die Schalen in eine leere Schüssel und setzte sich auf einen der Sessel vor dem Fenster.

Bei Gangas Anblick wurde ich mir meines Nachthemds von *Zara Home* bewusst, das in Schnitt und Machart an Lewis Carrolls Welt erinnerte, in der Geburtstagsfeste von Fröschen stattfanden und sich Elfenbeintüren auf Boudoirs kleiner Mädchen öffneten, die nach Geschichten über weiße Hasen gierten.

Es war ein Nachthemd, das mit viktorianisch anmutender Engelhaftigkeit zwischen karierten Pyjamas, Bettlaken aus schlechtem Leinen und aufdringlich bunten Kissen in dem mailändischen Einrichtungsgeschäft gehangen und suggeriert hatte, ich könne mir mit ihm etwas Unschuld um den Körper legen.

Nun spürte ich die dünne Textur der Baumwolle, die leichte Zerreißbarkeit des Stoffes, billig in Bangladesch hergestellt und für gepfefferte Preise verkauft. Ich erkannte die zuvor nicht wahrgenommene Erbärmlichkeit dieses Gewandes, seitdem die Nichte des Königs in einem grün schillernden Sari mit weißen Blumen eingetreten war, der den Eindruck eines von Lotusblumen erstickten Teiches machte.

Ganga war nicht höher gewachsen als ich, und doch wurde ich jetzt und auch später das Gefühl nicht los, sie überrage mich um einen Kopf. Dieser optische Trug rührte vielleicht von ihrer standbildhaften Haltung und ihren hohen, breiten Wangen her.

Sie mochte in Kalkutta aufgewachsen sein, in Oxford studiert haben und nun in Neu-Delhi ein bewegtes Leben führen, doch schien ihre Gestalt noch immer die Gebirgsluft des Belutschistan zu umwehen, von wo die Vorfahren ihres Vaters stammten.

Ihre Zähne waren von auffallendem Gleichmaß. Ein gerader Zahn stand blinkend neben dem anderen, und wenn sie lächelte, war sie eine zufrieden gähnende Löwin.

Im rechten Flügel ihrer geraden Nase steckte ein winziger Diamant. Die mit Kajal schwarz umrandeten Augen musterten ihr Gegenüber mit einer lebhaften Aufmerksamkeit. War es die Wirkung von einigen Spritzern Zitronensaft, von ayurvedischen Augentropfen oder von Belladonna? Auch in der Dunkelheit des Gartens war ein fast Funken schlagendes Glitzern von ihnen ausgegangen, wie von jenen Wunderkerzen, die auf Hochzeitstorten knisternd verglühen.

Wie alle Inderinnen, die noch nicht ein Opfer westlicher Moden geworden waren, liebte auch sie Schmuck, und dieser Schmuck musste glänzen, glitzern und gleißen. Jeder Schritt musste ein Klingeln sein.

Ganga trug stets einen kleinen Beutel mit Fenchelsamen und Kandiszucker mit sich herum, aus dem sie sich regelmäßig eine kleine Hand voll in den weit aufgerissenen Mund warf.

Hin und wieder förderte sie aus ihrer Handtasche auch ein Fläschchen zutage, das ein vollkommenes Abbild des Zauberfläschchens aus *Alice im Wunderland* war und von Silberpapier umschlossene Betelkügelchen enthielt. Überdies rauchte sie, wie ich schon erzählt habe, mit Vorliebe *Beedies,* die «poor man's cigarettes», wie sie in Indien heißen.

«Wir machen heute einen Ausflug», verkündete sie. «Beeil dich, wir sollten bald aufbrechen.»

***

Eine Stunde später riegelte Charran die Tür hinter mir ab.

Unter dem Wellblechdach stehend, erteilte Ganga an die auf der Festung zurückbleibenden Diener Anweisungen. Sie wollte wissen, ob die Köchin schon auf den Markt gegangen und ob ihr aufgetragen worden sei, Zitronen zu kaufen. Wo war der Wäscher? Wer bewahrte die Schlüssel für die Speisekammer auf? Waren die Eimer in den Badezimmern mit frischem Wasser gefüllt?

Es schien ihr schwerzufallen, sich, wenn auch nur für einige Stunden, von den Dienern ihres Onkels zu trennen, die mit einem strahlenden Lächeln um den Mund ehrerbietig um sie herumstanden. Es versetzte sie sichtlich in die beste Stimmung, die kleine Schar zum Lachen zu bringen.

Wir waren zu sechst: Mr Varma und seine Frau, der Schwarze Prinz, die Dienerin Ramdevi, der Chauffeur und ich.

Der Schwarze Prinz saß, mit durchgedrückter Wirbelsäule und wie auf einer Stuhlkante, zwischen Ganga und mir auf dem Rücksitz. Mit beiden Händen hielt er den Lauf eines Gewehrs umklammert. Er trug ein linsengrünes, knielanges Hemd und seine braune Cordkappe auf dem Kopf.

«Ich hätte meine Armreifen zu Hause lassen sollen!», rief Ganga aus, als der Wagen holpernd aus den Toren des Forts fuhr und dabei ihren Schmuck ins Klingen versetzte. Sie beugte sich nach vorne, die Fußkettchen von den Fesseln zu lösen, die in einer Aktentasche unter Ramdevis Arm verschwanden.

Mr Varma saß neben dem Fahrer, die Dienerin im Laderaum, wo auch eine Thermostasche untergebracht war.

Einmal hielt der Chauffeur vor einer Bretterbude am Straßenrand, stieg aus und kehrte mit Tütchen voller Betelnusskörner zurück, die sich die Wageninsassen in den Mund schütteten.

«Da oben liegt die Winterburg der Samthars!», bemerkte Ganga, als der Wagen auf der Landstraße an einem hoch ragenden, zerklüfteten Felsen vorbeifuhr, der auf seiner Spitze eine Burgruine trug.

«Von Jahr zu Jahr verfällt sie mehr. Die *Dacoits* haben sie ausgeplündert und zerstört. Sie haben sogar die Türen herausgerissen und die Fenstersimse abgeschlagen. Und dort unten – siehst du? –, da liegt das Grab der dritten Frau von Ranjeets Großvater.»

«Deine Vorfahren schienen besonders geschickt in der Kunst des Untergangs gewesen zu sein», ließ sich Mr Varma von vorne vernehmen.

Für einen Augenblick herrschte eisige Stille, bevor ich Ganga leise fragte: «Was wird mit der Winterburg geschehen?»

Sie ergriff meine Hand und hielt sie ohne Verlegenheit zwischen ihren kräftigen Fingern, nachdem sie einen harten Blick auf den Nacken ihres Mannes geworfen hatte, der mit seinem gepflegten Zeigefinger die Reiseroute in den Navigator eingab.

«Mein Onkel ist mit seinen Burgen ganz allein. Seine Tochter hat ihr Leben mit ihrer Familie in Delhi, und meine Tante kommt vielleicht zweimal im Jahr nach Samthar, aber sie hasst das Fort, sie ist an fließendes Wasser und Komfort gewöhnt. Er ist der letzte Samthar.»

«Der erste oder der letzte, das spielt keine Rolle mehr. Was zählt, das ist allein das Geld! Und das verdient man sich heute durch harte Arbeit und nicht durch Glücksspiel!», bemerkte Mr Varma.

Ganga gab auf die wie Gift aus dem kühlen Leib einer Natter dringenden Worte keine Antwort.

Sie war eine Frau, deren Überlegenheit im Glauben und dem daraus rührenden Gleichmut gründete. Ich hatte zudem den

Eindruck, als zöge sie einen gewissen Stolz daraus, ihrem Mann nicht zu erwidern. Stillschweigen und die Zurschaustellung eines heiteren Wesens schienen ihre Waffen gegen die harten Worte Mr Varmas zu sein. Es war, als lauere sie im Stillen darauf, das volle Maß der Bösartigkeit ihres Mannes auszuforschen.

Sie warf mir einen lächelnden Blick zu, doch inzwischen war mir die ernste Seite ihres Wesens schon ein wenig vertraut, die sie hinter einem ausgelassenen Gesichtsausdruck zu verbergen wusste.

Es genügte der Anblick eines Tempels oder eines Straßenschreins, dass ihr beschwingter Ausdruck sich schlagartig in einen hingebungsvollen verwandelte. Sie neigte dann ihren Kopf dem nahen oder fernen Heiligtum zu, schwieg einige Augenblicke lang und verfiel gleich darauf wieder, bei einem sie erheiternden Anblick oder Wort, in ihr altes Lachen.

Als das Auto in einem Stau zum Halten kam, humpelte ein Bettler, dürr wie ein Bambusrohr, auf den Wagen zu und klopfte mit seiner von der Lepra zernagten Hand an die Fensterscheibe.

Mr Varma machte eine wütende, wedelnde Handbewegung und rief: «These useless people!»

Voller Scham über das Verhalten ihres Mannes senkte Ganga den Kopf und suchte in ihrem Portemonnaie nach Geld. Der Bettler stand noch immer vor dem geschlossenen Fenster. Er war ein Mann «mit einem jener unvergesslichen Blicke, die Throne stürzen würden, wenn der Geist den Stoff bewegen könnte».

Als der Wagen wieder anfuhr, ließ der Schwarze Prinz das Fenster herunter und legte dem Leprakranken einen Geldschein in die Bettelschale. Er hätte den Mann niemals berührt, der aus der untersten, der Shudra-Kaste kam, denn es heißt, dass man durch Berührung mit einem Shudra nicht mehr himmelsfähig ist.

Vor der Schwelle des Tempels von Orrcha beugte Ganga sich nieder, um sie mit der Stirn zu berühren. Mit der Aktentasche unter dem Arm folgte ihr Ramdevi auf Schritt und Tritt.

Ich zögerte einen Augenblick, ehe ich eintrat, und setzte mich auf eine Treppenstufe vor dem Eingang.

Mr Varma hatte sich auf dem Tempelgelände mit seinem iPhone unter einen Baum gestellt, weiße Stöpsel im Ohr, umweht von den Gerüchen nach Kot und Urin, umringt von Pilgern und Bettlern, Hunden und Ziegen, Kindern und Kühen.

Mit ihren Strahlen am Zenit trocknete die Sonne zu dieser Stunde sogar die Abwasser in den Rinnsteinen aus, doch Mr Varma schien sich in England die impermeablen Eigenschaften eines Regenmantels zugelegt zu haben: Er sah die Bettler nicht und ignorierte in seiner Hightech-Version eines neuen Indiens die Gerüche der Exkremente und Geschwüre, die ihn von allen Seiten anwehten. Er war vollkommen undurchlässig. Die Gestalten der Krüppel, Greise und Bettler drangen lediglich bis an die dunklen Gläser seiner Ray Ban, die auf kleinstem Raum ihr Abbild höhnisch zurückwarfen.

Das Bild von Indien, das Mr Varma hinter seiner Sonnenbrille in sich trug, war das Bild von einem Land in Händen von High Potentials aus der High Society, das Bild von einem Highlife-Indien, wo Ferraris über Flyovers und Highways von Trivandrum nach Jaisselmer rasten, gläserne Städte im Rückspiegel.

Nicht eine Rupie würde sein Portemonnaie verlassen, um in der schmutzigen Kralle eines Leprakranken zu landen, der sein Traumbild auf störende Weise verzerrte.

Nur wenige Jahre noch, das drückte Mr Varmas ganze Haltung aus, und an der Stelle dieses dreckigen Tempels würden himmelhoch ragende Bankhäuser, Shoppingmalls und Golfplätze stehen.

Dass seine Frau unaufhörlich ihren Beutel öffnete, um Geld an die Bettler zu verteilen, schrieb er den altmodischen Manieren ihrer Familie zu, doch dass sie mit ihrer Großzügigkeit dem Land nichts Gutes tat, stand auf einem anderen Blatt.

Als ein großer junger Mann in einem blaubeerfarbenen Sari, mit einem golddurchwirkten Schal um die Schultern und silbernen Kreolen an den Ohren, das lange Haar im Nacken zu einem Knoten gebunden, mit lasziven Schritten und aufreizenden Blicken durch die Stände vor dem Tempel an Mr Varma herantänzelte, den Hohn einer verletzten Frau in den Augen und den Hass auf alle Männer, die nicht waren wie er, trat Mr Varma einen schweren, ruhigen Schritt zurück in den Schatten des Baumes. Doch der junge Mann rückte ihm näher, fasste mit seinen dünnen Fingern nach den weißen Manschetten und stellte ihm schrill lachend eine Frage.

Ein einziges, leises Wort aus dem Munde Mr Varmas genügte, den Geschmückten zu verjagen. Die rechte Hand mit den abgekauten, rot lackierten Fingernägeln an die Lippen gedrückt, zog er mit frechem Stolz weiter, den Blick auf die Saris und Frisuren der Frauen gerichtet. Um seinen schmalen, harten Mund lag jetzt das verachtungsvolle Lächeln eines Paria.

Bis aufs Blut irritiert und angewidert von den Wunden, von der religiösen Raserei und der sexuellen Gärung um ihn herum, zog Mr Varma den Knoten seiner hellrosa Krawatte fester und putzte mit einem sauberen Taschentuch den Bildschirm seines Telefons.

Inmitten des Getümmels knöpfte sich ein junger Hindu vor dem Bruchstück eines an einem Baumstamm befestigten Spiegels das Hemd zu, beobachtet von einer greisen Bettlerin, deren kleine rosa Zunge in einem fort aus einer Zahnlücke hervor- und in sie zurückschnellte, als wenn das winzige Organ in panischer Verzweiflung Anstalten machte, dem ausgedörrten Leib zu entfliehen, der ihm keinerlei Genüsse mehr zu bieten hatte. Die Alte war noch am Leben, doch strich der Tod in ihrer Nähe umher, hatte sich ihrer bereits in den gichtkranken Fingern bemächtigt und hielt ihre Zunge zum Narren. Die Stunden des Lebens hatten mit ihren Zangen und Krallen das Gesicht zerharkt und zerfurcht, Zähne herausgerissen und die Augen in tiefe Höhlen gedrängt, hatten den gesamten Körper wie einen Leckerbissen ausgesaugt und eine trockene Hülle zurückgelassen: eine Meisterleistung der Horen, jener griechischen Göttinnen, nach denen wir die Stunden benannt haben. Doch waren da Göttinnen tätig gewesen, oder war dieses Gesicht das Werk jener einzigen, das Leben bestimmenden Macht, der Macht der Zerstörung?

Im Tempelinneren drängten sich Männer, Frauen und Kinder vor den Altären. Stimmengewirr erfüllte die Hallen.

Wie über einen Markt schritt Ganga über die schmutzigen Fliesen der heiligen Räume, blieb vor jedem Schrein stehen, verneigte sich und bat den jeweiligen Schreinpriester, ein Gebet für sie zu lesen. Sie warf Geld durch die Gitter und murmelte etwas, während die Priester mit einem Fliegenwedel die Scheine zu sich heranzogen.

Ratten liefen hin und her.

«Wer hat die schönen neuen Kleider von Sita und Rama genäht?», wollte Ganga, die mir ihre Worte ins Englische übersetzte, von einem Priester wissen.

Er gab keine Antwort.

«Ich bin die Nichte des Maharajas von Samthar!», rief sie durch die Gitterstangen dem feisten, nur mit einem weißen

Dhoti bekleideten Priester zu, dessen öder Tag plötzlich einen unerwarteten Glanz zu erhalten schien. Er erhob sich von seinem Kissen und legte dem Götterpaar Sita und Rama eine tropffrische Blumengirlande vor die Füße, stützte sich dann mit den Ellenbogen auf die Brüstung, die den heiligen Bereich von den Besuchern abschirmte, und rief zurück: «Wir haben einen neuen Schneider für unsere Götter. Er kommt aus Jhansi. Er ist der beste Schneider weit und breit!»

Ganga plauderte mit dem Mann über das Gitter hinweg. Dann zog sie von Schrein zu Schrein weiter, berührte einmal den Rüssel Ganeshas, die Füße des Affengottes Hanuman und sprach mit sanfter Stimme zu Sita, der sie ihre Demut erwies.

Ramdevi betete eifrig mit, wohl in der Hoffnung, von der Gunst Gangas bei den Göttern profitieren zu können. Wenn sich vor den Schreinen Tempelbesucher stauten, machte sie den Weg für die Nichte des Königs frei, harsche Worte flüsternd, deren Inhalt ich mir in etwa übersetzen konnte: «Das ist die Nichte des Maharajas von Samthar! Macht Platz! Ich bin ihre Dienerin!»

Staunend starrten sie dann die Frauen an.

«Do you know Helmut Kohl?», fragte mich ein junger Priester. «Some years ago he came here, but too fat to climb stairs. He verrry fat man. He takes tonga to see temple.»

Als der Wagen auf der Rückfahrt den Palast von Orrcha mit seinen Türmen, Tempeln und Kenotaphen passierte, die unwirklich wie die Türme der Messingstadt aus *Tausendundeiner Nacht* aus den Dunstwolken der Mittagshitze ragten, erzählte Ganga die Geschichte der Palasttänzerin von Orrcha, welcher die Kunst des Tanzes ebenso vertraut gewesen war wie die Gabe der Rede. Die Sage über ihr Talent und ihre Schönheit sprach sich damals im ganzen Land herum. Eines Tages kam sie auch dem Maharaja von Gwalior zu Ohren. Von Neugier gepackt, ließ er die Tänzerin von seinen Männern aus Orrcha entführen. Mit Wein, weichen Betten, Gesang und Tanz erfreute sie der König von Gwalior und bat sie, seinen unermesslichen Reichtum zu bedenken. Die Tänzerin aber gab zurück: «Wie sich das Licht der Sonne nicht vom Planeten trennen lässt, so bin ich mit dem anderen Mann eins. Es ist dein eigener Vorteil, schickst du mich zu ihm zurück.» Als er auf ihre Worte nicht eingehen wollte, schrieb sie ihm einen so bewegenden Brief, dass er sie zurück an den Hof von Orrcha ziehen ließ.

Diese Geschichte, die seine Frau erzählte, hörte sich auch Mr Varma mit Vergnügen an.

«God invented the maharajas to give the world a spectacle!», stellte er fest.

Es herrschte unerträgliche Hitze, und der Wagen ruckte auf der Landstraße hoch und runter wie ein Ochsenkarren auf unebenem Feld, als der Schwarze Prinz, der nun vorne, auf einem Mittelsitz, zwischen Mr Varma und dem Chauffeur, saß, seinen asketischen Kahlkopf zwischen den Kopfstützen nach hinten wandte, um Ganga und mir zum wiederholten Male seine Theorie der Allheilwirkung von Kuhharn zum Besten zu geben.

«Cowurin is the best for any disease. Every morning and every evening drink cowurin!»

Das Wort «cowurin» hatte inzwischen für mich jede Komik eingebüßt, hallte als medizinischer Begriff wie Aspirin oder Penizillin an meinem Ohr vorbei. Niemals würde ich mir mit der Trunkenheit eines Skarabäus eine Pille aus Dung einverleiben, dem Glauben hingegeben, dass aus der Einnahme von Mist reine Haut und ein langes Leben erfolgen. Und doch stellten sich manchmal Momente ein, da ich den Schwarzen Prinzen fest ins Auge fasste und mich fragte, ob dieser Mann, der im alten Frankreich als *honnête homme* gegolten hätte und der mit religiöser Inbrunst die Präparate der pharmazeutischen Industrie verdammte, mit seiner Theorie vielleicht gar nicht so im Unrecht war.

War nicht der Garten meiner Mutter ein Beweis seiner Hypothese? Förderte nicht erst der in drei Komposthaufen sorgsam herangezogene Dünger die rundesten Auberginen und die höchsten Madonnenlilien zutage? Und was war zu den Rosen zu sagen, zu *Honorine de Brabant*, zu *Kaiserin Auguste Victoria*, zu *Mme Sancy de Parabère* oder *Prospero*, allesamt Rosensorten, die mithilfe von Hühnermist in ein Blühen gerieten, als schöpften sie aus den Geflügelexkrementen Farbreichtümer, die sich eine Madame Vigée-Lebrun, mit großem ökonomischem Aufwand, bei den exquisitesten Farbherstellern von Paris hatte erwerben müssen?

Die starke Wirkung der Hühnerjauche auf das Gedeihen der Rosen erstattete den ihnen jeweils verliehenen Namen auch die alte Leuchtkraft zurück. Eine kümmerlich vor sich hin blühende *Honorine de Brabant* mit gelb angelaufenen Blättern rief eben nicht das Sinnbild einer Rose wach, sondern das Antlitz einer von Hogarth gemalten Gelbsüchtigen.

Die Pflanzen im Garten meiner Mutter gediehen demnach unter der Einwirkung von Kot aufs Beste, wobei sie komplizierte, delikate Farbtöne aus den Blüten hervortrieben, Färbungen, die ansonsten nur noch am Firmament oder in einem Schmetterlingsflügel zu finden sind, wenn Regen und Sonne im Verein den Regenbogen schufen oder der Aurorafalter über einen Waldtümpel flatterte.

Nicht, dass ich mir insgeheim erhoffte, durch Einnahme von Kuhmistpillen einen kupferfarbenen Teint zu erwirken oder artemidische Kräfte zu entwickeln, aber ich begann nun doch gelegentlich ein gewisses Interesse für die heilkundigen Theorien des Schwarzen Prinzen zu entwickeln.

Ich würde meiner Mutter, die mit dem Baron den Hang zum Gesundheitsfanatismus teilte, drei Packungen Kuhmisttabletten mitbringen.

In den vergangenen fünfunddreißig Jahren war sie zu einer steinreichen Frau geworden, einer Frau, reich an Steinen, die keine Gelegenheit ausließ, mir einzureden, wo auch immer ich mich befände, Steine aufzusammeln. Steine waren zu ihrer zweiten Natur geworden. Ohne Steine wäre sie vollkommen ratlos gewesen.

«Ich gehe nie aus dem Haus, ohne mit einem Stein zurückzukehren! Es lohnt sich, den Blick auf seinen Wegen offen zu halten. Da liegt immer irgendwo ein schönes Exemplar!»

Wenn ich ins Auto stieg, um an den See zu fahren, stürzte sie aus der Balkontür und rief mir über den Hof zu: «Und vergiss nicht, einen Stein mitzubringen!»

Steine waren die Achse, um die sich alle ihre Gespräche und Träume drehten.

Das Haus, das sie nach meiner Geburt gemeinsam mit meinem Vater am Gardasee gekauft hatte, bot, so unbequem und absurd es gebaut war – ein Ziegenstall an rutschendem Berghang –, ausreichend Raum für ihre architektonischen Schwärmereien aus Blättern und Steinen.

Wer ihr in der Vergangenheit bei dieser verborgenen, ihre Phantasie beherrschenden Raserei zugesehen, wer beobachtet hatte, wie sie vor ihrem inneren Blick florentinische Gartenanlagen und maurisch hohe Mauern erstehen ließ, wie sie sich in Visionen von Buchsbaummäandern und Orangerien verlor, wie sie Lastwagen voller Steine auf ihr Grundstück rollen und das Wappenschild ihres dritten Ehemannes durch dichtes Efeugerank hindurchschimmern sah, wer ihre Zeichnungen auf Einkaufszetteln oder auf den Rändern der von ihr gelesenen Buchseiten kannte, wer sie Blumensamen kaufen und Zementsäcke bestellen sah, der hatte mit Ironie im Blick gelächelt und dabei schwören können, dass sie nie, niemals auch nur eine einzige ihrer Einbildungen verwirklichen würde, und doch, nach fünfundvierzig Jahren unstillbaren Verlangens, aus einer Baracke ohne Seeblick etwas Bewohnbares zu machen, war, Stein auf Stein, aus einem Wahnbild ein großes Haus mit Terrassen, Balkons, Kaminen und bemalten Zimmerdecken geworden.

Jeder andere Mensch hätte beim Anblick des zusammenstürzenden Ziegenstalls von vornherein aufgegeben, gar nicht erst gewagt, auf Misthaufen das Phantom eines kleinen Landgutes aufsteigen zu lassen. Jeder andere Mensch hätte sich auf dem Grundstück eine Hängematte zwischen zwei Olivenbäume gespannt und alle architektonischen Ambitionen fahren lassen, doch meine Mutter lebte, voll gleichsam tragischen Optimismus, der Verwirklichung eines Idealbildes entgegen.

Die Sonaten von Schubert? Nein, fünfundvierzig Jahre lang hatten Hammerschläge und das Rotieren von Betonmischmaschinen die Luft des Grundstücks erfüllt.

Mein armer Vater, der an einen italienischen See gezogen war, um dort in Ruhe seine Bücher zu schreiben, hatte ja vor dem Umzug aus Deutschland nicht ahnen können, dass seine Frau vorhatte, den Rest ihres Lebens einer Baustelle vorzustehen und ihre Stunden lombardischen Maurern zu widmen.

«Wo ist meine Spitzhacke?», war eine Frage, die er häufiger als die nach seinem gesundheitlichen Ergehen hörte. Die Rage, aus dem verwilderten Land ein vollkommenes Stück Geometrie zu schlagen, benebelte ihren Blick auf die ernsteren Dinge des Lebens wie die seelische und gesundheitliche Beschaffenheit ihrer drei Ehemänner.

Meine Mutter beaufsichtigte die Bauarbeiten auf ihrem Grundstück wie eine halb blinde Coco Chanel der Steinwelt. Die Maurer standen unter der Knute ihrer hochtrabenden Phantasie, die sich ihre Vorbilder bei keinem Geringeren als einem Le Nôtre oder einem Piranesi suchten. Nur die Modelle von Schloss Grignan, wo der Landschaftsarchitekt Ludwigs XIV. André Le Nôtre für den Comte de Grignan einen kleinen Garten anlegte, oder die imaginären Gefängnisse von Giovanni Battista Piranesi trösteten sie während viereinhalb Jahrzehnten über die Wirklichkeit hinweg. «Es wird einmal eine kleine Burganlage werden, warte ab!», schwärmte sie oft vor sich hin. «Du wirst deiner Mutter noch einmal dankbar sein!»

Eines ihrer jüngsten Vergnügen bestand in der Dokumentarfilmserie des Hessischen Rundfunks über Schlösser in Hessen und in einer frühabendlichen Gartensendung auf 3sat. Während der ersten Sendung litt sie bei dem Vergleich mit ihrem eigenen Besitz, doch während der anderen triumphierte sie über die Gärtner, denen es in ihren Augen an Einbildungskraft und Visionen fehlte. Den Adligen im Fernsehen trat sie in Konkurrenz gegenüber. Doch schließlich gelang es ihr, auch über die hessischen Barone und Grafen zu obsiegen. «Ich habe alles allein aufgebaut, während die sich nur auf die Steinhaufen ihrer Vorfahren zu setzen brauchten! Ich würde auch gerne morgens in einer Lodenjacke Apfelkuchen backen, wenn meine Urgroßmutter die Aufsicht über die Bauarbeiten für mich übernommen hätte! Sei du nur froh, dass ich dir die größte Arbeit abgenommen habe!»

Die Nichte des Königs konnte sich eines Lachanfalls nicht

erwehren, als der Baron im Ton predigenden Ernstes eine heile Welt aus Kot und Urin heraufbeschwor. Sie presste ihre linke Hand gegen den Mund und blickte aus dem Fenster.

«Dieser Mann ist ja so etwas von geisteskrank!», flüsterte sie. «Stell dir vor, man würde ihn ernst nehmen! Nichts auf der Welt ist mehr zu fürchten als Gesundheitsfanatiker! Solchen Exemplaren hat man wie der Pest aus dem Weg zu gehen. Wenn er nur nicht so entwaffnend wäre!»

Der Wagen passierte die Bahnschranken von Moth, und wir befanden uns wieder im Gebiet von Samthar.

In schnellem, heftigem Strudel stürzte das Kanalwasser durch die Felder. Nur vor wenigen Nächten hatte ein betrunkenes Mitglied der Kongress-Partei die Gewalt über sein Motorrad verloren, war in den Kanal gestürzt und ertrunken.

Büffelherden zogen über die Landstraße. Hirten standen in den Feldern. Unter einem Regenbaum verbrannte ein eingewickelter und verschnürter Leichnam auf einem Feuer, neben dem zwei Männer hockten.

Bald bahnte sich der Wagen, wie ein Mistkäfer durch schwere Erde, langsam und vorsichtig einen Weg zwischen den Lehmmauern eines Dorfes hindurch, bis er nicht mehr weiterkam und auf einem kleinen Platz stehen blieb.

Der Schwarze Prinz hatte den Besuch der Nichte des Königs durch einen Anruf angekündigt. Von allen Seiten strömten die Bewohner des Dorfes um den Wagen zusammen, dem Ganga mit ihrem Regenschirm entstieg, wobei sie den grünen Sari mit der rechten Hand leicht in die Höhe raffte und, vom Baron, ihrem Mann und mir gefolgt, zwischen den Hütten und Häusern in eine schmale, wasserdurchronnene Gasse eintrat, auf der nackte Kleinkinder mit Ziegen und Hunden spielten.

Lange, tropfnasse Grashalme zwischen den Zähnen, starrten

Büffel hinter niedrigen Mauern hervor. Von Fliegen bestürmt, schlugen am Gassenrand liegende Hunde mit stark heraustretendem Gerippe ihre verkrusteten Schwänze auf den Boden, um die kleinen Angreifer zu verjagen. Über den Strohdächern segelten Papierdrachen, und vor dem Eingang eines Tempels stießen zwei Böcke ihre Hörner aneinander. Wie die mageren Hunde bewegten die im Schatten der Bäume stehenden Kühe ihre Schwänze und Ohren, um Mücken und Fliegen zu vertreiben.

Ganga watete, nach rechts und links schwatzend, umschwirrt von einer Kinderhorde, durch das rinnende Wasser der schmalen Gasse, während ich mir Einblicke durch die offenen Türen und Fenster der meist aus Lehm gebauten Häuser verschaffte, wo die Menschen dieses Dorfes mit ihren Tieren lebten.

Vor den Türen standen *Charpois*, die indischen Betten, Küchenutensilien lagen herum, Tische oder Stühle waren kaum zu sehen. Dunkel reihte sich Raum an Raum, doch blitzte mir im Vorübergehen aus jedem Haus ein girlandengeschmücktes, von Silberflitter oder Lichterketten umhangenes Götterbildnis entgegen.

Ohne Religion kann sich die Familie eines indischen Dorfes nicht halten.

Leontjew zufolge war es Alexander Herzen, der einmal schrieb: «Eine Familie ohne Ikone in der Ecke, ohne Penaten am Herd, ohne Koran über dem Eingang ist nichts anderes als schreckliche Prosa und sogar ein Kerker.»

Die Sehnsucht der Leute, den Sinn ihres Herzensgottes durch blinde Verehrung in Erstaunen zu setzen, die Überzeugung, ihre *Devas* durch Opferspenden aus ihren Welten hervorlocken zu können, all das sprach vom ungesättigten Hunger nach göttlicher Gesellschaft.

Die Nichte des Königs machte am Ende der Gasse auf einem kleinen Platz halt, wo sich längst die Kunde von ihrer Ankunft verbreitet hatte.

Sie war gekommen, um die Schlangen zu sehen, die von den Männern dieser Gemeinschaft gehalten wurden.

Stühle wurden herbeigetragen und im Kreis aufgestellt. Bald war der Platz dicht gefüllt mit einer Schar von Frauen, Männern und Kindern, die sich mit vor Neugier strahlenden Mienen, eine Ziege an der Leine, einen Säugling im Arm, um die Stühle herum aufgestellt hatten, um dem Spektakel beizuwohnen. Die Frauen hatten die Säume ihrer Saris bis übers Kinn gezogen.

Auch die Greisinnen und Greise, die vor den Türschwellen ihrer Häuser in der Hocke gesessen, Erbsen geschält oder Düngerfladen geformt hatten, erhoben sich und kamen schlurfend, gebeugt oder am Stock herbei.

Anders als die Bauern und Handwerker, als die Beamten, Schüler und Geschäftsmänner aus Samthar trugen die Männer aus diesem Dorf Schmuck, wie es im alten Indien gang und gäbe war, gemäß einem Gebot aus der *Manusmriti*, das diesen Männern noch ins Blut geschrieben stand: «Am frühen Morgen soll man sich entleeren, seinen Körper schmücken, die Zähne putzen, schwarze Augensalbe um die Augen auftragen und die Götter verehren.»

Wie die in die Haut des Walfisches eingravierten Rautenmuster oder wie die schwarz-weißen Streifen im Fell des Zebras war hier der ein Leben lang getragene Schmuck der Männer zu einer Geheimschrift der jeweiligen Physiognomie geworden.

Vertrauen erweckend sahen diese Gestalten nicht aus, die einer niederen Kaste angehörten, welche seit undenklichen Zeiten ihren Lebensunterhalt durch Einfangen und Zurschaustellung von Kobras gewann. Sie bildeten eine dem Schlangenkult entstammende, der Musik und dem Tanz zugetane Kolonie.

Ich blickte in die feingezeichneten Züge eines uralten Geschlechts.

Seit Anbeginn ein Stamm von Vagabunden, hatten sie es sich stets dort eingerichtet, wohin die Not sie verschlug, doch auf diesem abseits gelegenen Stück Land des Maharajas hatten sie in einem Dorf aus Lehmhäusern eine sichere Heimat gefunden.

Woran dieses wetterfeste Volk glaubte, ob an Naga, die Schlangengottheit, oder an Gott Shiva, den Tänzer, konnte mir Ganga nicht sagen.

Wie der Großteil der Bevölkerung dieser Gegend betrieb auch dieser alte Stamm inzwischen Landwirtschaft, doch hin und wieder brachen seine Männer mit ihren Schlangen auf, um sie auf den Märkten, den Festen oder den Festungen der Provinz zur Schau zu stellen und tanzen zu lassen.

Eine Kobra zu fangen erfordert Mut und Geschick. Es ist eine Tätigkeit, bei der einem der Tod auf Schritt und Tritt begegnet.

Den Augen der Schlangenzüchter war abzulesen, dass sie eines fürchterlichen Mutes fähig waren. Das Leben mit den Kobras hatte das Licht ihres Blickes verändert. Etwas Unheimliches blitzte aus den schrägen Augen hervor. Es lag der Ausdruck eines geschärften Instinkts darin, als ob die harten Lebensbedingungen ihrer Vorfahren und die Gemeinschaft mit den heiligen Tieren ihre Sinne geschärft hätten wie Messerklingen.

«Man soll wissen, dass das Veda-Studium einen Tag und eine Nacht unterbrochen werden muss, wenn ein Opfertier, ein

Frosch, eine Katze, ein Hund, eine Schlange, ein Mungo oder eine Ratte zwischen Lehrer und Schüler läuft», heißt es in der *Manusmriti.*

Die Flinkheit ihrer starken und zugleich gelenkigen Körper rührte vielleicht aus den Bewegungen, mit denen sie auf Schlangenjagd eine dahinschnellende Kobra ergriffen und einfingen. Ihnen war die Sicherheit im Umgang mit den Gefahren des Daseins aus der im Umgang mit diesen Tieren erwachsen.

«Fürwahr, wer gedeihen will, soll niemals einen Kshatriya, eine Schlange und einen gelehrten Brahmanen geringschätzen, wie schwach auch immer sie sein mögen. Denn diese drei brennen einen Mann nieder, wenn sie geringgeschätzt werden; deshalb missachtet ein Weiser diese drei niemals», so *Manus Gesetzbuch.*

Jeder fromme Hindu weiß, dass Tötung oder Schädigung einer Schlange seinem Haushalt Unglück bringen kann. Findet der Fromme eine Natter in seinem Haus, so setzt er alles daran, sie zu besänftigen. Er füttert sie und trägt das beruhigte, satte Tier in eine entlegene Gegend, ohne zu vergessen, ihr seinen Segen mit auf den Weg zu geben.

Die Menschen dieses Dorfes, so der Schwarze Prinz, unterlagen immer noch mit Haut und Haaren den Geboten ihrer Kaste, deren Ursprung im Dunkel der Zeiten lag.

Auch wenn Hitze, Kakerlaken, Krankheiten, Armut und Staub sie peinigten, auch wenn die Gesetze ihrer Kaste eisenhart mit ihnen verfuhren und ihr Vagabundenblut es ihnen untereinander nicht leicht machte, so hatte augenscheinlich keiner von ihnen im Sinn, das Leben mit den Schlangen für ein anderes aufzugeben.

Für den Kobrabändiger war Geld immer noch eine Sache des Glücks. Es konnte aus dem Portemonnaie eines Maharajas wie aus der Hand eines Kindes kommen, das auf einem Jahrmarkt vom Anblick der magischen Männer und ihren Schlangen getroffen wurde.

Das Oberhaupt der Gemeinschaft war ein schöner Mann mit hohen Wangenknochen, einem grauen, auf der Brust spitz zulaufenden Bart und grünen Augen.

Um seinen Kopf war ein kobaltblauer, von weinroten Streifen durchwirkter Turban geschlungen, um die Hüften lag ein schwarzes, bis auf den Boden reichendes Tuch. Breite Armreifen aus Holz umfassten seine Handgelenke.

Er bahnte sich einen Weg durch die Menge und hockte sich in der Mitte des Schauplatzes auf den Boden, wo er in geringer Entfernung seinen Schlangenkorb aufgestellt hatte, dessen Deckel er nun mit seinen beringten Fingern hob.

Die Kinder des Dorfes, kleine Mädchen und barfüßige Jungs mit schwarzen, amulettbehangenen Lederschnüren um den Hals und westliche Lumpen am Körper, blau-weiß geringelten Pyjamahosen oder zerschlissenen Jeans, rückten zwischen den Beinen der Zuschauer hervor und stellten sich in einigem Abstand um das Oberhaupt auf.

Die Sonne brannte auf das Dorf herab, während der Mann unter Geflüster und Gemecker, Geschiebe und Gerangel die verblichenen, den Korb zudeckenden Tücher zur Seite faltete, aus denen sich zum Entzücken der Kinder eine blassbraune Kobra mit einem kleinen, abgeflachten Kopf und rundsternigen Augen emporstreckte. Doch nach einem müden Blick in die Runde rollte sich das Tier wieder zwischen die Tücher seines Heimes zurück, und das Dorf brach in Gelächter aus.

Man rief nach dem Dorfältesten. Triumphierend trat er in den Kreis, ein bärtiger Greis mit hagerem Körper und einem tomatenroten Tuch um den Kopf.

Das Alter, dieser Räuber der Schönheit, hatte sein Antlitz nicht entstellt. Seine Beine waren zwar dünn wie Spazierstöcke, sein Brustkorb hohl wie ein trockener Kürbis, doch sein Gesicht von starkem, kindlichem Ausdruck.

Er stolzierte mit seiner hölzernen Klarinette, an deren Ende ein kleiner Kürbis angebracht war, im Kreis und stampfte zu seiner kläglichen, eintönigen Weise mit den Füßen auf, dass Staubwolken aufstiegen. Er ging in die Hocke und hob den Deckel des Korbes. Die Kobra reckte ihren Leib empor und starrte den Alten in majestätischer Haltung wie eine Bildsäule an. Er streckte ihr seine rechte, zur Faust geballte Hand hin, der sie entgegenzuckte, ohne nach ihr zu beißen. Dann senkte sie sich wieder in ihr Lager zurück.

Unter erneutem Gelächter riefen nun alle nach dem Sohn des Oberhauptes.

Ein schöner Mann erschien auf dem kleinen, von Zuschauern dicht umstellten Platz. Er trug kurzes, nach hinten gekämmtes Haar, ein aschblaues, um die Stirn gewundenes Tuch und metallene Ohrringe. Seine schmalen Füße steckten in schmutzigen Plastikschlappen, sein Hemd war an den Pulsen zerrissen. Sichtlich von der strengen Hand des Vaters erzogen, hatten seine Augen den Stolz des Gehorsamen.

Ich kannte diese Augen. Ich kannte den Sohn des Oberhauptes. Er war es gewesen, der mir vor fünfunddreißig Jahren einen Kuss und einen Ring gegeben hatte.

Er ging in die Hocke und hob den Deckel des Korbes.

Das Tier streckte sich aus den Tüchern empor und breitete den Hals weit aus, so dass die großen Augen auf dem Schuppenpanzer sichtbar wurden, doch dann rollte es sich wieder im Korb zusammen.

Der Mann zog nun eine Flöte hervor und spielte. Diese

Musik reizte, ja, erzürnte nach einer Weile das Tier, bis es bösartig zu züngeln und zu fauchen begann, doch der Blick des Flötenspielers blieb unablässig fest auf es gerichtet, ohne dass er sein Spiel unterbrach. Nach einer Weile wiegte sich die Kobra in schlaftrunkener Eleganz und starrte ihren Gebieter verzaubert und verblüfft an. Da trat er auf die Schlange zu, streckte seine Zunge heraus und leckte ihr einmal über den flachen Kopf. Diese Berührung riss das Tier aus seiner Verzauberung. Zornig streckte es sich in die Höhe, wie um sich dem Mann entgegenzuwerfen, doch der packte die Schlange, legte sie zurück in den Korb und verließ unter Rufen der Hochachtung den Schauplatz.

***

Bei der Rückkehr auf das Fort rief der König mich in den kleinen, neben dem Eingangstor gelegenen Audienzraum.

Die hohen Türen zum eigentlichen Thronsaal, der *Durbar*, wurden seit dem Tod des Vaters nur noch selten geöffnet. Im Gleichschritt mit der langsamen Abnahme der königlichen Autorität bröckelte auch der ehemalige Repräsentationssaal vor sich hin.

Seit etwa einem halben Jahrhundert hatte sich das politische Zentrum der Burg in den Raum neben dem Eingangstor verlegt, der einst der Wachmannschaft als Unterschlupf diente.

Die Größe dieses kleinen Raumes entsprach der neuen Größe des jetzigen Maharajas, der sich, wie schon sein Vater, durch die politischen Wandel in seinem Land gezwungen gesehen hatte, den in jedem Sinne weiten Raum um sich herum auf ein demokratisches Maß zu reduzieren, das König und ehemalige Untertanen auf dieselbe Höhe stellte.

Außer einigen gerahmten Fotografien erinnerte hier nichts an die einstige Macht der Samthars. Eine der Aufnahmen stammte aus der Regierungszeit Indira Gandhis. Darauf war der junge Maharaja abgebildet, wie ein römischer Aurigenlenker neben Indira Gandhi in einem Cabriolet stehend, von einem roten Schal umwickelt, aus dem sein kleiner, zarter Kopf mit den großen Frauenaugen ragte.

Wer hier eintrat, sah sich in ein englisches Kleinbürgerwohnzimmer aus den Sechzigerjahren des vergangenen Jahrhunderts versetzt. Ein beigefarbener Filzteppich streckte sich von der schmalen Eingangstür bis zu einer grünen Polsterelementgruppe, die aus einer Couch und drei um den Couchtisch platzierten Fauteuils bestand. Auf einem alten Fernsehapparat verblühte seit Jahrzehnten ein Strauß roter Plastikrosen in einer Kristallvase.

Ein Ohrensessel diente dem König als Richterstuhl. Von hier aus hielt er seine Ratssitzungen ab, als Bürge in Geschäften, als Zeuge in Prozessen. Oft saß er auch stundenlang in Rechnungen vertieft, die die Machenschaften der landwirtschaftlichen Betriebe betrafen.

Der Maharaja verstand es, als weiser Staatsmann vor den Leuten zu erscheinen und ihr altes Bild von einem gerechten König nicht zu verzerren, doch war er auch von Natur aus mit einem großen Sinn für Redlichkeit begabt.

Sein Blick ruhte ruhig und ohne Neugier, streng und zuweilen leicht ungehalten auf den Leuten – ein Blick, der sich in jedem Augenblick brechen und liebevoll beschützend oder zornig werden konnte.

Die Männer, Frauen und Kinder, die, hatten sie einmal Einlass erhalten, barfuß den Raum betraten, betrachteten den Maharaja von Samthar immer noch als Hüter des Rechts, Ord-

nungsstifter und Streitschlichter. Er war zwar seiner Krone, doch nicht der Substanz seiner Macht beraubt.

Hier herrschte immer noch ein Rest des alten Aberglaubens, dass Übel und Krankheiten durch königliches Handauflegen geheilt werden könnten. Mütter schoben ihre Kinder vor den Ohrensessel, damit der König ihnen einmal übers Haar strich.

So klein und karg dieser Raum war, so spürte jeder, der ihn betrat, dass der alternde König noch nicht zu einem machtlosen Namen herabgesunken war. Maharaja Ranjeet Singh IV. war auf seine Art immer noch der Hüter des *Dharma*.

In diesem prunklosen Audienzraum herrschte ein Rechtssystem, das in seiner Bedeutung für die Bevölkerung dieser Gegend in nichts dem staatlichen Rechtswesen nachstand. Natürlich gab es in Jhansi und in anderen Städten von Madhya Pradesh und Uttar Pradesh Gerichtshöfe, doch waren deren Rechtspraktiken oft zu teuer, zu unpersönlich und abstrakt für eine Kastengesellschaft, bei der es eine völlige Gleichheit vor dem Recht auch heute noch nicht gibt.

«Der König soll die zitternde Stimme von Kindern, Alten und Kranken erkennen, wenn sie falsches Zeugnis ablegen, ebenso die von verwirrten Personen», rät die *Manusmriti* und fügt hinzu: «Wie ein Jäger das Wild durch die Blutspuren aufspürt, so soll der König den Weg des *Dharma* durch Schlussfolgerung finden.»

Wie die Pythia auf dem Dreifuß saß der Maharaja auf seinem Sessel, um Bauern, Lokalpatrioten, kleinere und größere Minister jeglicher politischer Couleur, Geschäftsmänner, Bittsteller aller Art, klagende Witwen, Dorfälteste, hintergangene Ehefrauen, Diebe, Priester, Asketen, betrogene Ehemänner, Glücksspieler, verliebte Jungen oder ihren Familien entflohene Mädchen zu empfangen.

Er hörte sich ihre Geschichten und Anliegen an, die sich nicht sehr von den Geschichten aus dem ersten Jahrhundert vor Christi Geburt unterschieden. Ehemals wie heute ging es um Zwist zwischen Viehbesitzern und Hirten, um Grenzstreitigkeiten, Ehebruch und Vergewaltigung, Glücksspiel, Wetten, Diebstahl oder Erbrecht. Auch die Nichtbegleichung von Schulden oder der Verkauf ohne Eigentumsrecht waren Gegenstände der Streitereien.

Wie zu Zeiten des *Mahabharata* war die Zufriedenheit der Bauern immer noch die Grundlage für die Wohlfahrt in Samthar.

Ein alter Mann mit einem um den Kopf gewundenen Tuch trat ein. Er trug ein weißes, langes Hemd und einen *Dhoti*, unter dem seine dünnen Beine hervorsahen. Mit gebrochener Stimme und gesenktem Blick begann er zu sprechen, hin und wieder von einem Wutschrei des Königs unterbrochen, der mir die Geschichte weitererzählte.

Dieser Bauer besaß einen Traktor. Vor einigen Wochen hatte ihn sein Nachbar darum gebeten, den Traktor ausleihen zu dürfen, um damit seine vielköpfige Familie zu einem entlegenen Tempel zu fahren. Auf der Strecke kippte der Wagen um, wobei zwei Mitglieder der Familie ihr Leben verloren. Der Nachbar verklagte nun den Alten, der in seiner Not den König aufsuchte. Dieser versprach, den Kläger aufzusuchen, um das Unglück abzuwenden.

Meist saß der König still da, bis sich die Erzählungen erschöpft hatten. Wie ein Bibliotheksschrank war er mit den Geschichten seiner Leute und seines Landstriches angefüllt. Ich beneidete ihn um diesen Reichtum, der allerdings unter den Sorgen des Alltags in seinem Gedächtnis begraben lag. Unkünstlerisch wie er war, stand er diesem Schatz auch gleichgültig gegenüber. Für ihn zählte nur die Stunde und das treffende Wort im entscheidenden Augenblick.

Hatten sie ausgeredet, warteten die Leute stumm auf sein Urteil, seine Unterschrift oder sein Kopfnicken. Er sagte nie sehr viel, doch das wenige, das er sprach, wurde bedachtsam aufgenommen.

Für ihn selbst ging es darum, nicht nur Frieden zu stiften und für Ordnung in den Familien zu sorgen, sondern sich seine Wähler warmzuhalten, ihre durch die Medien immer unsicherere Gesinnung zu festigen, um seine Partei, seinen Haufen Steine und somit seinen Namen zu retten.

«Ausdauer ist die mächtigste Waffe», bemerkte er, als er aufgestanden war, um den alten Bauern liebevoll aufzuheben, der sich ihm zu Füßen geworfen hatte, den Boden mit der Stirn berührend.

Wohin würde ihn seine Ausdauer führen? Bereits jetzt war die Festung eine Nekropolis, über der Geier und Reiher kreisten. An dem Tag, da der König das Zeitliche segnen würde, würden seine *cronies* und Diener ihren Halt verlieren. Mit dem Tod des Maharajas würde das kleine Reich für immer untergehen.

«Mr Kumar ist der Apotheker aus Samthar», rief mir der König aus seinem Sessel zu, als ein junger Inder in einem makellos sauberen Hemd und mit glühender Dienstbereitschaft im Ausdruck den Raum betrat.

Das Gesicht des wohlgenährten Mannes wurde von einem penibel geschnittenen Schnurrbart in zwei pralle Hälften geteilt. Um seine aufgeworfenen Lippen lag das Lächeln eines wohlerzogenen Kindes.

Wie der Arzt von Samthar gehörte Mr Kumar zu jenem Schlag von Männern, die zeit ihres Lebens mit dem Eifer von Klassenbesten existenzielle Abwege oder Irrwege meiden. Es war ihr Glück, dass sie eines der schönsten Gedichte des Griechen Konstantinos Kavafis nicht kannten:

Derjenige, der seine Seele stärken will,
Muss über Respekt und Unterwerfung schreiten.
An einigen Gesetzen wird er festhalten,
Doch zumeist wird er Gesetze
Und Sitten verletzen und über die festgelegten,
Unzulänglichen Normen treten.
Von der Sinnenlust wird er viel lernen.
Er wird sich vor der zerstörerischen Tat nicht fürchten:
Das halbe Haus muss abgerissen werden.
So wird er tugendhaft zur Weisheit wachsen.

Mr Kumar erfreute sich der höchsten Wertschätzung des Maharajas. Wie ich später von Ganga erfuhr, war er schon als kleiner Junge in den Genuss der Großmut und Zuneigung des Königs gekommen.

«Ein fähiger Kopf» nannte ihn der Maharaja, der ihm durch einen liebevollen Blick seine Anerkennung zu verstehen gab, denn so frivol er manchmal redete, so lagen ihm nur die fleißigen und aufrichtigen Männer am Herzen. Der Apotheker war fleißig, aufrichtig und bis zum Bersten fromm.

Diesem Mann nun vertraute der König eine Perlenkette mit zerbrochenem Verschluss an, doch bevor er sie ihm übergab, hielt er die Kette in die Höhe und prüfte im einfallenden Sonnenlicht den Glanz ihrer Perlen.

Wie die Pandavas und die Kauravas aus dem *Mahabharata*, wie alle Götter und Halbgötter des hinduistischen Pantheons und wie alle seine Vorfahren hatte der König eine Schwäche für Schmuck.

Der Hof von Samthar hatte viele Juweliere gesehen, die in ihren Werkstätten Geschmeide für die Männer, Frauen und Kinder des Königreiches fertigten.

Schmuck spielte im Leben der indischen Fürsten eine überragende Rolle. In der *Manusmriti* heißt es, dass ein Goldschmied, der sich unehrlich verhält, der übelste aller Dornen ist: «Ihn soll der König mit Rasiermessern in Stücke schneiden lassen.»

Es war, als wenn Männer und Frauen nicht nur mit den bunten Stoffen ihrer Gewänder, sondern auch mit funkelnden Ohrringen und Ketten der vom Übel getrübten Welt den Glanz der Vollkommenheit zurückgeben wollten.

Dass Berge, Meere und Erde Gold und Silber, Edelsteine und Perlen bergen, ist dem Inder vielleicht ein Beweis, dass sich das Göttliche verborgen hält, dass der Mensch nach seinem Licht, nach seinem Glanz graben muss.

In keinem anderen Werk der Weltliteratur spielt Schmuck eine so wesentliche Bedeutung wie im *Mahabharata*, dessen Helden nicht nur weise und gut wie die Götter, sondern auch schön wie sie sein wollen. Über den Leichen auf dem Schlachtfeld liegt der Glanz einer höheren, poetischeren Welt: «Am Abend war das Schlachtfeld mit unzähligen Toten übersät, deren Körper von feinen Kleidern bedeckt und mit Edelsteinen geschmückt waren und von deren Nacken Girlanden hingen.»

Die Frau des Maharajas, geboren aus einem Geschlecht von Königen, aufgewachsen unter Prinzen und Prinzessinnen, sie selbst eine Prinzessin, war eine lebende Schmuckschatulle.

Dass ich so viele Stunden des Tages in der Gesellschaft eines Buches verbrachte, stimmte den König skeptisch. Er war unter Damen erzogen worden, die sich vornehmlich mit Schmuck beschäftigten. Seine eigene Frau, behauptete er, hätte niemals in ihrem Leben ein Buch angerührt.

«Wenn eine Frau zu viele Bücher liest oder, schlimmer noch, wenn sie malt, dann stimmt mit ihr etwas nicht. Wer glücklich verheiratet ist, hat nicht viel Zeit zum Lesen», lautete seine Meinung.

Ich blickte an meiner bedauernswert ungeschmückten Gestalt herab. Aus der Perspektive des Königs fehlte mir alles, was eine glückliche Frau ausmacht. Ich lächelte.

Mr Kumar verließ gerade voller Eifer, die Sendung des Maharajas zu erfüllen, den Audienzraum, als sich ein anderer Herr zu den Männern gesellte, die sich hier eingefunden hatten. Er zählte ganz augenscheinlich nicht zur engsten Entourage des Königs, musste jedoch, seinem Benehmen nach, eine tiefere Beziehung zu ihm besitzen.

Dieser Gestalt haftete, im Unterschied zum Schwarzen Prinzen oder zum Baron mit dem Eisbärblick, nichts Vornehmes an. Von gedrungenem Wuchs und mit einem kugelrunden Bauch, den er mit Stolz, als berge er Goldmünzen darin, unter einem knielangen, himmelblauen Hemd vor sich her trug, erinnerte er an einen Beamten aus einer Gogol-Erzählung.

Seine Physiognomie hatte etwas von einer eingeschlagenen Fensterscheibe. Die ungeputzten Gläser einer Brille mit schmaler, ovaler Goldfassung bedeckten seine Augen, aus denen eine blitzende Lebhaftigkeit drang.

Das Brillengestell lag auf einer stumpfen und glänzenden Nase, die über einen schmallippigen Mund hinauswies, dessen Inneres bei näherem Hinsehen ziemlich stark an Stonehenge erinnerte. Aus dem Zahnfleisch ragten nur noch einzelne zigarrenbraune Zahnstümpfe hervor. Roter Betelnusssaft tropfte aus den Falten seiner Mundwinkel auf sein Hemd.

Mr Agrawals Haut war braun wie Nussholz, an manchen Stellen von noch dunkleren Tönen durchfleckt. Seine spärlich gewordenen, seitlich gescheitelten Haare durchzogen rostrot gefärbte Strähnen. Am rechten Ringfinger seiner dicklichen Hand mit den ungepflegten, gelblich angelaufenen Fingernägeln saß fett und strahlend ein Goldring.

Mr Agrawal war etwas aufgeblasen. Es hatte den Anschein, als hielte er sich für einen vornehmen Mann, vornehmlich für einen Mann, der im Leben des Maharajas eine gewisse Rolle spielte.

Er gehörte zu der handeltreibenden und geldverleihenden Kaste der Vaishya. Ein Vaishya soll, wie es in der *Manusmriti* steht, die hohen und niedrigen Preise von Schmuck, Korallen, Metallen, Zwirn, Parfums und Gewürzen kennen.

Dicke Schweißtropfen perlten ihm von der niedrigen Stirn und rannen über seine vollen Wangen.

«Erinnern Sie sich nicht an mich?», fragte er. «Als Sie als Kind in Samthar waren, zu Gast bei *His Highness*, habe ich Ihnen die Milchstraße an unserem schönen Himmel gezeigt. Wie lange werden Sie noch hier sein?»

«Mr Agrawal war lange Zeit Direktor der Barodabank in Jhansi», erklärte der König, «und er schreibt sehr schöne Gedichte in Sanskrit.»

«*His Highness* ist immer so aufmerksam zu mir! *His Highness* übertreibt! Ich schreibe Gedichte, aber ich schreibe keine schönen Gedichte!»

«Er wird heute Abend auf die Burg kommen und etwas vortragen», entschied Ranjeet.

Es wurde vereinbart, dass der ehemalige Bankdirektor mich am Nachmittag zu der Apotheke von Mr Kumar führen würde, um dort meine Zugfahrkarten für die Rückreise nach Neu-Delhi und die reparierte Perlenkette abzuholen.

«I am very delighted», rief Mr Agrawal, aus dem, wie aus den Löchern eines Schwammes, Schmeicheleien und Lobhudeleien nur so hervortropften. «I will wait for you at five o'clock. Too kind, too kind!»

Er berührte mit seiner Hand ein Knie des Königs und verließ rückwärts, unter Verbeugungen, den Audienzraum.

Der Maharaja lächelte seinem demütigen Verehrer mit müdem Blick hinterher.

Später erfuhr ich von Ganga, dass ihr Onkel an manchen Abenden nach Mr Agrawal sandte, damit dieser ihm in seinem verlassenen Reich Gesellschaft leistete, mit ihm Schach spielte und trank. Es kam auch heraus, dass Mr Agrawal dem König einmal eine nicht unbedeutende Summe geliehen hatte und daher mit Vorsicht zu handhaben war.

Nach dem Essen, das ich in der Gesellschaft des Königs und des Prinzen eingenommen hatte, da Ganga mit ihrem Mann nach Jhansi gefahren war, legte ich mich mit der *Manusmriti* unter den Ventilator. Bei der Lektüre entdeckte ich, dass Mr Agrawal im alten Indien wahrscheinlich zu den Menschen gezählt haben würde, die sich wie Katzen benehmen. Wie eine Katze benimmt sich, wer sich den *Dharma* nur auf die Fahne geschrieben hat, der Nimmersatte, der Heuchler, der Weltverfinsterer und der Menschenverführer.

Das Geräusch der leise unter dem Wind des Ventilators vor sich hin flatternden Buchseiten, die nachmittägliche Stille über der Festung, wo die Diener rücklings auf den Böden der kühlen Gänge im Tiefschlaf lagen, die Freude an den silbernen Fußkettchen, die mir Ganga als Geschenk vor die Tür gelegt hatte, das Daliegen auf dem hohen, harten Bett und die aus Sehnsüchten erwachsenen Erinnerungen an lang vergangene Augustnachmittage, als geschlossene Fensterläden der Mittagssonne den Einlass in ein römisches Hotelzimmer verwehrt hatten, lullten mich langsam in einen Schlaf, aus dem mich ein lautes Klopfen an der Tür weckte.

«Mr Agrawal waiting!»

Mein Gott, Mr Agrawal! In meiner trägen Stimmung sehnte ich mich nach keiner Gesellschaft weniger als der von Mr Agrawal, der in der Zwischenzeit, als ich von römischen Hotelzimmern und einem geliebten Körper träumte, von Gedanken ganz anderer Art erfüllt gewesen sein musste. Vor allem hatte er sich einer gründlichen Reinigung unterzogen, seine Fingernägel geschnitten und sich ein sauberes, weißes Hemd angelegt. In den Falten seiner Mundwinkel klebte kein Betelsaft mehr, und in den Augen hinter der blitzblank geputzten Brille leuchtete der kindliche Glaube an die Vernunft, die Zahl und ein sauberes Indien.

Stolzer Eifer schoss in seine Gesichtszüge. Ich spürte, wie ihn von Kopf bis Fuß das Vergnügen beseelte, den Gast des Königs aus den Toren der Festung ins Dorf zu führen.

Die schmeichlerische Unterwürfigkeit, mit der er am Morgen um die Aufmerksamkeit des Maharajas gebuhlt hatte, war einem leicht überheblichen Ehrgefühl gewichen. Mit Sportschuhen an den Füßen stellte er sich in Abwesenheit des Königs auf dessen Höhe. Er schritt mit seinem stattlichen Bauch an meiner Seite einher. Aus der Brusttasche seines Hemdes erklangen indische Schlager.

«What a wonderful music!»

«I love music!», gestand er. «Meine Söhne haben mir diese MP 3 zum Geburtstag geschenkt, damit ich überall und wann immer ich will meine Lieblingsmusik hören kann.»

«Listen! Listen!», rief er euphorisch, als ich mein Ohr seiner Brusttasche näherte.

«Ho Jamalo!», klang es aus der Tasche an mein Ohr, und dabei schnippte Mr Agrawal mit den Fingern, was seine standesstolze Haltung von vorhin etwas ins Schwanken brachte.

«Seit meine Frau tot ist, höre ich von morgens bis abends Musik! Das ist ein schönes Leben! Übrigens, ich habe Ihnen etwas mitgebracht.»

Er reichte mir ein abgegriffenes Notizbuch, das einen dunkelblauen Plastikumschlag trug.

«Lesen Sie es! Blättern Sie darin herum! Es ist interessant!»

«Sie wollen mir doch nicht Ihr Tagebuch anvertrauen? Was ist das für ein Buch?»

Er blieb stehen, reckte sich, lehnte sich leicht zurück, legte seine rechte Hand aufs Herz und sagte: «Seit Jahren schreibe ich jeden Morgen einen Zeitungsartikel, der mir besonders gefallen hat, in dieses Buch ab. Wenn ich die Meinung mit einem Journalisten teile, muss ich seine Worte einfach abschreiben!»

Ich schlug das heftgroße Notizbuch auf, das an das viele Jahre alte Auftragsheft eines italienischen Automechanikers erinnerte, und heftete meinen Blick auf den erstbesten Satz, den Mr Agrawal mit einem blauen Kugelschreiber in der Handschrift eines Schulkindes säuberlich hingeschrieben hatte: «Muslims shower flowers on Hindu revellers.»

Es wollte sich nicht das geringste Verlangen danach einstellen, auch nur eine von Mr Agrawals Abschriften aus *The Times of India* oder aus dem *Telegraph* zu lesen.

«Incredible!», sagte ich, indem ich das Buch, wiewohl ich mir eben noch vorgenommen hatte, es ihm unverzüglich zurückzureichen, in meine Handtasche steckte.

«Das ist ja eine unglaubliche Leistung! Was für eine Arbeit darin steckt!»

Im Nachmittagslicht stolzierten einige Gockel und Hühner

über den Hof. Eine Stute galoppierte unter Staubwolken einsam vor sich hin. Ihr Hufschlag hallte durch die Höfe. Der Prinz saß mit seinem Diener auf der Kanone und schaute einer Gruppe von kleinen Jungen beim Kricketspiel zu.

Als wir durch den letzten Torbogen gingen, blieb Mr Agrawal stehen und blickte indigniert auf den fettglänzenden Schwellenstein, den verwelkte, platt getretene Blüten schmückten.

«This is darkness of mind!», rief er aus. «This stone, my dear, means nothing but people believe it to be holy! This is total darkness of mind!»

Ich blickte auf den mit *Ghee* vollgesogenen, blumengeschmückten Schwellenstein nieder, der im Lauf der Jahrhunderte immer tiefer in die Erde gesunken war, und dachte unwillkürlich: «This is brightness of mind! This stone means many things, Mr Agrawal!», doch hielt ich diesen Ausruf zurück und starrte noch eine Weile auf den alten Stein, der jeden Gläubigen, der das Fort betrat, daran erinnerte, dass Gott über seine Schritte wachte. Er war vielleicht nur ein Symbol, doch enthüllte er jedem Kind unmittelbar seinen Sinn.

Zwischen den steinernen Löwen, die als Wächter vor dem Eingang zum Reich von Samthar standen, hing ein immer noch, im Lauf der Jahrhunderte dünn und dünner gewordener, unsichtbarer Schleier, der das Leben des Königs vom Leben des Volkes trennte. Es war nur noch eine Sache von wenigen Jahren, bis dieses dünne Gespinst endgültig zerreißen würde, doch jetzt, in diesem Augenblick, da ich an Mr Agrawals Seite aus den Mauern des ehemaligen Reiches in das Dorf trat, spürte ich deutlich den Übergang von einer Welt in die andere, so wie die Haut eines Waldspaziergängers die Fäden eines Spinnennetzes wahrnimmt, wenn er unversehens hineingerät.

Kaum waren wir aus dem Portal getreten, wurde die Luft heißer und bedrängender.

Aus den Geschäften, aus den Buden, aus den Straßenständen und Barbierstuben richteten sich alle Augen neugierig auf Mr Agrawal und seine Begleiterin.

Wie das Licht die Mücken zog unser Anblick die Kinder des Dorfes an, die ihre Beschäftigungen unterbrachen und Mr Agrawal wie dem Rattenfänger von Hameln folgten.

Schneider, Schreiner, Barbiere, Schmiede, Maler, Tischler, Bügler und Wäscher hielten in ihrer Arbeit inne und blickten dem Voltaire vom Hofe nach. Einige Männer standen zum Gruß auf. Laute Ausrufe kreuzten sich über unseren Köpfen, und aus manchem Frauenmund drang ein unverschämtes Lachen. Doch der Witwer Mr Agrawal schritt unbeirrt wie Pantalone seines Weges.

Wir kamen an Pyramiden aus Süßigkeiten, an Wänden aus gläsernen Armreifen, an Vorhängen aus Chipstüten, an Stapeln von Schulheften und an Ballen von Anzugstoffen vorüber, passierten ein Kreuzfeuer aus staunenden, anzüglichen und neugierigen Blicken.

Vor einer an eine Bootswerft erinnernden Schreinerei türmten sich Holzscheite, Bretter und Blöcke. Es wurde gehobelt und geschliffen. Sausend schlugen Äxte nieder.

Stränge von Stromkabeln spannten sich über unseren Köpfen. Rinnsale aus schmutzigem Wasser und Kuhharn flossen auf der Straße vor sich hin. Funken aus Schmieden zischten uns an, Hobelspäne flogen uns vor die Füße. Ich sah Bügeleisen, die mit Kohle betätigt wurden, und Männerhände, die alte Nähmaschinen von der Marke Singer bedienten.

Die Handwerker gingen ihren Arbeiten mit kunstwilligem Fleiß nach, der auch die Frauen und Mädchen erfüllte, deren

Hände die Kuhfladenformen, die zum Trocknen vor ihren Häusern lagerten, niemals ohne Sinn für Geometrie anordneten.

Es gab im Dorf keinen Zeitungsstand und keine Polizeistation, doch eine große Bushaltestelle, an der Handlungsreisende mit Aktenkoffern, Wanderasketen oder heimkehrende Söhne ausstiegen.

Die Schuster von Samthar betrieben ihr Handwerk am Straßenrand hockend. Ihnen reichten ein Schusterhammer, das Gummi eines Autoreifens, eine Oberlederschere, einige Nägel und etwas Klebstoff, um das Schuhwerk des gesamten Dorfes instand zu halten.

Vor Blechbuden lagen landwirtschaftliche Geräte zum Verkauf, Misthaken, Dengelhammer, Sensen, Hacken und Rechen. Eintönig erklang der Schlag des Hammers auf dem Amboss. Das kratzende Geräusch von Feuerschaufeln durchschnitt die Luft.

Die Produkte des zivilisierten Bedarfes, wie sie in den Regalen eines westlichen Supermarktes aneinandergereiht sind, waren in minimaler Variation und Quantität vertreten. Coca-Cola und Chips aber wurden geliebt.

Was Mode betraf, so stellte sich die Frage nach Modernität unter der Bevölkerung nicht. Die Frauen und Mädchen trugen Saris, die Kinder Schuluniformen, die jungen und nicht mehr ganz jungen Männer westlich inspirierte Garderobe, während die Alten in ein meist mehr oder weniger weißes Flatterhemd über einem *Dhoti* gekleidet waren.

Ich versuchte mir vorzustellen, wie Samthar aussehen würde, wenn der Unrat nicht mehr von Hufen in die Erde eingestampft, wenn seine Gassen jeden Morgen von einem staatlichen Straßenreinigungsdienst reingefegt und gewaschen, wenn die verwinkelten, zu allen Seiten offenen Häuser zu wasserdichten, einbruchsicheren Zementquadern, wenn die Fenstersimse mit Blumentöpfen und die Fenster selbst mit Scheiben und Jalousien versehen, wenn seine Bewohner in Jogginganzügen alarmbewehrte Türen hinter sich schließen, in stillen, weiß gestrichenen Räumen ihre Computer aufsuchen und auf der Straße Polizisten in neongelben Plastikjacken Strafzettel an die Joche der letzten Ochsenkarren heften würden.

Wir wateten durch schlammige Pfützen, passierten unter Wahlplakaten und aufflatternden Tauben ein verfallenes Stadttor, gerieten in eine schmale Gasse und kamen schließlich vor einem dunklen, sich nach hinten vertiefenden Verschlag zu stehen, der sich als die Apotheke von Mr Aftab Kumar herausstellte.

Hinter der Lade, unter der von einer Marygold-Girlande geschmückten Fotografie des inzwischen verstorbenen Vaters von Mr Kumar, eines ehrwürdigen Bürgers von Samthar, saß ein dicker Junge mit jenem Haarschnitt aus Seitenscheitel und geschorenem Nackenhaar, den alle Jungen von Samthar verpasst bekamen.

Sein Onkel sei nicht da, erklärte er, aber wir sollten eintreten, er werde ihn sofort rufen lassen.

Mr Agrawal bat mich, auf der schmalen, wackeligen Bank im Inneren des Verschlages Platz zu nehmen. Er selber blieb auf der Straße stehen und erteilte Informationen.

Die Welt der Wunderheiler, der Medizinmänner und Kräutersammler, die Welt des Paracelsus und der Hildegard von Bingen hat mich seit jeher in Bann geschlagen. Die ersten alten Gegenstände, die ich als junges Mädchen erwarb, waren Apothekerflaschen. Der Anblick einer solchen Flasche, vielleicht mit der lateinischen Bezeichnung ihres Inhalts in gotischen Schriftzügen aufs Glas geschrieben, versetzte mich in ein höheres Glücksgefühl, vermutlich, weil sich nicht ausschließen ließ, dass sich hinter den Wänden eines solchen Glases Wunder vollziehen konnten.

Die gelben Blüten des Johanneskrautes etwa, die, wie die meisten Blumenblüten, in der Nacht des heiligen Johannes ihren stärksten Duft und ihre größte Wirkkraft entfalten und aus diesem Grund am vierundzwanzigsten Juni gepflückt werden sollten, färben das Öl, in das sie der Kräutersammler legt, mit einem himbeersirupartigen Rot. Woher rührt dieses Rot? Erwächst es tatsächlich lediglich der kleinen Blüte des Johanneskrautes?

Im Garten meiner Mutter wuchsen Kamille, Pfefferminze, Wermut, Baldrian, Lavendel, Mohn und viele andere Heilkräuter, die ich trocknete, in Öl oder Alkohol legte. Doch lag ihre eigentliche Bedeutung nicht darin, dass sie mich zwangen, mich im Garten zu ihnen hinabzubeugen, meinen Kopf über ihre Blätter und Blüten zu neigen, ihren Geruch einzuatmen und der Weisheit eines überirdischen Geistes dafür zu danken, dass sie für alle Gebrechen des Menschen Heilmittel in Gestalt von Pflanzen geschaffen hat?

Was für eine schmerzlindernde Wirkung birgt die Pfefferminze, in welch tiefen Schlaf entführt der Baldrian! Mohnkapseln verbürgen Rausch, und Kamillenblüten senken Fieber. Zu Recht heißt es in der *Manusmriti:* «Für das unnütze Ausreißen von Nutzpflanzen oder Pflanzen, die wild im Wald wachsen, soll man eine Kuh einen Tag lang begleiten und sich nur von Milch ernähren.»

Ich wäre gerne die Besitzerin einer alten Apotheke gewesen. Das Ideal eines Raumes war in meinen Augen die Apotheke von Santa Maria Novella in Florenz, mit ihrem hohen, sonnendurchfluteten Gewölbesaal, an dessen Wänden Schränke voller

Flaschen, Ampullen und Behälter standen, die Wiesenblumen, Sumpfpflanzen, Moorgewächse und tropische Genussmittel aufbewahrten, Zimt, Kardamom, Nelken, Kakaopulver, Vanilleschoten, Fruchtkapseln, Samen und Blüten aller Art. Was für ein Frieden liegt in einer solchen Apotheke, was für eine feine Luft durchwebt ihren Raum, der zu sachtem Schritt und leiser Stimme anregt!

Die Apotheke von Mr Kumar hatte nichts mit dem Idealbild jener Apotheke gemein, die mir als Abbild eines vollkommenen Raumes vorschwebte, und doch erregten die aneinandergereihten Behältnisse, Flaschen und Packungen, die da im schattigen Dunkel auf staubigen Regalen beieinanderstanden, meine Neugier. Vor allem die Behältnisse mit den ayurvedischen Medikamenten zogen meine Blicke auf sich.

Da war eine mit *Shilajit Gold* beschriftete Tablettenschachtel, auf der ein Tigerkopf aus goldbronzener Schlucht hervorblickte. Diese Schachtel versprach dem Mann *strength*, *stamina* und *power*. Das Bild des Tigers mit drohendem Blick war zum Lachen, und doch fasste mich die leichte Gier, in den Besitz dieser Goldtabletten zu gelangen, deren Rezeptur vielleicht aus vorchristlicher Zeit stammte, als die arischen Einwanderer, neben Mut und Ausdauer, auch stärkende Heilmittel zur Eroberung Nordindiens benötigt hatten.

Mit großer Aufmerksamkeit las ich die Auflistung der Ingredienzen auf den Schildern weiterer Packungen und Behältnisse. Kräftiger Haarwuchs, Potenz und vor allem eine blendende Verdauung sollten durch Amla, Sandel, Gold und Myrrhe garantiert werden.

Ich nahm eine kleine Plastikflasche mit grasgrünem Haaröl zur Hand. Auf dem Etikett lächelte mir eine Dame mit schwarzer Haarkaskade zu. Auch diese vielversprechende Flasche kam auf den Ladentisch. Es war zwar ausgeschlossen, dass mir jemals die Haare als schwere, leuchtende Flechten bis zu den Kniebeugen wachsen würden, und doch heftete ich etwas Hoffnung an das Lächeln der Schwarzhaarigen.

Swami Baba Ramdev war der neue Stern am Himmel der ayurvedischen Heilmedizin. Dieser eingeschworene Gegner der Kongress-Partei war ein gut aussehender Asket mit glänzendem Vollbart, dessen Unternehmen *Patanjali* im Begriff stand, die Großunternehmen *Colgate* und *Dabur* zu schlagen. Im März 2016 betrug der Jahresumsatz der Firma sechshundertsiebzig Millionen Dollar. Ich griff auch zu einem *Patanjali*-Produkt, das eine Panazee für allerlei verschiedene Beschwerden zu sein versprach.

Nun hatte ich die Gesellschaft eines Tigers, einer langhaarigen Dame und ein Produkt von Indiens mächtigstem Gesundheitspropheten auf der Theke beisammen.

Mit dem Strahlen eines Preisträgers betrat nun der atemlose Mr Kumar seinen Laden. Er faltete die Hände vor der Brust und bat mich, mir alles weiter in Ruhe anzuschauen.

Vor dem offenen Eingang drängte sich inzwischen eine Menge von Männern und Kindern.

«Mr Kumar is a very good man! He is a very religious man! He has one son and two daughters. Maharaj Sahib loves him very much! Mr Kumar is an ocean of kindness!», rief mir Mr Agrawal aus dem Kreis der Neugierigen zu, die sich vor dem Apothekerladen wie vor der Bühne eines Marionettentheaters drängten und dem kleinen Auftritt der Schachteln und Flaschen folgten, die aus der Dunkelheit der Regale in das schräg in die Apotheke einfallende Sonnenlicht gerieten, während Mr Kumars Ruhm als Favorit des Königs anstieg und das Strahlen seiner Augen mich fast blendete.

Als ich in die Tasche griff, um mein Portemonnaie hervorzuholen, legte er mit überstürztem Eifer seine linke Hand auf die Brust und hob die rechte als abwehrenden Schild.

«It's my honour! It's my pleasure!», rief er wiederholt aus.

Bei dem Anblick dieses vor Freude überschäumenden Gesichts fragte ich mich, wie solch ein Strahlen zu Stande kam und wo seine Quelle lag. Gewiss verdankte Mr Kumar dieses Lächeln weder den Goldtabletten noch Swami Baba Ramdevs Kräuterölen. Wie das im Kelch der kleinen Johanneskrautblüte verborgene Rot hatte auch dieses Strahlen seinen Ursprung im Wunderbaren.

Als ich, die Heilmittel und die reparierte Perlenkette in der Tasche, auf die Festung zurückkehrte, saß Ganga auf der Terrasse.

Sie trug einen ginsterfarbenen Sari. Ihr Haar war zu einem schwer im Nacken liegenden Knoten gebunden.

«Machen wir einen Spaziergang zum Tempel?», fragte sie, die Schnauze des Hundes ihres Onkels im Schoß, der ihr aus der Eingangshalle nach oben gefolgt war.

Als wir die Höfe überquerten, zog sie einen *Beedie* aus ihrer Handtasche hervor, den ich ihr mit meinem Feuerzeug anzündete.

Von ihrem Hals flog mir Rosenölduft entgegen, und im Schein der kleinen Flamme leuchtete das Rot ihres Lippenstifts.

Leicht betäubt von ihrem ganzen Wesen, hakte ich mich bei ihr ein, um ihren Geruch besser einfangen zu können.

Während wir nebeneinander einhergingen, den Hund und fünf Kinder im Gefolge, sank die Sonne und zog sich das Dämmerlicht um uns zusammen.

Von seinem Minarett rief der Muezzin zum Gebet.

Der Devitempel lag im Nordosten der Zitadelle, im Schatten eines Banyanbaumes, unter dessen weitverzweigten Ästen ein geweihter Platz lag, auf dem sich bei Sonnenuntergang einige Brahmanen und Bauern aus dem Dorf um die *Hookah* eines alten Priesters einfanden, der sich hier sein Leben eingerichtet hatte.

Etwas weiter von den Männern entfernt saß ein Sadhu vor einem prasselnden Feuer, in dessen Flammen er *Ghee* goss.

Bei diesem Anblick fiel mir eine Geschichte aus dem *Mahabharata* ein, in der König Yudhisthira von einem Yaksha gefragt wird: «Welches Lebewesen atmet und lebt doch nicht?», worauf Yudhisthira folgende Antwort gibt: «Derjenige, der nicht opfert, weder Göttern noch Gästen, weder Dienern, Ahnen noch sich selbst, lebt nicht im wahren Sinne des Wortes.» Als der Yaksha darauf dem König die Frage stellt, was Heuchelei sei, da erwidert der andere: «Das Erstarren einer religiösen Form ist Heuchelei.»

Ein mit weißer Farbe auf den Lehmboden gemalter Strich markierte den Übergang zum heiligen Bereich.

Ganga streifte ihre Sandalen ab, machte einige Schritte zu dem kleinen Tempel und stieg mir voran die Stufen hinauf. Sie meldete der Gottheit ihre Ankunft an, indem sie eine Glocke, die über dem Eingang hing, durch leichten Anschlag zum Tönen brachte.

Der Gläubige, erzählte sie später, reiße durch den Glockenschlag den Gott aus seiner Versunkenheit und zöge so seine Aufmerksamkeit auf sich.

Sie kniete vor dem Altar nieder und betete. Ich ließ sie allein und setzte mich unter den Baum, doch wie viel lieber hätte auch ich mich in eine Hingabe wie die ihre stürzen wollen!

«Sita Ram!», begrüßte Ganga die Versammlung der um eine Feuerstelle im Kreis sitzenden rauchenden Männer, die leise zurückgrüßten, ohne die Nichte des Königs aus dem Auge zu lassen, die sich neben mir, auf dem Vorsprung einer den großen Baum umfassenden niedrigen Steinmauer niederließ.

Es herrschte ein von Rauchgeruch durchdrungener Frieden unter dem Blattwerk des Banyan. Eichhörnchen sprangen von Ast zu Ast des Baumes, aus dem hin und wieder ein großes, trockenes Blatt auf den harten Boden niederfiel.

Von den Burgwällen erklangen die Schreie der Pfauen und aus den Ställen das Wiehern der Stuten. Mücken stachen und Bienengesumm drang aus dem Laub.

Als sich die warme Dunkelheit unter dem Baum derart verdichtet hatte, dass nur noch die murmelnden Stimmen der Männer zu hören, doch ihre Umrisse kaum mehr zu erkennen waren, zündete der Priester eine von Lumpen bedeckte Laterne an.

Gong! Gong! Wieder und wieder erscholl die Glocke über dem Tempeleingang. Ein alter Mann hustete, ein Hund bellte in der Ferne, leise erklang von irgendwo Wassergeplätscher.

«Sita Ram! Sita Ram!»

Aus den Blättern zwitscherte ein Nachtvogel hervor. Der süße Geruch von Opium zog durch die Luft. Aus dem Tempel erklangen das gedämpfte Scheppern von Opferschalen, das Klingeln von Armreifen und das Lied einer Frau, die sich im Schneidersitz vor einem Schrein niedergelassen hatte.

Ein kleiner Junge stellte sein Fahrrad vor dem weißen Strich ab, zog die Schuhe aus, rief den rauchenden Männern hell und laut sein «Sita Ram!» entgegen und kniete auf der ersten Tempelstufe nieder, bevor er langsam und geneigten Kopfes dem Altar entgegenstieg.

Es war ein leises Kommen und Gehen, das unter den Zweigen hervor, im Schein ihrer Laterne, von den rauchenden Männern verfolgt wurde, die in gedämpfter Stimme, wie Klatschweiber, über jeden Ankömmling etwas zu sagen hatten, während aus ihrer *Hookah* der Opiumqualm in die Luft wirbelte. Einer von ihnen erhob sich, zog unter einer Wurzel einen alten Weizensack hervor und brachte ihn Ganga als Unterlage zum Sitzen.

Sie bot mir einen *Beedie* an, zog ihre Füße an sich heran, schwieg und betrachtete das Treiben um sie herum.

Ich spürte, wie etwas, das ich als Glück wahrnahm, sich ihrer bemächtigte, wie es von Augenblick zu Augenblick in ihr emporstieg.

Die Nichte des Königs liebte Samthar, liebte die Festung ihres Onkels, wo die Gesetze des Manu, die einst das gesamte Land zusammengehalten hatten, zwar oft bis ins Unkenntliche verblasst, noch immer das Leben beherrschten.

Als wir unter dem Baum hervortraten, lag der Mond über der Festung, die sich schwarz vor dem nächtlichen Himmel auftürmte.

Der König, Mr Varma und Mr Agrawal saßen bei ihrem ersten Glas auf der Dachterrasse unter dem Sternenhimmel.

Mr Varma trug blaue Hosen und ein schneeweißes Hemd. Seine kleinen Füße steckten in weinroten *Church's*.

Als Ganga neben ihrem Onkel Platz nahm, traf sie aus den Augen ihres Mannes ein Blick.

«We people don't go to these dirty places», erklärte er mir, als ich von dem Besuch im Devitempel erzählte. «We prefer proper five star places!»

«How right you are! How right!», rief Mr Agrawal. «Proper five star places!»

Diese Worte schienen Mr Agrawal an einer besonders empfänglichen Stelle seines Herzens zu treffen, schienen ihm einen

Ausblick auf alle jene Welten zu öffnen, die ihm, wiewohl einst Direktor der Bank of Baroda in Jhansi, immer verwehrt geblieben waren. Das Beiwort «proper» fügte ihnen noch eine besonders schmerzhafte Würze hinzu. Geschlagen blickte er hinter seinen Brillengläsern drein. Die Überzeugung, dass er etwas grundlegend Falsches im Leben gemacht habe, um niemals in einem Fünf-Sterne-Hotel untergekommen zu sein, legte sich auf seinem Gesichtsausdruck nieder.

«But you can't expect anyone else to be so fond of five star places!», rief Ganga.

«I don't care a brass button about a five star place», setzte nun der König ein. «If I travel I always stop in third rate places.»

Schrille Rufe der Bewunderung erhoben sich nun aus dem Mund von Mr Agrawal.

«Maharaj Sahib! How wise you are!», rief er dankbar aus, erhob sich und berührte das Knie des Königs. «Maharaj is an ocean of wisdom! He knows how to live! He knows each and every thing!»

Er wartete auf ein Lächeln Seiner Majestät, ohne aufzuhören, ihn zu rühmen. Kein anderer Maharaja sei *His Highness* ebenbürtig, keiner käme ihm als Politiker und Mann der Weisheit gleich.

«He is the best Maharaja of the world!», rief er.

«Shut up!», lachte der König.

Mr Varma bemerkte: «The priests in your temples are all drunkards.»

«Bullshit!», schnitt ihm der König das Wort ab, ohne die Stimme zu heben, und dann tat er einen befremdlichen Laut, einen Rülpser, den er geradezu aus sich herausschmetterte.

Der Maharaja war nicht heikel in seiner Wortwahl, wenn es darum ging, andere auf ihren Platz zu verweisen. Zudem hielt er es für geschmacklos, geschmackvoll zu sein. Vorsichtige Wortwahl war ihm ebenso fremd wie sittliche Entrüstung. Gute Manieren gehörten ebenso zu einem Erbe wie eine Festung oder der Titel eines Maharajas, doch sie pedantisch zur Schau zu stellen war Sache der Bürgerlichen.

«These guys ruin our country», fuhr Mr Varma mit ungerührter Miene fort.

Seine Vision von Indien, die ich nun zur Genüge kannte, ließ abermals ein Bild des Grauens vor meinen Augen entstehen. Sie versetzte mich in einen Zustand von Gereiztheit, doch ich schwieg, wie auch Ganga die Worte ihres Mannes nicht erwiderte.

«You are talking nonsense!», rief der König mit einer wegwerfenden Geste aus, die, wie alle seine Bewegungen, ob er sich auf das Knie schlug oder nach einer Zigarre rief, von selbstverständlichem Herrscherbewusstsein waren, um das ihn der Mann seiner Nichte sichtlich beneidete.

Um Mr Varmas schmalen Mund lag das bittere Lächeln von jemand, der die Stunden zählte, bis solche Männer wie der Onkel seiner Frau von der Bildfläche Indiens verschwunden wären, das hieß, bis die Kongress-Partei ihre endgültige Niederlage erfahren hätte.

Solange diese Stunde jedoch noch nicht eingetroffen war, so lange konnte Mr Varma sein Selbstvertrauen nicht völlig aus dem Gedanken an seine eigene Macht und sein eigenes Vermögen ziehen. Solange der Maharaja von Samthar lebte, in dem viele Hunderte von Menschen alle Kräfte verkörpert sahen, die ihre Existenz sicherten, so lange konnte Mr Varma nicht richtig aufatmen.

Nach Gesprächen allerlei Art über Liebe, Landwirtschaft und Löwen, an denen Mr Varma verhalten teilnahm, rief

Mr Agrawal aus: «Look at the moon!», erhob sich und wankte zu dem Rollwagen mit den Flaschen.

«Können Sie uns jetzt nicht eines Ihrer Gedichte in Sanskrit vortragen?», bat ich ihn.

«*His Highness*, seinen Verwandten und Ihnen zu Ehren werde ich hier und jetzt ein Gedicht verfassen!»

«Anand!», rief der König.

Der Diener stellte sich mit der Taschenlampe hinter Mr Agrawal, der einen Zettel aus seinem Notizblock riss, das Blatt mit der linken Hand auf den Rücken des Büchleins presste und mit seinem zernagten Kugelschreiber große Zeichen auf das Papier schrieb.

Die Poesie strömte ihm nur so zu. Nach einer kurzen Weile war das Gedicht fertig, und der Dichter gab eine Probe seiner geistvollen Verskunst.

Auch wenn Ganga sich bemühte, die Verse ins Englische zu übersetzen, offenbarten sich mir deren Guss und Geist nicht, doch ob es sich nun um eine staunenswerte Schöpfung handelte oder nicht, rief ich aus: «Wie schön! Wie wunderschön!»

Die schmalen Lippen des Dichters verzogen sich zu einem Lächeln.

«You are a poetic woman!», gab Mr Agrawal zurück, ein Mann, der sich nicht durch genaues und scharfsichtiges Urteil auszeichnete, und zum Maharaja gewandt, rief er: «Wenn der höchste Gott einem günstig gesinnt ist, dann macht er einen so reich wie mich, Sahib!»

Der König schenkte sich Wodka nach.

Das Bellen von Hunden, die in der Dunkelheit der Höfe umherstreiften, drang aus der Tiefe.

Mr Agrawal trank ein weiteres Glas Whisky und tauchte in

einen bald unverständlichen, vor Sentimentalität überfließenden Redefluss hinein.

«Einen besseren, klügeren, großzügigeren Menschen als *His Highness* gibt es nicht. Wie gut er zu mir ist, das lässt sich nicht beschreiben! *His Highness* ist … *His Highness* ist groß!»

Als unerwartet eine kühlende Brise aufkam, rief er aus: «Wenn Wind weht, steht im *Ramayana*, so heißt das, dass er die Bäume tanzen sehen will.»

«There is nothing like the aesthetic pleasure of being drunk», zitierte der König irgendein Bonmot und fügte leise hinzu: «Dieser Mann redet mir noch ein Loch in den Kopf!»

Als Mr Agrawal, die Augen schwer zum Mond gerichtet, nicht mehr aufrecht auf seinem Stuhl saß, wurde mir bewusst, dass mein Urteil über ihn falsch und ungerecht gewesen war. Auch er gehörte zu den Deserteuren aus dem eisigen Reich der Zahlen und Ziffern. Er hatte wohl alles darangesetzt, ein Mann der Vernunft zu werden, doch bei Einbruch der Nacht schlug der Träumer und Dichter in ihm durch, der Apostat der Realität.

«Maharaj!», rief Mr Agrawal. «Du bist der klügste Mann Indiens!»

«Maharaj Sahib!», rief der betrunkene Dichter, doch *His Highness*, kein Meister des schöpferischen Gesprächs, hörte nicht mehr. Er schien ganz in der Betrachtung der mächtigen Silhouette seiner Festung versunken. Vielleicht dachte er mit Wehmut an seine Kindheit zurück, als in den heißen Nächten die Frauen und Kinder der Burg auf dieser Dachterrasse unter den Sternen schliefen, vielleicht hielt er sich in einer Welt auf, wo keine Festungen, keine hochragenden Türme zusammenstürzten, wo Könige in Ruhe zwischen den aufgehäuften Steinen ihrer Vorväter saßen, ohne sich für ihre Liebe zu Macht und Schönheit schämen zu müssen.

Ganga war schon schlafen gegangen, als der Prinz seinen Vater zum Nachtmahl rief.

Als Vaishya durfte Mr Agrawal nicht am Tisch des Königs essen, der aus der Kaste der Kshatriya stammte.

«Wenn ein Niedrigkastiger sich neben einen Hochkastigen setzen will, soll er auf seiner Hüfte gebrandmarkt und verbannt werden, oder der König soll ihm sein Gesäß abschneiden lassen», rät die *Manusmriti* unerbittlich grausam.

Der Dichter musste an einem kleinen Beistelltisch in der Ecke Platz nehmen, wo er sich mit unendlicher Melancholie die Speisen in den Mund schob und hin und wieder aufseufzte.

Nach dem Abschied von den betrunkenen Herren ging ich in meinen Raum, wo ich vor dem Einschlafen noch einmal *Manus Gesetzbuch* aufschlug und las: «Ein Weiser, der einen Regenbogen am Himmel sieht, sollte ihn keinem anderen zeigen.»

Als ich die Taschenlampe ausschaltete, wartete ich auf das leise Aufgehen meiner Tür, durch die, mit der kleinen Gestalt, auch das schwache Licht der Kerzen in meinen Raum dringen würde.

Aus der Ferne drang Lärm von schrillenden Pfeifen, Handtrommeln und Hörnern.

Kam die Musik aus dem Dorf der *Samnyasin*, wo die Männer zu dieser Nachtstunde auf den Himmel einsangen, um seine Pforten aufzudrücken?

V.

In Samthar glich der Beschluss, einen abgelegenen Teil der Festung aufzusuchen, dem Vorhaben, einen Ausflug zu machen. Ich verriegelte meine Tür und versicherte mich meines Fernrohrs.

Ganga trug einen Korb bei sich, der von einem weißen Tuch zugedeckt war. Sie hatte ihr Haar zu einem Zopf geflochten, der ihr seitwärts auf die Brust fiel. Aus ihrem Haaransatz perlten Schweißtropfen über den Nacken in die Saribluse.

Sie ging mir über eine steile, zu den Küchenvorhöfen führende Treppe voran, überquerte dämmerige, widerhallende Durchgangsräume und stieg schmale Treppenschächte empor. Fledermauskot, herabgerieselter Mörtel und Taubenfedern überzogen die Steinstufen. Uringeruch stieg aus den Ecken auf.

Ich hielt mich dicht an Ganga, deren Schritte den alten Staub aufwirbelten. Es mussten Jahrzehnte vergangen sein, seitdem der Saum eines Saris über die ausgetretenen Stufen gerauscht war.

Sie stieß kleine, verwitterte Türen auf, bis wir in jene verlassenen Räume gerieten, wo einst die Frauen der Burg gelebt hatten.

Dieser Trakt gehörte zu den ältesten Gebäuden der Festung. Bis jetzt hatte ich nur seine verwitterte, schwärzlich angelaufene Fassade mit den zersprungenen Fensterscheiben gesehen.

Die Räume lagen so hoch, als wären sie in Luft gebaut, kleine, von Rund- und Spitzbogenfenstern durchbrochene Gemächer, deren Decken mit Spiegelfragmenten intarsiert waren, Spiegelmosaike mit scharfen Kanten, an denen die Sonnenstrahlen zerschellten.

Verrostete Eisenhaken ragten aus der Decke, an denen früher Samtfächer gehangen hatten, die von den Dienerinnen an einer Kordel hin- und herbewegt wurden, um die Luft über den Lagern der schlafenden Frauen zu bewegen.

Die in schwindelerregender Höhe liegenden Boudoirs entsprachen vollkommen dem architektonischen Ideal aus dem *Ramayana*, das der Vorstellung gleichkommt, Zimmer müssten wie blitzdurchzuckte Wolken sein.

Ob es sich hier um einen großen oder kleinen Baumeister gehandelt hatte, eines war gewiss: Ihm hatte vorgeschwebt, den Damen der Königsfamilie die Planeten und Sterne in ihre Schlafräume hinabzuholen.

Waren die Zimmerdecken nicht mit Spiegeln intarsiert, so hatten sie einen stark blauen, wenn auch an vielen Stellen von den Monsunregen und der Sonne zerschundenen Anstrich. In dieser Höhe hatten die Maler den Frauen weitere Himmelsräume über die Köpfe gemalt, wie um ihnen den Sinn für das Wirkliche ganz zu verwirren, ihnen das Leben unten als fern und fremd erscheinen zu lassen.

Eine Hofdame war dem Leben, wie es die Menschen in der Ebene, auf den Weizen- und Senffeldern, in den Dörfern und auf den staubigen Landstraßen führten, entrückt. Aus der Tiefe klang nur ein leises Echo an ihr Ohr, das dumpfe Gebrüll eines Büffels, das Wiehern eines Pferdes, das Muhen einer Kuh. Das Leben über ihren Köpfen besaß eine viele größere Wirklichkeit.

Wenn die Monsunwolken sich um die Räume des Frauentrakts zusammendrängten und versuchten, als Dunstschleier durch die Ornamente der steinernen Fenstergitter in ihre Räume einzudringen, sich über die seidenen Stoffe, über die Kissen, Schatullen und bestickten Pantoffeln zu legen, deren Ledersohlen sich nach wenigen Tagen mit einem Flaum von Schimmel überzogen, wenn das Land wie unter Wolkenmassen verschüttet lag, der Regen auf die Dächer niederprasselte, dann war es, als rückten über den Köpfen der Damen die Götter das Mobiliar im Himmel zurecht, als hörte man das Scheppern der Eimer, mit denen die göttlichen Maruts das Wasser aus dem Meer in den Himmel hinaufbeförderten und von dort als Regen auf die Erde strömen ließen.

Die Donner hallten unter den kleinen Kuppeln krachend wider, die Blitze erhellten die hohen Domizile wie mit elektrischem Licht. Ließ der Regen nach und verdampfte das Wasser in den Regenrinnen, so klangen den Frauen die fegenden Geräusche des Windes im Ohr. Und wenn schließlich, nach Wochen, die Dunstwolken sich hoben und die Sonne nach und nach das ganze Land bis an die Wurzeln austrocknete, dann lag der Frauentrakt wieder wie ein verdorrtes Vogelnest unter dem glühenden Himmel, und es klang, als zerbreche langsam ein trockenes, rissiges Fladenbrot über ihm.

«Die Jungfern der Familie verbrachten den größten Teil ihres Lebens hier oben, da für sie am Hof wenig Verwendung war. Aber auch die Witwen und die noch unverheirateten Töchter der Königsfamilie wohnten hier. Jede von ihnen besaß, je nach Rang und Stellung, ihre eigene Kammer. In den Wandnischen bewahrten sie ihre Saris, Schals und Parfums auf. Mein Onkel erzählt, dass über den Götterstatuetten immer frische Blumengirlanden hingen, die der Eunuch jeden Morgen in den Räumen verteilte.»

Jetzt lagen die Nischen in den Wänden leer da, an den Ecken

abgebröckelt, stumpf im Ausdruck. Wie den Augenhöhlen einer gebrochenen Aphroditestatue das Leben, so fehlten diesen Nischen die frischen Blumen, die Glasflakons und die Stapel bunter Stoffe der einstigen Bewohnerinnen dieser Räume.

Mit der Erregung eines Archäologen, der den Marmorkörper einer griechischen Statue aus der Erde hebt und sie vorsichtig in den Armen hält, im Bewusstsein, dass er sie als Erster, nach zweitausend Jahren, wieder berührt, sie, die vielleicht während eines Krieges zwischen den Athenern und den Persern von ihrem Sockel gestürzt oder auf dem Eselskarren eines Gläubigen vor dem Angriff eines feindlichen Heeres in einer Höhle geborgen worden war, lagen meine Blicke auf den leeren Nischen, um aus ihnen das Leben herauszulesen, das vor langer Zeit in diesen Räumen geherrscht hatte.

Doch wie die Statue im Arm des Archäologen nicht warm wird, so gaben mir die leeren Öffnungen in den Mauern nichts von dem Leben jener Frauen preis. Ihre Freuden und Schrecken waren mit ihnen in einem Leichenfeuer verbrannt worden. Und doch, wenn ich über eine, auf die Wand gemalte verblichene Blume strich, wenn ich die Hand auf ein Fenstersims legte, in eine eingekerbte Stelle, in der Hunderte von Frauenhänden gelegen haben mochten, so ging eine Ahnung von dem Leben, ein Gefühl dafür, was sich zwischen diesen Mauern abgespielt haben musste, in mich über.

Wie immer, wenn ein Domizil von Menschen verlassen wird, ergreifen Tiere von dem Gemäuer Besitz. In den vor langer Zeit kunstvoll ausgelegten Nischen der Wände hausten nun schon seit Jahrzehnten Mäuse und Ratten. Magere Katzen lagen in den Strahlen der Morgensonne. Schwalben zwitscherten unter den Gewölben hervor. Halsbandsittiche schwangen sich von den Simsen in die Luft. Reglos hingen Fledermäuse in den finsteren Nebenräumen von den Decken. Mörtelbienen gaben sich in den Fugen der warmen Steine ein Stelldichein, Krähen hüpften über die Kuppeln, und Fliegen zappelten in rauchschwarzen Spinnweben.

Von hier fiel der Blick auf die dicht bewachsenen Festungswälle, auf den schlammigen Burggraben, auf die Ringmauern und Ställe, wo sich nachts die Liebespaare aus Samthar trafen, auf die hohen Palmen und die jenseits der Mauern bis an die Horizonte reichenden Felder.

In einem Hof klatschte ein Mann Wäschestücke auf den steinernen Beckenrand eines Brunnens, in einem anderen segelte ein kleines Mädchen in einem strahlend gelben Kleid über die Sandfläche, mit weit ausgestreckten Armen, als warte sie auf einen starken Windzug, der die Macht haben würde, sie emporzuheben und ins Fliegen zu versetzen, so wie die bunten Papierdrachen, die sich über Samthars Dächern im Fluge kreuzten. Ein großes Glück musste sich in ihrer schmalen Brust ausgebreitet haben, dass es sie derart in Fahrt versetzte. Vielleicht war das kleine Mädchen verliebt, dass sein Herz zwischen den Drachen in der Luft zu segeln schien?

Warme Luft wehte durch die Fenster, und das Knattern des windgebauschten Samthar-Banners war zu hören.

Aus ähnlicher Höhe hatte die Königin Sudeshna aus dem *Mahabharata* die schöne Draupadi erblickt, als diese, verkleidet als Dienerin, mit ihren fünf Ehemännern an den Hof von König Virata kam, um ihre Dienste als Magd anzubieten.

«Da unten findet ein Rebhuhnkampf statt», bemerkte Ganga, in einen der Höfe zeigend.

Ich zog mein Fernglas hervor und richtete die Linse in die Tiefe, wo sich unter einem Shamibaum zwei Parteien von Männern in der Hocke einander gegenübersaßen. Jeder von ihnen hielt ein Rebhuhn in einem Korb. Am Rand des Kreises hockte ein Schiedsrichter, der über den Verlauf des Zweikampfes wachte. Die beiden Parteien verfolgten angespannt den Kampf. Aus der Höhe hatte es den Anschein, als seien die Helden des Duells von ebenbürtiger Kraft. Nicht fett, doch stark, saßen sie in ihren Körben. Harte Rufe und antreibende Laute erklangen. Federn flogen in die Luft.

Dieser Wettkampf war eine blasse, fast etwas tragische Parodie jener einst am Hof von Samthar ausgeführten mächtigen Zweikämpfe, in denen Elefanten und Tiger aufeinander losgelassen wurden, und doch waren beide Parteien von schweißtreibendem Spielfieber ergriffen.

«Schau den Mann mit dem roten Hemd, der hat Haus und Hof verkaufen müssen, weil er so viele Wetten verloren hat», sagte Ganga.

Ich sah mich um. In diesen hochgelegenen Räumen konnte uns kein einziger Mensch sehen. Die kleine Tür, die sich auf den Treppenschacht auftat, wurde nur noch von Katzen, Ratten und Vögeln benutzt. Auch die Diener verliefen sich nicht mehr bis in diese Höhe.

Ganga hatte in einem Eckturm das weiße Tuch ausgebreitet. Sie holte aus ihrem Korb eine kupferne Thermoskanne, zwei Blechbecher, mehrere in Zellophan eingewickelte Sandwiches, einige Orangen und Kokosnusskekse hervor.

Ich setzte mich vor ein Fenster, unter dem die Festungsmauer wie eine steile Felswand in die Tiefe stürzte, und blickte durch die verschlungenen Netzwerke der steinernen Gitterfenster, deren Sinn einst darin lag, den Frauen die Ausschau nach draußen zu ermöglichen, sie selber aber vor Blicken zu verbergen.

Wie der hin und her wedelnde Schwanz einer Kuh ließ

Ganga beim Reden ihren schweren Zopf einmal auf die linke, dann auf die rechte Brust fallen. Bei dieser Bewegung entströmte ihrem Haar der Geruch des *Bringhraj*-Öls, mit dem sie es vor dem Waschen einfettete.

Mir fiel *Die Geschichte der Wesire Nur Ed-Din und Schems Ed-Din* aus den Erzählungen aus *Tausendundeiner Nacht* ein. Darin fragt der König den Nur Ed-Din: «Verstehst du die Schönheit zu beschreiben?», worauf der andere erwidert: «Gewiss, die Schönheit besteht im Glanz des Gesichts, in der Helle der Haut, in der Wohlgestalt der Nase, in dem süßen Blick der Augen, in der Schönheit des Mundes, in der Feinheit der Rede, in der zierlichen Schlankheit des Leibes und der Vollkommenheit aller schönen Eigenschaften. Aber die Vollendung der Schönheit liegt im Haare.»

Gangas Profil hob sich im Licht vor dem gebrochenen Steingitter des Fensters ab. Über ihrem Mund, in dem sich die empfindsame und verwundbare Seite ihres Wesens offenbarte (die Lippen wölbten sich wie zwei lebendige Garnelen, hart und weich zugleich, zwischen Kinn und Nase vor), in dem die Sinnlichkeit ihrer Natur zusammenströmte und in der roten Farbe des Lippenstifts ihren leuchtenden Ausdruck fand, über ihrem Mund lagen vom Sonnenschein durchleuchtete Schweißtropfen, die sie mit dem Handrücken immer wieder fortwischte, ohne den Vorgang aufhalten zu können.

Der Impuls regte sich in mir, mit meinem Taschentuch über ihre Oberlippe zu fahren und diesen kleinen Ausbruch zu stillen, dem ich ebenso gebannt zusah wie der Blasenbildung an der Oberfläche des heißen Tees, den sie in die Blechbecher einschenkte.

Beim Anblick ihrer Schönheit fragte ich mich wieder, wie sie es an der Seite ihres Mannes aushalten konnte.

«Er hat nichts, gar nichts mit dir gemein», sagte ich.

Sie schaute mich einen Augenblick lang zögernd an, vielleicht im Zweifel, ob sie mir, die sie erst so kurz kannte, ein Geheimnis preisgeben konnte, das als Schatten auf ihrem Leben lag, dann aber sagte sie: «Manchmal, wenn ich ihn anschaue, fürchte ich, der Glauben könne in mir erfrieren. Aber ich denke nicht daran, zu verzweifeln. Ich lege Wert darauf, irgendwie mit ihm auszukommen. Wie würde ich denn vor Gott dastehen, wenn ich statt an meine Pflichten nur an mein Glück denken würde?»

Die Sonne war nun schon so hoch gestiegen, dass der unebene Boden unter unseren Körpern nach brandheißem Staub zu riechen begann. Hitzeschleier breiteten sich über das Land.

Ganga lehnte ihren Kopf an meine Schulter und schlief nach einer Weile ein.

Ein Gefühl von Leichtsinn, von herrlichem Leichtsinn, stieg in mir auf. Der Blick durch die gebrochenen Fenstergitter in die flirrenden Fernen, der leichte Schwindel, den er verursachte, die Empfindung, einen sanft schwankenden Boden unter mir zu haben, dies alles verschmolz in mir mit dem Stolz eines Mannes, der einer Frau an seiner Schulter Schutz und Halt gewährt.

Es war ein Hochgefühl, das dem Eindruck entsprang, hier oben vor dem niemals nachlassenden Druck der Vergänglichkeit etwas Ruhe gefunden zu haben – als ob das trügerische Gefühl der Ruhe einen vor der unheimlichen Raserei der Zeit bewahren könne.

Als Ganga aufwachte, hatte ihr Ohrring ein Muster in meinen Oberarm gedrückt.

«Komm! Ich zeige dir die Bibliothek», sagte sie, als sie sich erhob, das Geschirr in den Korb packte und mir voran über weitere Treppen und Gänge ging, bis wir in einen anderen Teil der Festung gerieten, wo ich noch nie gewesen war.

Sie öffnete die Tür auf einen stillen, von Sonnenlicht durchfluteten Saal, der an einen alten englischen Kanzleiraum erinnerte. Geruch nach vergilbtem Papier, Aktenstaub und eingetrockneter Tinte lag in der stickigen Luft. Hohe Bücherschränke säumten die Wände zu beiden Seiten, die schon lange von niemandem mehr geöffnet worden waren. Auf den Fenstersimsen stapelten sich zusammengeschnürte Packen alter Zeitungen und Stöße von Rechnungsbüchern.

Feuchtigkeit und Hitze hatten im Lauf der Jahre die Bücher zu seltsamen Ziegeln gebacken. Auf den Regalen standen keine Druckwerke mehr, sondern Wohnorte für Motten, Würmer, Bienen und andere Insekten, die ihre Eier zwischen die Seiten von *Madame Bovary* und fünfzig Jahre alten *Reader's Digest*-Ausgaben legten oder ihre Nachkommen in einem Handbuch für Jäger großzogen, Bände, die, einmal dem Regal entnommen, zwischen den Fingern zerrieselten.

Die Ziffernblätter einer wer weiß wann stehen gebliebenen Standuhr am Ende des Saales gaben siebzehn Minuten nach sechs an.

Ich fühlte mich wie eine der amerikanischen Frauenfiguren aus einem Roman von Henry James, die hingerissen aus dem Fenster einer toskanischen Landvilla über zypressenbewachsene Hügel blicken, als ich vor einem Bücherschrank stehen blieb und versuchte, durch die verstaubten und verklebten Gläser die Titel auf den Buchrücken zu entziffern. Dabei stieß ich auf eine Gesamtausgabe von Maupassant, auf Erzählungen von Somerset Maugham, auf die Werke einiger griechischer und römischer Philosophen und auf allerlei Unterhaltungsliteratur zweiten und dritten Ranges.

Mir war das Glück bekannt, mich vor einem Bücherregal zu vergessen. Es war das Glück der leidenschaftlichen Leserin, der ein Blick auf den Titel *Bassington* reicht, um sich sofort an der Tafel von Lady Caroline sitzen zu sehen und die Rubine auf Miss de Frys Decolleté ins Auge zu fassen.

Ich erinnerte mich an Winternachmittage, an denen ich aus einer Lektüre auftauchte, als sei ich monatelang fort gewesen. Wenn ich dann das Buch aus der Hand legte und eine Tasse Tee trank, hallte noch lange, wie fernes Blätterrauschen, die Stimme des rasenden Roland oder die des heiligen Augustinus in mir nach.

Als ich einen Band mit den Sonetten von Shakespeare aus dem Regal nahm, erkannte ich auf einmal, dass das Fort von Samthar, wiewohl nur ein Stück verfallende Architektur, zum Schlag eines Shakespeare oder Cervantes gehörte. Mit seinen Zinnen, Wällen und Türmen hatte es die träumerische Maßlosigkeit eines Hamlet oder eines Don Quijote. Es war mit seinen aufgetürmten Steinen, seinen wehenden Bannern und zerbröckelnden Torbögen ein Kreuzritter des Traumes.

«Für meinen Onkel sind Bücher ein Zeitvertreib für Menschen, die nicht mehr im politischen Geschäft stehen oder zu alt für die Liebe geworden sind. Er ist stolz darauf, hier eine Bibliothek zu haben, aber für ihn selbst gibt es nichts Langweiligeres, als ein Buch in den Händen zu halten. Ob man viel weiß oder gar nichts, kommt für ihn auf das Gleiche heraus. Sein Großvater hat versucht, sich den europäischen Geist auf die Burg zu holen, doch eigentlich ist diese Bibliothek von Anfang an eine Totgeburt gewesen. Ein Kshatriya und der Esprit haben miteinander nicht viel zu tun. Die indischen Fürsten waren berühmt für ihren Sinn für Poesie, Malerei und Musik, doch nicht für das, was in Frankreich als Esprit bezeichnet wird. Indien hat so etwas wie die Figur des *homme de lettre* nie hervorgebracht. Dafür war es zum einen immer zu sinnlich, zum anderen immer zu metaphysisch. Mein Onkel wüsste nicht, was er mit einem Buch anfangen soll, weil alles, was er tut, unmittelbares Handeln erfordert.»

«Der Esprit ist der Feind des Geistes, hat irgendein großer Mann gesagt», bemerkte ich.

«Im alten Indien hätte man gesagt, dass der Esprit der Feind des Kshatriya ist.»

Übrigens stand im *Mahabharata* sehr deutlich, wie die alten Inder einen Gelehrten einschätzten: «Gelehrte glänzen am meisten an Versammlungsplätzen, in Lustgärten und in Palästen, wo sie die Leute durch ihre Reden unterhalten. Sie sind wohl am Platze beim Studium des menschlichen Wissens, in der Wissenschaft von den Pferden, Elefanten, bei der Behandlung von kranken Tieren, beim Planen von Gebäuden und Toren und bei der Feststellung, welche Nahrung gut und welche schlecht ist. Doch in einer ernsten Lage sollte man auf ihren Rat nicht hören.»

«Mein Onkel gesteht Büchern denselben Wert zu, den er Schulen zugesteht. Er betrachtet sie beide als notwendig und langweilig. Schulen zu gründen und Bücher zu lesen gehört in seinen Augen zu den Pflichten eines gewissenhaften Königs, aber er missachtet Menschen, die sich für gelehrt halten. Wissen steht bei ihm nicht hoch im Kurs, vielleicht weil die Gene seiner Vorfahren ihn mit Fähigkeiten ausgestattet haben, die zwar in einem Kriegsrat, nicht aber in einer Bibliothek von Nutzen sind.»

In der Tat hatte ich den König noch kein einziges Mal mit einem Buch in den Händen gesehen. Wenn es etwas gab außer Politik und der Erhaltung des Forts, auf das er sich konzentrieren konnte, waren es die Kricketspiele, die er am Fernsehapparat in einem kühlen, nahe bei der Küche gelegenen Raum verfolgte.

Als er mich einmal danach fragte, was ich las, und ich ihm die *Manusmriti* zeigte, erklärte er: «Very good stuff! The *Manusmriti* is very good stuff!»

Ganga war belesen, doch nicht gelehrt. Vor allem aber war sie gläubig. Darin unterschied sie sich nicht nur von ihrem Mann, sondern auch von ihrem Onkel. Ob sie durch die Gassen von Samthar oder durch eine Straße von Neu-Delhi ging, im Widerschein von Bata- oder Apple-Geschäften, niemals würde in ihr die Gegenwart der Götter verblassen, die mit ihren Muschelhörnern, Bogen, Bannern, Wedeln oder Donnerkeilen wie eine Schar lärmender Komparsen ihr Unterbewusstsein zu bevölkern und ihr bei dem geringsten Anlass, bei dem Anblick eines Hanuman-Stickers oder einer Lakshmi-Tätowierung auf dem Arm eines Passanten, ins Bewusstsein zu rücken schienen.

Ganga verehrte alle hinduistischen Götter, hatte zu dem elefantenköpfigen Gott Ganesh eine etwas mütterliche, zu Lakshmi, der Göttin des Reichtums und des Glücks, eine bewundernde Liebe. Für sie, wie für jeden Hindu, waren die dreiunddreißig Götter des hinduistischen Pantheons nur Sinnbilder des Einen.

«Mein Leben gehört nicht mir, es gehört Gott», hatte sie mir bei unserem Picknick im Frauentrakt gesagt.

Es waren diese Worte, an die ich später im Bett denken musste, als sich die Tür zu meinem Zimmer leise öffnete und die kleine Gestalt mit der Kerze ihr Lager vor meinem Bett aufschlug.

VI.

Durch die offenen Fenster flog mich, gemeinsam mit dem Geruch von *Dove*-Seife, ein Hauch von Rosenparfum an. Ich hörte, wie das Wasser aus dem Badezimmer ein Stockwerk über mir durch das an der Außenmauer entlangführende Abflussrohr gurgelte, in der Tiefe in den Sand platschte und eine Wasserpfütze bildete.

Es war mein letzter Tag in Samthar.

Ich lag reglos da, auf jedes Geräusch aus dem über meinem Raum gelegenen Turmzimmer lauernd. Ich hörte, wie Mr Varma auf und ab ging, sah vor mir, wie er vor einem Spiegel innehielt und mit der flachen Hand einige Tropfen seines Eau de Cologne auf Hals und Gesicht klatschte.

Mr Varma roch aus jeder Pore seines Körpers nach Mann, tagsüber nach frisch gewaschenem Hemd und Eau de Cologne, abends nach etwas Haargel, Whisky und Tabak.

Jetzt schrie er aus einem Fenster nach Tee, nach seinem *bed tea*, ohne den er morgens niemals das Zimmer verließ. Die Rufe dröhnten über den Hof. Er liebte seine Stimme, die er wie eine Trompete zu beherrschen verstand. Er liebte es, kurz aufzubrüllen und dabei etwas rot anzulaufen. Er liebte es, zu brüllen, den Schrecken auf dem Gesicht seines Dieners oder Chauffeurs abzulesen, um gleich darauf in eine wohlwollende Klanglage zu verfallen. Das Timbre dieser Stimme schien ihm seine Macht und seinen Reichtum volltönend ins eigene Bewusstsein zu rufen.

Als seine Schritte, nach einem Hin und Her, erneut innehielten, sah ich vor mir, wie er vor seinem auf einem Hocker aufgeklappten Koffer stand und eines seiner blau-weiß oder rot-weiß gestreiften Hemden herausgriff, die er ein für alle Mal gegen die weiten Hemden indischen Schnitts getauscht hatte.

Mr Varma begriff sich nicht mehr als Inder. Er sehnte sich nach einem Sohn mit heller Haut, wie er in jener Nacht, als der König nach Neu-Delhi gefahren war, auf dem Weg zu unseren Räumen seiner Frau mit einem sadistischen Unterton offenbart hatte: «A son with a fair complexion!»

Ich sah, wie er seine recht kurzen, doch hanteltrainierten Arme (Mr Varma suchte, ob er sich in New York oder Chennai aufhielt, jeden Tag eine Stunde lang ein Fitnessstudio auf, hob Hanteln und machte Kardio-Training) einen nach dem anderen in die kühlen, noch bügeleisensteifen Hemdärmel steckte und die weißen Manschetten zuknöpfte. Seine blauen Jacken saßen perfekt an seinem gedrungenen Oberkörper. Jetzt nahm er eine Bürste zur Hand und ordnete die weißen Löckchen auf seinem großen Schädel so an, dass es aussah, als habe er eben einige Lockenwickler aus dem Haar entfernt. Und jetzt – ich konnte es genau vor mir sehen –, jetzt fletschte Mr Varma seine Zähne und lächelte seinem Spiegelbild zu, von Kopf bis Fuß mit dem Anblick zufrieden. Es wäre ihm niemals in den Sinn gekommen, dass seiner Gestalt etwas Lächerliches anhaften könne. Er hatte nicht umsonst dreihunderttausend *followers* auf *Twitter*.

Wieder erklang das Rauschen von Wasser durch das Abflussrohr an der Außenmauer.

Als ich kurz in den Ankleidespiegel schaute, begegnete ich meinem starren Blick, mit dem ich in der Vorstellung Mr Varma beobachtet hatte, der seinen Rundgang durch das Zimmer wiederaufnahm und jetzt rief: «Darling, hurry up!»

Aus dem Badezimmer erklang ein: « Just two minutes!»

Ich sah Ganga vor mir, wie sie vor dem kleinen Waschbecken stand und ihre langen, schwarzen Haare hochsteckte.

Wieder rauschte es durch das Rohr, das neben meinem Badezimmerfenster entlanglief. Jetzt musste sie einen Eimer Wasser über ihren Körper geschüttet haben, das den Seifenschaum von ihrer braunen Haut mit sich fortschwemmte, der tief unten, am Rand der Festungsmauer, kleine, irisierende Blasen auf der Wasserlache bildete.

Reglos lag ich da, den gurgelnden Geräuschen von oben ausgeliefert, die ein Bild nach dem anderen in mir aufsteigen ließen: Ganga, die ihr Gesicht an den Spiegel heranrückte und die Stecker ihrer goldenen Ohrringe durch die Ohrlöcher stieß, die sich bückte und den Verschluss ihrer Fußkettchen schloss, die ihr Haar zu einem Zopf flocht und ein Handtuch an den Türhaken hängte. Ein Windzug wehte den Geruch von Kokosnuss in meinen Raum. Jetzt rieb sie ihren Körper mit Kokosnussöl ein.

Mr Varma riss die Geduld. Er war ein Mann, dessen Leben am Sekundenzeiger seiner Uhr hing. Jeden Abend gab er seinem Diener den Befehl, ihn um Viertel nach acht zu wecken. Um Viertel nach neun hatte sein Frühstück fertig zu sein. *Efficiency* war das meistgebrauchte Wort in seinem Vokabular, und jetzt schrie er: «Ganga!»

Ich rührte mich nicht, bis das Paar den Raum verlassen hatte, die steile Treppe hinabgestiegen und im Speisesaal verschwunden war.

In meinem Raum öffnete sich eine kleine Tür auf einen dunklen Treppengang, der in das Turmzimmer führte. Bis jetzt hatte ich nie von dieser Treppe Gebrauch gemacht, doch als es still über mir geworden war, bekam die Tür eine unwiderstehliche Anziehungskraft.

Eine Weile noch blieb ich liegen, bis das Geklirr von Geschirr und Besteck aus dem Speisesaal drang. Dann stand ich leise auf, öffnete die Tür und stieg in meinem Nachthemd barfuß den Treppengang hinauf, wo ich unter einem niedrigen Bogen in das Turmzimmer gelangte.

Blau, königliches Blau umfing mich. Meine nackten Füße kamen auf einem weichen, blauen, von einer sandfarbenen Borte eingefassten Teppich zu stehen, der in seiner Länge und Breite den Boden bedeckte.

Geschnitzte, vom Samthar-Wappen gekrönte Rosenholzsessel, mit tintenblauer Seide bezogen, standen in einigem Abstand um einen runden Marmortisch, der die Mitte des Zimmers beherrschte. Er trug eine Glasglocke, aus der, wie ein seltenes, unter Glas bewahrtes Exemplar der Menschheit, die etwa zehn Zentimeter hohe, aus einer Fotografie ausgeschnittene Figur von Ranjeets Vater blickte, einen Spazierstock in der Hand, einen Turban auf dem Kopf.

An den Wänden hingen gerahmte Schwarz-Weiß-Fotografien. Auf einer von ihnen war der König als Kind zu sehen, in einem weißen, kurzärmeligen Hemd, in einer hochbundigen Hose mit breiten Beinen. Sein linker Fuß war auf den Rücken einer von ihm erlegten Hirschkuh gesetzt, seine Hände hielten ein langes, auf den Nacken seiner Beute zielendes Jagdgewehr. Die Hirschkuh war tot, doch hatte jemand, vielleicht der Fotograf, vielleicht ein Diener, ihren Kopf so gelegt, dass es aussah, als lebte sie noch und habe nur, aus ihrer liegenden Haltung heraus, neugierig den Kopf gehoben. Ihre Augen hatten Ähnlichkeit mit den großen, braunen Augen des kleinen

Königs, der mit einem frechen, stolzen Lächeln in die Kamera blickte.

Ich zog einen verschlissenen, auf einer Messingstange laufenden Perlonvorhang etwas beiseite und betrat den kühleren Teil des Raumes, der als Schlafzimmer diente. Hier herrschte beruhigendes Dämmerlicht. Aus den zurückgeschlagenen Laken wehte ein leichter Kokosölgeruch.

Auf dem rechten Nachttisch des großen Bettes erblickte ich zwei Ausgaben von *India Today,* ein Ladegerät für ein iPhone, eine Packung mit Vitamintabletten. Auf dem linken, zwischen einer Gebetskette, einem kleinem Flakon Rosenparfum, einem Erzählungsband von O. V. Narayan und einem weichen Schmuckbeutel, stand ein Wasserglas mit einem blassen Lippenstiftabdruck.

Ich trat an diesen Tisch heran, hob das Glas, setzte meine Lippen an die Stelle des Abdrucks und trank. Dann griff meine rechte Hand in den Beutel und zog eine lange goldene Kette und ein Paar goldene Ohrringe hervor.

Das Blut pochte mir gegen die Schläfen, als ich mit feuchten Fingern die Kette um meinen Hals legte und die Ohrringe in meine Ohrlöcher stach.

Ich setzte mich auf einen Hocker vor den Ankleidespiegel und betrachtete mich.

So also fühlte sich Ganga, so also fühlte sich eine Frau, die ihren Schmuck wie einen Harnisch anlegte. Kühl und schwer lag die Kette auf meiner Brust, einen leichten Rosenduft entströmend. Ich saß vollkommen unbeweglich da, so unbeweglich, dass mein Gefühl der Angst in eine fast bewusstlose Wahrnehmung meines Spiegelbildes überging. Als ich meinen Kopf, der ein schwereres Gewicht bekommen zu haben schien, leicht zur Seite wandte, um aus der Starre, in die ich geraten war, herauszubrechen, hörte ich, wie die Glöckchen an den Ohrringen leise klingelten. Dann verharrte ich wieder völlig reglos vor meinem Spiegelbild, das mir das Gesicht einer Frau zuwandte, die dem Bild, das ich bis jetzt von mir hatte, überlegen war.

Plötzlich fuhr ich zusammen. Ein Schatten regte sich hinter den Vorhängen, die ich im Spiegel vor Augen hatte. Starr vor Angst und Scham, wagte ich nicht, mich umzuwenden, sondern beobachtete hilflos, wie sich eine Gestalt durch sie hindurchschob. Der Prinz erschien auf der Spiegelfläche. Sein linkes Auge heftete sich auf das Abbild der geschmückten Frau. Einbildung, sagte ich mir, bloße Einbildung. Doch als der plumpe Körper von hinten an mich herantrat und er seine schwere, feuchte Hand nach mir ausstreckte, erkannte ich klar und deutlich das Gesicht mit der schlaffen Unterlippe. Er keuchte. An seinem Handgelenk knisterte die kleine Plastiktüte. Das Blut schoss mir in den Kopf. Die Ungewissheit, was nun geschehen würde, ob der Prinz in wollüstiges Gekicher oder in heisere Hilferufe ausbrechen würde, lähmte mich. Mit stummem Entsetzen blickte ich in den Spiegel.

Dass das Ehepaar jetzt in das Turmzimmer zurückkehren würde, stand nicht zu befürchten. Wenn sich Mr Varma mit dem Frühstück befasste, tat er es ausführlich, ohne sich von irgendetwas stören zu lassen. Ein frisch gepresster Orangensaft, ein gekochtes Ei, vier Toastscheiben mit Butter, schwarzer Tee und ein amerikanisches Multivitaminpräparat: Nur die Nachricht vom Tod seiner Mutter hätte die Reihenfolge und Ordnung des täglichen Frühstücksrituals unterbrechen können.

Das linke Auge des Prinzen hatte sich an meinem Spiegelbild festgesaugt. Es war das Auge einer liebessüchtigen Seele, eines Mannes, der dazu verdammt war, niemals aus dem verformten Körper eines dicken Kindes herauszutreten.

Als ich meine Stimme wieder in der Gewalt hatte, sagte ich leise: «Come! Look, how beautiful!», und wandte mich um.

Das Auge strahlte auf. Ja, drückte es aus, das ist schön, das glänzt und glitzert! Er patschte mit der Hand nach der Kette an meinem Hals.

Das Bild, das er vor sich hatte, musste ihm vertraut sein. Wie oft schon mochte er seine Mutter und seine Tanten schmuckbehangen vor einem Spiegel sitzen gesehen haben.

Mit einer Handbewegung bedeutete ich ihm, nichts von unserem Geheimnis zu verraten, doch erkannte ich sofort die Sinnlosigkeit dieser Geste. Der Prinz wusste gar nicht, was ein Geheimnis war. Er tat, was ihm gerade einfiel, und niemand verstand ihn, wenn er den Mund auftat.

Schließlich öffnete ich mit einem Lächeln den Verschluss der Kette, nahm die Ohrringe ab und ließ den Schmuck in den Beutel zurückgleiten.

***

Eine Stunde später erwartete mich Mr Agrawal vor dem Eingangsportal. Er hatte den Auftrag erhalten, mir in Begleitung dreier Diener die *Durbar,* den ehemaligen Thronsaal, zu zeigen.

Dieser Saal war vor etwa hundertfünfzig Jahren unter der Aufsicht eines italienischen Architekten gebaut worden, von dem man am Hof nur noch den Vornamen wusste. Antonio hatte der Mann geheißen, über den der Maharaja als einzige bemerkenswerte Tatsache zu berichten wusste, dass man nichts von ihm wusste, nicht einmal, wo er in Samthar begraben lag.

Mr Toni, wie der Italiener am Hof gerufen worden war, musste ein ehrgeiziger Mann gewesen sein, der sich unterfangen hatte, den Geist Palladios unter diesem entlegenen Himmelsstrich wachzurufen.

Ein seltsames Machwerk war unter seiner Aufsicht entstanden, ein Bau, der mit der restlichen Architektur der Festung, die von dem hinduistischen Tempel im innersten Hof geprägt wurde, niemals in Harmonie getreten war.

Mr Toni hatte Halbsäulen und Pilaster, Voluten und Vasen eingeführt, die mit dem militärischen Zweck der Festung unvereinbar waren.

An diesem Tag war der Maharaja noch vor Sonnenaufgang zu einer Fahrt in ein entfernt gelegenes Dorf aufgebrochen, aus dem ein muslimischer Junge mit einem Hindumädchen ausgerissen war, die vor drei Tagen auf seiner Burg um Zuflucht und Hilfe gebeten hatten. Auf dem Rückweg hatte er vor, in Jhansi haltzumachen, um Mitglieder der Kongress-Partei zu treffen, die über die Wahl von Yogi Adithyanat als Ministerpräsident des Bundesstaates Uttar Pradesh untröstlich waren.

Mr Agrawals Garderobe, sein langes Hemd und seine weiten Hosen, war auffallend weiß, doch wieder tropfte roter Betelsaft aus seinen Mundwinkeln.

Es schien ihm den größten Genuss zu bereiten, in der Rolle als Herr des Ortes zu glänzen.

Die Diener drückten die hohe Tür zu dem Prunksaal auf, der sich im plötzlich einfallenden Licht wie ein Baden-Badener Ballsaal der Jahrhundertwende ausnahm, wären da nicht die riesigen, alten Jagdtrophäen gewesen, ein Wasserbüffelkopf und ein Tigerkopf mit aufgerissenem Maul und eidottergelben Glasaugen, die an der Wand hingen und seit Generationen über die Familie wachten.

Trotz der Hitze, die bereits zu dieser Stunde die Festung traf, strömte der Saal, der wie das in einer Truhe aufbewahrte Hochzeitskleid einer ehemaligen Regentin in verschiedenartigen Cremetönen vor sich hin moderte, eine staubige Kühle aus.

Das Resonanzvermögen der Halle vervielfältigte den Flügelschlag eines Taubenpaares, das durch eine über der Eingangstür gelegene ovale Fensteröffnung auf einen Lüster zuflog, wo sein Nest verborgen lag.

Spinnenweben bauschten sich leicht in dem Luftzug, der aus der Eingangstür in den Saal wehte.

Die wenigen übrig gebliebenen Stühle, die vor langer Zeit in großer Zahl um eine Banketttafel gestanden hatten, lehnten jetzt, von Zeitungspapier umwickelt, an den Wänden des Saales, von dessen dunkelblau gestrichener Decke ein Lüster indischer Fasson hing, der gläserne Kelche als Lichtschirme trug.

Stuckfriese betonten die Umrisse der hohen Decken. Durch den Boden zogen sich lange, breite Risse.

Die einzigen Künder der Macht und des Ruhmes der Königsfamilie waren, außer den Mauern selbst, die Fotografien, die zwischen hohen Spiegeln mit Goldrahmen an den Wänden hingen.

Ein Juwel aber barg die Halle. Hinter einem Schiebegitter verborgen, stand, von weißen Tüchern umhangen, ein hohes Gerüst.

Mr Agrawal bat die Diener, das Schloss der Gittertür aufzusperren, es beiseitezuschieben und auf das verhangene Gerüst zu steigen, um es von seinen Hüllen zu befreien.

Die drei barfüßigen Männer kletterten auf das Podest und streiften voller Ernst und Andacht ein Tuch nach dem anderen von dem Gestell, in dem ich bald die silberne Sänfte mit den löwenköpfigen Armlehnen wiedererkannte, die mir von der Fotografie des Urgroßvaters vertraut war.

Ihr breiter Sitz war von einem leicht verblichenen, himbeerfarbenen Seidenstoff bezogen, auf dem sich nun die weißstaubigen Fußabdrücke der Diener abzeichneten.

Die Männer entblößten auch einen Thron, über den sich ein goldener Schirm mit einem Saum aus silbernen Fischen breitete. Auf diesem Thron hatte schon Chhatar Singh I. gesessen.

Mr Agrawal zog seine Turnschuhe aus und erklomm, mithilfe der vor Ehrfurcht still gewordenen Diener, das Podest mit der Sänfte. Er nahm in der Barke Platz und lächelte mir von dort oben mit dem Ausdruck eines dicken Jungen zu, der es sich in der Schaukel eines Riesenrads bequem gemacht hat.

«Very cruel man!», rief er begeistert, als er sah, wie ich ein Porträt von Bir Singh II. betrachtete, unter dem der Wappenspruch der Familie stand: *Firm feet conquer ground*.

Das Emblem des Wappens stellte zwei einander zugekehrte, auf den Hinterläufen stehende und mit den Vorderläufen das Wappenschild stützende Antilopen dar.

Wie erstaunlich wenig hatte der König über seine heißblütigen Vorfahren zu berichten! Die Geschichten, die er hin und wieder erzählte, handelten meist nur von der großen Zahl der Untertanen, von arabischen Pferden, von Tänzerinnen und Waffen.

Allerdings ist Stammbaumforschung in Indien ein ebenso müßiges Unterfangen wie der Ahnennachweis der hinduistischen Götter. Auf dem indischen Subkontinent verwischen Spuren schnell. Vielleicht auch schien es dem König, als ob es in der Vergangenheit seiner Vorväter nicht viel zu forschen gab, im Unterschied zu der Familie seiner Frau, wo die Ahnen auf so viele Zweige verteilt waren, dass ihr Stammbaum eher an ein altindisches Epos als an eine lange Familiengeschichte erinnerte. Doch sie stammte ja auch aus dem nepalesischen Königshaus.

In Ermangelung von Dokumentationen oder glaubwürdigen Erzählungen über das Leben seiner Vorfahren blieb mir nichts anderes übrig, als mich immer wieder auf die Fotografien als die einzig authentische Quelle aus der Vergangenheit der Familie zu stützen.

Ich blickte hinauf zu dem leicht schräg nach vorne hängendem Porträt von Ranjeets Großvater, in dem Versuch, auch an diesem Bild die physiologische Genealogie des jetzigen Königs abzulesen.

Der Mann mit dem zinnoberroten, fein gefältelten, Schläfen und Ohren verdeckenden Turban auf dem Kopf, mit den von einem nicht langen, doch dichten, schwarzen Bart bedeckten Kinnbacken und der außerordentlich geraden Nase, die aus der Fotografie herauszuragen schien, trug keine Spur mehr von der Wildheit seines eigenen Vaters, der das scharfe Antlitz eines beilschwingenden Indianers gehabt hatte. War der Vater bartlos gewesen, so schien der Bart des Sohnes wie eine moralische Stütze unter seinem Kinn zu liegen.

Bir Singh II. war zwar nicht das Abbild eines geschwächten, aber eines zivilisierten und nachdenklichen Mannes, und doch war, wie Mr Agrawal mir von oben deutlich zu machen versuchte, der hervorstechendste Zug seines Charakters Grausamkeit gewesen.

Ich wusste es aus der *Manusmriti*, dass das indische Herrschaftssystem auf unmenschlichen Strafen beruht hatte: «Bei Diebstahl von Kühen, die Brahmanen gehören, soll die Ferse des Diebes abgehackt werden, und bei Diebstahl von anderem Vieh soll sein halber Fuß sofort abgeschnitten werden.» – «Eine ehebrecherische Frau soll den Hunden zum Fraß geworfen, ein ehebrecherischer Mann soll auf einem erhitzten Eisenbett schmoren und verbrannt werden. Wenn es aber eine Frau einer

Jungfrau macht, verdient sie die Kopfrasur oder auch das Abschneiden zweier Finger, und der König soll sie auf einem Esel durchs Dorf fahren lassen.» – «Bei dem Geschlechtsverkehr mit der Frau des Gurus soll der Mann mit dem Zeichen der Vagina gebrandmarkt werden, bei Alkoholgenuss mit dem Zeichen der Schenke, bei Diebstahl mit einem Hundefuß, bei Brahmanenmord mit einem kopflosen Körper.»

Mr Agrawal, dem vor Begeisterung darüber, in dem legendären Thron zu sitzen, der Schweiß über das Gesicht strömte, rief mir nun zu: «Damals herrschten Zeiten, in denen ein guter, weichherziger König seinen Untertanen niemals Sicherheit noch Wohlstand hätte bringen können! Es war seine höchste Pflicht – it was his very, very duty! –, seine Untertanen zu schützen und sich dabei auf nichts anderes als auf die Kraft der Waffen zu verlassen!»

Inzwischen war ich auf eine Farbaufnahme von dem jetzigen König als junger Mann gestoßen. Darauf war er mit einem braunen Schal um die Schultern und einem draufgängerischen Ausdruck neben der jungen Jacqueline Kennedy zu sehen, die sich, in einem schwarzen Pullover, klein und blass neben ihm ausnahm.

«*His Highness* is very gentleman!», rief Mr Agrawal. «He is so much gentle, my dear! And he was very near to Misses Kennedy!»

Es stach nicht sichtlich ins Auge, dass das Schicksal dem König schwer zugesetzt hatte, doch beim Anblick des gutaussehenden, jungen Mannes auf der Fotografie fragte ich mich, ob seine innere Rastlosigkeit allein aus der Tatsache rührte, dass er keinen gesunden Nachkommen hatte.

Warum, wollte ich von Mr Agrawal wissen, war es nur bei dem einen Sohn geblieben? Ein Inder kann ein Leben lang bedauern, keinen Sohn gezeugt zu haben, doch als König keinen männlichen Nachkommen zu haben ist eine Tragödie, die keinen einzigen Tag an Gewicht verliert.

«I know it!», rief mir Mr Agrawal zu, den Finger an die Lippen drückend. «I know it, but I will not tell you. It is a very, very secret!»

Er stieg aus der Barke, kletterte von dem Podest, band sich die Schnürsenkel seiner Schuhe zu und forderte mich auf, mit ihm durch den Saal zu gehen. Den Dienern gab er ein Zeichen, nicht zu folgen.

«*His Highness* is an ocean of sorrow», erzählte er leise. «But he has me as friend! He enjoys criquet, he enjoys pictures and he enjoys sexual talks with me. Many, many hours we talk together. And I know the secret, my dear! I know it!»

«Mr Agrawal», bat ich meinen flüsternden Begleiter, «Sie haben doch so vieles am Hof miterlebt. Nur Sie können mir verraten, warum der König ein Ozean des Kummers ist, wie Sie es ausdrücken!»

Mr Agrawal war ein Mann, der nicht lange schweigen konnte, wenn es sich um Geheimnisse, vornehmlich um Geheimnisse über den König handelte.

«Very, very simple!», sagte er und zwinkerte mir dabei vielsagend zu. «Gott hat ihm alles geschenkt, was ein Mensch sich wünschen kann, aber dafür hat er ihm diesen Sohn als Bürde gegeben. Er weiß, dass die tägliche Qual, die ihm der Anblick des Prinzen verschafft, aus den grausamen Handlungen seiner Vorfahren herrührt. Es ist *His Highness*, der für die Taten seiner Ahnen bezahlen muss. Gott zwingt ihn täglich, die Wahrheit aus dem *Mahabharata* anzuerkennen: «Den König trifft keine Schuld, wenn er seine Pflicht getan hat.» Es ist *His Highness*, der dafür bezahlt, dass seine Vorfahren nicht immer ihre

Pflicht getan, ihrem *Dharma* gefolgt sind! Wer auf der Welt weiß denn nicht, dass der Schmerz ein Tribut an die Götter für vergangene Schuld ist? Und so muss mein König eben sein bitteres Missgeschick tragen. Es ist ein harter, aber gerechter Schlag des Schicksals. Möge sein Herz in jener Welt mit Glück überhäuft werden!»

«Herrscherhäuser halten sich nicht ewig», erwiderte ich in dem Gefühl, dass es unelegant gewesen wäre, meine Wissbegier weiter zu treiben, und lenkte unsere Schritte zurück, dem Ausgang entgegen.

***

Als ich mir vor Sonnenuntergang eine Rose vor dem Ankleidespiegel ins Haar steckte, hörte ich singende Stimmen auf das Fort zukommen.

Ich trat ans Fenster und blickte durch das mit toten Insekten durchsetzte Moskitonetz hinab in die Tiefe.

Eine kleine Schar bunt gekleideter Männer zog in den Hof ein, die ich auf einen Blick als die Schlangenbeschwörer erkannte.

Sie waren barfuß den langen Weg von ihrem Dorf zur Festung gekommen, um ein einträgliches Geschäft zu machen, bevor die Nichte des Königs, die ihnen bei unserem Besuch einige Hundert Rupien hatte zukommen lassen, abreisen würde. Doch nach ihrer Aufmachung und ihrem lauten Gesang zu urteilen, waren sie auch von dem Verlangen getrieben, noch mehr von ihren Kunstfertigkeiten vor dem König und seinen Gästen zur Schau zu stellen.

Die Klänge ihrer Instrumente erfüllten die aschewarme Luft der Abenddämmerung.

Diese Musik rief mir einen Hafenort auf der griechischen

Insel Cythera in Erinnerung, wo ich vor langer Zeit einen Sommer verbracht hatte. Auch wenn der Hafen in Glast und Hitze eines Augusttages dagelegen hatte, schien die kleine, von weißen Häusern umstandene Bucht von einem feuchtdunklen Licht erfüllt gewesen zu sein.

Die Souvenirläden und Cafés an der Promenade hatten sich attrappenähnlich über die eigentliche Kulisse der Bucht gelegt, die düsterere Geschichten zu erzählen hatte als die Postkarten in den Läden, auf denen schlafende Katzen auf Steinstufen oder alte Popen vor Tavernen abgebildet waren.

Die Kellner des Lokals, wo ich mit einer Flasche Retsina vor einem Teller Sardinen saß, servierten mit einer Hast, als gelte es, den Sommer so schnell wie möglich hinter sich zu bringen.

Unaufhörlich zog eine hartnäckige Brise durch das Haar der Frauen, die hier Platz nahmen. Lastwagen und Autos, vom Wind leicht vorangeschobene Touristen, Motorräder, Katzen und alte Insulaner zogen an dem Lokal vorbei, ohne dass irgendwer oder irgendetwas meine besondere Aufmerksamkeit auf sich gezogen hätte.

Auf einmal aber klang die Melodie aus einem Leierkasten an mein Ohr.

Hinter dem ehemaligen Lazarett am Ende des Hafens war ein Zigeuner in kurzen Hosen aufgetaucht, der auf seinen krummen Beinen einen hohen Leierkasten vor sich herschob, einen Musikaltar, der über und über mit Ketten aus roten und rosaroten Plastikrosen behangen war, die sanft unter der Bewegung des Karrens schwankten und zwischen ihren zerschlissenen Blütenblättern ein Bildnis der Muttergottes offenbarten, die mit zusammengefalteten Händen und geschlossenen Augenlidern ihr zartes Antlitz hinter dem Rosendickicht zum Himmel emporhob.

Im Abstand von zwei Minuten stieß der Mann einen Ruf aus, Elá! Elá! Elá!

Dem Mann auf dem Fuß folgten seine Töchter, zwei Mädchen mit antilopenhaften, in kurzen Röcken steckenden Beinen und braunen, taillenlangen Haaren, welche die größere von ihnen zu einem Pferdeschwanz gebunden, die kleinere zu einem Zopf geflochten hatte, zwei an ihren Hinterköpfen im Wind hin- und herwippende Peitschen, die ihre schmalen Körper mit einem Schwung versahen, als könnten sich in jedem Augenblick die Haare zu Flügel wandeln und die kleinen Körper in die Luft erheben. Die Singformel aus dem Mund des Vaters begleitete das Hin und Her der schwingenden Haarschweife, die an den Tischen der Lokale entlangwehten und die Münzen aus den Taschen der Touristen in die ausgestreckten Hände der Mädchen lockten.

Auch die Kobrazüchter zogen einen kleinen Karren hinter sich her, dessen über die Höfe rumpelnde Räder ihren Gesang begleiteten.

Als sie unter meinem Fenster vorbeizogen, erkannte ich den Sohn des Oberhauptes unter ihnen.

Nach einem letzten Blick in den Spiegel verließ ich den Raum.

Der König saß in seinem Plantagensessel auf der Terrasse. Wie immer schweiften seine Blicke unruhevoll über die Mauern hinweg.

Die Pein der inneren Rastlosigkeit würde ihn erst verlassen, wenn jener Pegel von Betrunkenheit erreicht war, der das Gerüst seines Bewusstseins ins Wanken brachte und die Unterhaltung auf seine Erinnerungen an die Zeiten abgleiten ließ, als die Gräfin Fugger seine Geliebte gewesen war.

Mr Varma knöpfte sein blaues Jackett auf und ließ sich in

einen der Flechtsessel fallen. Neben ihm nahm sich die Gestalt des Königs grazil, geradezu zerbrechlich aus.

Auch Mr Agrawal hatte sich auf der Terrasse eingefunden und fischte im Eiskübel nach Eiswürfeln für seinen ersten Whisky.

Der Baron verzichtete sogar an diesem Abend nicht darauf, zwölfmal den Sonnengruß zu machen. Sein Keuchen drang aus dem kleinen Pavillon hervor, wo er sich für die Dauer seiner *Asanas* zurückgezogen hatte. Bald jedoch erhielt er die Aufforderung, unter dem Gewölbe hervorzukommen und sich zu der Runde zu gesellen.

Der Prinz saß mit seinem iPhone auf dem Mauersims, das linke Auge kichernd auf den winzigen Bildschirm gerichtet, der ihm so vieles zu geben schien, was die Menschen um ihn herum ihm nicht zu geben imstande waren.

Als die sinkende Sonne wie eine Tänzerin in flammend rotem Tüllkleid die Bühne des Himmels verließ, gesellte sich noch der alte Muslim mit der Hornbrille hinzu, dessen äußerst solide Lebensauffassung in jedem Zug seines fein geschnitzten Gesichts eingegraben lag.

«Have a Wodka!», rief der König. «It's your last evening!»

Ganga war in einen kirschroten Sari gehüllt. Ihr Haar fiel ihr glatt auf den Rücken. Um ihren Nacken trug sie eine schwere, goldene Kette. Sie war eine Glocke, die darauf wartete, in Schwingung gebracht zu werden.

Der muslimische *crony* setzte sich auf den Boden, in einigem Abstand von dem Rollwagen, auf dem sich zur Feier des Tages mehr Flaschen als gewöhnlich reihten.

Die Schatten der aufsteigenden Nacht sammelten sich um die Burgmauern. Das Fort glitt immer tiefer in die Dunkelheit hinein.

Noch einmal kam mir das Bild von einem unbemannten, ins Ungewisse fahrenden Schiff in den Sinn. Wie Haie, die mit gespenstischem Lächeln einen Leichnam umschwärmen, so wurde die Festung von einer Zukunft umkreist, die mit Göttern und Königen, mit Wanderasketen und Märchenerzählern nicht mehr viel anzufangen wissen würde. Bald würden auch diese Mauern von dem Netz umschlungen sein, das die neue Welt zusammenhält, dem Netz, in dessen Maschen sich der Prinz und die jungen Bewohner von Samthar schon längst verfangen hatten. Auf dem Fort selbst war bislang noch kein Empfang.

Dieses Bild wurde von dem Anblick der erstaunlichen Gesellschaft, die sich inzwischen auf der Terrasse eingefunden hatte, verdrängt.

Charran brachte Fackeln, einen Wasserkrug und Blechbecher für die Männer aus dem Schlangendorf herbei, die vor dem Pavillon ihren Handwagen aufgestellt hatten.

Dieses Gefährt war ein seltsames Holzgestell, das Ähnlichkeit mit einem Webstuhl hatte. Die Männer klappten einen Deckel auf, unter dem scharfe Schwertklingen dicht an dicht wie Kettfäden gereiht waren.

Die kleine Schar ließ sich im Schneidersitz auf dem Boden nieder. Der eine strich über sein eingeöltes Haar, der andere rückte seinen Turban zurecht, wieder ein anderer ordnete seine Ketten am Hals.

Das Stammesoberhaupt hatte in der Mitte der Gruppe Platz genommen. Er prüfte die Klangreinheit seiner Flöte und teilte Anweisungen an die anderen aus.

Nur sein Sohn hatte sich als Einziger nicht niedergesetzt, sondern seine Hose und sein rotes Polyesterhemd mit den viel zu langen Ärmeln ausgezogen, die Kleider säuberlich zusammengefaltet in eine Ecke und ein weißes Tuch um seine Hüften gelegt.

Mr Agrawal betrachtete dieses Szenario mit Begeisterung. Nie hatte ich ein solches Frohlocken in seinen Augen gesehen. Er schwenkte das Whiskyglas in seiner rechten Hand, wie er es Mr Varma machen sah, der sich mit einem Behagen in seinem Sessel zurückgelehnt hatte, als würde er im Bett eines Waggons des *Orient Express* eine lange Reise antreten.

«Such human gatherings are not my most crying need», erklärte er, jede Zelle seines Körpers mit Vitaminen und der Kopf mit eiskaltem Whisky angefüllt.

«You talk like an asshole», bemerkte der König in dem Vergnügen, einen Ausspruch zu machen, der jeder Distinktion entbehrte und dem Drang entsprang, seine Stellung noch mit einer Prise schockierender Vulgarität zu würzen. Die Damen und Herren, unter denen er sich in Neu-Delhi oder Lucknow bewegte, amüsierten solche Sätze, doch Mr Varma entstammte einer anderen Spezies der menschlichen Fauna, um sich nicht wieder einmal an seinen Platz verwiesen zu fühlen, der immer der eines Vaishya war und bleiben würde.

Auch die rasanteste technologische Entwicklung, auch die vielfältigsten Formen von Emanzipation würden niemals das feine, undurchschaubare Netz des indischen Kastensystems zerreißen. Wie eine Münze würde der Subkontinent immer zwei Gesichter beibehalten. Auf der vorderen Seite lag der Glanz eines Landes von frappierender Fortschrittlichkeit, auf der Rückseite die Dunkelheit des unverständlichen Kastensystems.

Mr Varma erwiderte nicht, geübt darin, ein Gesicht aufzusetzen, das keinerlei Empfindung widerspiegelte. Wenn seine Frau aus Enthusiasmus lebte, so lebte er mit einer Gefühllosigkeit, die im Laufe der Jahre zu einer undurchdringlichen Rüstung gewachsen war. Ganga überhörte den Schlagabtausch zwischen ihrem Onkel und Mr Varma, indem sie lächelnd über den Abgrund hinwegblickte, der sie von ihrem Mann trennte.

Mir ließ Mr Varma einen frostigen Blick zukommen, in dem er seine Verachtung für eine Kaste ausdrückte, die in seinen Augen noch niedriger als die seine war: die Kaste der Schriftsteller, für die Weltwirtschaft so unbrauchbar wie die Götter für sein Leben.

Unantastbar in seinem psychischen Kosmos, wo Kühe den Vorrang vor Menschen hatten, schwieg der Baron und nahm mit erhabenem Ausdruck eine Kuhdungtablette zu sich.

Die Sterne erschienen am Himmel. Die Pfauen riefen einander zu. Dann wurde es still.

Das Stammesoberhaupt hatte seine rechte Hand auf die Brust gelegt und den Kopf geneigt, zum Zeichen, dass die Musikanten zum Auftakt bereit waren.

Sein Sohn stieg nun barfuß, die Arme in die Luft erhoben, auf das Klingenbett. Er stand ruhig da und rührte sich auch nicht, als ein Musikant die Trommel in seinem Schoß mit einigen Schlägen in Schwingung versetzte.

Wie die anderen Männer seines Stammes war der Tänzer ebenfalls geschmückt. Um seinen Nacken lag eine lange Kette, an der ein kleiner Metallring baumelte, von derselben Machart wie der Ring an meiner linken Hand.

Ich blickte mich in der Runde meines Gastgebers um. Keiner schien etwas von der Erregung mitbekommen zu haben, in die mich der Tänzer und der Ring an seiner Kette versetzt hatten. Wie wäre es auch möglich gewesen, dass nur einer von ihnen etwas von dem Band ahnte, das mich seit meiner Kindheit an ihn knüpfte?

Der Kuss, den er mir vor fünfunddreißig Jahren gegeben hatte, war ein von Anfang an um nichts auf der Welt preiszugebendes Geheimnis geblieben.

Beim Anblick seiner Kette aber wurde mir plötzlich heiß bei dem Gedanken, dass der kleine Metallring an meiner linken Hand, der mir immer ein Garant für die Wirklichkeit meines ersten Kusses gewesen war, mich vielleicht all die Jahre hindurch an den Tänzer gebunden hatte.

Der Sohn des Oberhauptes stand fest und aufrecht auf seinen Füßen, die Augen in äußerster Anspannung streng geradeaus gerichtet, bis ein auffordernder Blick des Vaters seine Arme in Bewegung setzte.

Mit den schneller und lauter werdenden Trommelschlägen, in welche die Klänge einer Zimbel, einer Flöte und der Gesang eines Mannes einstimmten, stiegen die Hitze und die Begeisterung langsam in dem Tänzer empor.

Die Arme immer noch in die Höhe gestreckt, begann er sich in der Hüfte zu wiegen, bis er schließlich die Füße hob und vorsichtig wieder auf die Schwerter niedersetzte. Mit Schrecken, seine Kunstfertigkeit kaum begreifend, beobachtete ich, wie er, unerschütterlich den Takt mit der Musik haltend, immer fester, immer schneller auftrat. Federleicht drehte und wendete er sich nun auf den Klingen. Sein immer behänder um die eigene Achse kreisender Körper wirbelte die kalte Asche aus dem Kohlebecken, das noch aus der Winterzeit hier stand. Es war, als hätte er einen Blütenteppich unter den Füßen, nicht ein Bett aus Schwertschneiden.

Ich konnte meine Blicke nicht von seinem Gesicht lösen, auf dem sich in den vergangenen fünfunddreißig Jahren, nicht anders als auf den Zügen des Königs oder des Schwarzen Prinzen, die Spuren der Zeit abgelagert hatten, doch je wärmer er sich tanzte, je tiefer er in sich versank, indem er sein Trachten auf die Vollkommenheit seiner Schritte und Gesten richtete, desto mehr brachen aus der vom Leben verhärteten Physiognomie die klaren Züge des Kindergesichts hervor.

Seine Miene wies ihn als den echten Erben des erfahrenen Kobrafängers aus, der sein Vater war. Das Oberhaupt hatte als stolzer Hahn des Stammes dem ältesten Sohn seine Wesensart am tiefsten eingeprägt.

Das Gesicht des Tänzers, das in der linken Wange die Spur einer lang verheilten Narbe trug, hatten nicht nur Hungerstrecken und andere Kämpfe ums Dasein, sondern auch die Schläge des alten Schlangenfängers gezeichnet.

Vater und Sohn waren einander wie aus dem Gesicht geschnitten. Auf den väterlichen Zügen kam jedoch der Ernst reicherer Lebenskenntnis hinzu. Weit mehr als das jüngere Gesicht war sein Antlitz vom Harten und Unbarmherzigen des Daseins in die Mangel genommen worden. Jede Faser seines Körpers drückte aus, dass er der Besitzer eines Herzens war, das schonungslos mit sich selbst und mit den Seinen umging, dass seine Haut und sein Geist gegen die Anfechtungen des Lebens, das für ihn nicht bequemer war als der Tanz seines Sohnes auf dem Klingenbett, resistent geworden waren.

Es war kein Vergnügen, von dem scharfen Blick aus seinen schlangengrünen Pupillen getroffen zu werden, und doch hatte er eine Würde an sich, um die ihn auch der König beneiden konnte.

Die Landschaft, in der sich die Seele des Sohnes bewegte, war eindeutig von größerer Weite. Seit Kindesbeinen in das Metier der Schlangenjagd eingeweiht, verrieten seine kräftigen Züge, dass er im Lauf der Jahre nicht nur irdische Schlangen gebändigt, sondern siegreich Kämpfe mit jener anderen

Schlange ausgeführt hatte, die jeder Mensch in seiner Brust trägt: der Angst.

Mr Varma hatte nur Verachtung für den Tanz, dem er mit ironischem Abscheu zusah. Der arme Mann, dachte ich, der auf seinen geschickten Umgang mit den letzten technologischen Errungenschaften und auf seinen Reichtum so stolz war, der sich einbildete, Indien würde bald durch Hightech und Highspeed seine Vergangenheit ablegen: Ein wenig Scharfblick nur, und er hätte erkannt, dass Männer wie der Tänzer die verborgene Stärke seines Landes, das Salz seiner Erde waren, das dem indischen Subkontinent eine dauerhaftere Ehre eintragen würde als Mr Tata.

Der Musikant hieb immer stärker mit den Handflächen auf die Trommeln ein. Er hielt seine Augen geschlossen, den Körper leicht über das Instrument gebeugt, aus dem er eine Melodie hervortrommelte, die mein Bewusstsein zwang, alles um mich herum außer den Tänzer zu ignorieren.

Als er aus seinen Grenzen herausgebrochen war, die Trommel ihren schnellsten Rhythmus erreicht, die Flöte ihre hellsten Töne hervorgebracht, die Stimme des Sängers sich zu Höhen aufgeschwungen hatte, die den Himmel mit der Erde verbanden, als ich selbst in die Musik wie in das Geprassel eines aus der Höhe niederstürzenden Wasserfalls geraten war, hatte ich Ganga und Mr Varma, den König und den Prinzen, das Whiskyglas neben und den Mond über mir vergessen.

Ich erinnere mich nicht, wie lange dieses mich der Zeit enthebende Vergessen andauerte, ob mehrere Minuten oder nur einen Augenblick.

Erst als ich Gangas Goldkette wieder klar in ihrer Form erkannte, fand ich mich auf den Türmen und Zinnen der Burg wieder. Der Tänzer hatte den Ausspruch von Marcel Proust, dass «der Körper den Geist in eine Festung einschließt», im Laufe seines Tanzes widerlegt. Er hatte sich in jene Tiefe begeben, wo unter der Pracht der Welt die Größe des Menschen wurzelt.

Mit einem letzten, harten Schlag auf die Trommel brach die Musik ab. In aller Stille packten die Musikanten ihre Instrumente ein, brachten ihr in Unordnung geratenes Haar in Ordnung, schlossen den Deckel des Karrens und traten noch einmal vor die Gesellschaft.

Der Maharaja erhob sich und steckte jedem von ihnen ein Paar Scheine zu.

«Der König ist gut zu mir gewesen. Er hat mich empfangen, als sei ich und nicht er der König», sagte das Stammesoberhaupt, der zum Dank die Scheine erst an die Stirn, dann an die Brust drückte.

Ich wusste, dass die kleine Schar in dem Augenblick, da sie aus den Toren der Festung ziehen würde, für immer die Sehnsucht mit sich fortnehmen würde, die mich fünfunddreißig Jahre lang an das Fort von Samthar gebunden hatte. Voller Bangen suchte ich noch einmal nach den Augen des Tänzers.

Kaum war das Rattern des Karrens verklungen, den die Musikanten hinter sich her durch die Tore zogen, nahm ich den Ring von meinem Finger und warf ihn über die Brüstung.

VII.

Bei Sonnenaufgang stellte ich mich noch einmal vor das Fenster und ließ meinen Blick über die Hoflandschaft gleiten. Meine Augen umfassten jede einzelne Gestalt, die zu dieser Stunde über die Sandpfade ging, jede Kuh, jede Ziege, jeden Hund und jede Katze, umfassten die Tempel, Bäume, Türme und Zinnen.

Ich musterte auch das schwarz lackierte Bett, aus dem ich allmorgendlich den Geräuschen und Gerüchen aus der Festung nachgespürt, in dem ich jede Nacht auf das Erscheinen der kleinen Gestalt mit der Kerze gewartet und wo ich viele Stunden mit der *Manusmriti* verbracht hatte, deren Seiten inzwischen von meinen in Bleistift hingeschriebenen Notizen umrahmt waren. Das Buch war zu einem zerlesenen, von Spiralenrauch, Fliegenkot und Jasminöl durchsetzten Exemplar geworden.

Ich warf einen letzten Blick in den Ankleidespiegel, in dessen trübe Fläche nun vielleicht auch etwas von mir eingedrungen war und sich zu all den von mir dort geschauten Gestalten gesellte, die, solange er nicht zerbrach, von jedem phantasievollen Betrachter auf seiner Oberfläche hervorgerufen werden konnten.

Charran klopfte, um meinen Koffer in den Hof zu tragen. Ich folgte ihm.

Als ich am Fuß der Treppe anlangte, kam mir Gangas schlanke, elegante Gestalt entgegen.

«Wirst du wieder nach Samthar kommen?», fragte sie.

Ich nickte, in der Gewissheit, nie wiederzukehren, und wie im ersten Augenblick unserer Begegnung von ihrer Schönheit angerührt.

Was den König betraf, so nahm er fast etwas zerstreut von mir Abschied.

Den Prinzen hatte man schon gewaschen und angezogen, damit er bei meiner Abreise dabei sein konnte. Ich machte einen Augenblick des Zögerns durch, wie ich ihm meine Zuneigung zeigen sollte, als er mich in einer stummen Umarmung fest umschlang.

Auch Mr Varma erschien, in einem Morgenmantel aus blauer Seide mit rotem Paisleymuster. Er verlegte sein iPhone von der rechten in die linke Hand, um sich von mir zu verabschieden.

«Sita Ram!», rief der am Eisentor postierte Wächter durch das offene Wagenfenster, seine alten Hände zum Gruß vor der Brust zusammenfaltend. «Sita Ram!»

Als der Wagen über den fettglänzenden, blütengeschmückten Schwellenstein fuhr, sagte ich laut vor mich hin: «This stone means many things, Mr Agrawal!»

Literatur bei C.H.Beck

Adolf Muschg
Heimkehr nach Fukushima
Roman
244 Seiten. München 2018

Marjana Gaponenko
Der Dorfgescheite
Ein Bibliothekarsroman
ca. 288 Seiten. München 2018

Hans Pleschinski
Wiesenstein
Roman
554 Seiten. München 2018

Lilian Loke
Auster und Klinge
Roman
313 Seiten. München 2018

Dirk von Petersdorff
Wie bin ich denn hierhergekommen
Roman
224 Seiten. München 2018

Alexander Münninghoff
Der Stammhalter
Roman einer Familie
Aus dem Niederländischen von Andreas Ecke
334 Seiten. München 2018

Jean-François Désérable
Ein gewisser Monsieur Piekielny
Roman
Aus dem Französischen von Sabine Herting
256 Seiten München 2018

Elizabeth H. Winthrop
Mercy Seat
Roman
Aus dem Amerikanischen von Hansjörg Schertenleib
251 Seiten. München 2018

Waguih Ghali
Snooker in Kairo
Roman
Aus dem Englischen von Maria Hummitzsch
255 Seiten. München 2018

Kent Nerburn
Nicht Wolf nicht Hund.
Auf vergessenen Pfaden mit einem alten Indianer
Aus dem Englischen von Sky Nonhoff
ca. 352 Seiten. München 2018

Antonio Ruiz-Camacho
Denn sie sterben jung
Stories
Aus dem Englischen von Johann Christoph Maass
Ca. 207 Seiten. München 2018

Wioletta Greg
Unreife Früchte
Roman
Aus dem Polnischen von Renate Schmidgall
143 Seiten. München 2018